Der Tausendfüßler

Jens Böhme

Bibliografische Information
der Deutschen Nationalbibliothek:
Die Deutsche Nationalbibliothek verzeichnet diese Publikation in der Deutschen Nationalbibliografie; detaillierte bibliografische Daten sind im Internet über http://dnb.dnb.de
abrufbar.

Impressum
© 2021 Jens Böhme
2., überarbeitete Auflage
Herstellung und Verlag:
BoD – Books on Demand, Norderstedt
Lektorat: Rebecca von Barghorn

ISBN: 978-3-75262-038-2

Für
Maria Böhme

Prolog

In der Tiefe seiner Seele lebt ein Widerspruch. Er selbst verkörpert den Widerspruch. Dieser, und nur dieser, lässt ihn in seinen Situationen scheitern. In jenen Situationen, in denen ihn die Zaghaftigkeit, die Unbeherrschtheit, das Zweifeln, das Grübeln und die innere seelische Unruhe, die sich fast in zwanghafter Paranoia akkumuliert, schubweise befällt. Sich aus diesem Sumpf, aus dessen Tiefe zu befreien, ist sehr schwer. Vor allem, wenn man sich schon im Schlund eines gefährlichen Treibsandes befindet, der unweigerlich den Tod bringt. In jenem Sog, der selbst die Erde, die Welt mit all ihrem Wissen, ja selbst das Universum aufzusaugen vermag, bedarf es einer großen Macht. Es bedarf einer mystischen, einer allseits bekannten und doch zugleich unbekannten Macht, um sich vom Widerspruch zu befreien und um eine erneute lebensfähige Rekonvaleszenz zu erlangen – es bedarf der Macht der Liebe.

Teil I

1. Kapitel

Im Zustand der Metamorphose

Harte Gitarrenklänge, bösartig und ohne Gnade, schwirrten für den Zuhörer durch das Wageninnere. Die Musik putschte Conrad auf. Er war zu allem bereit. Die Kassette, gerade mal in das Autoradio geschoben, beschwor im Nu bei ihm ein ungeheures Stärkegefühl herauf, das seinen Mut potenzierte. Jedoch wenige Augenblicke zuvor sah seine Stimmung noch ganz anders aus. Als er aus seinem Hauseingang heraustrat, war er sogar vor seinem eigenen Schatten erschrocken. Schon hinter der ersten Ecke vermutete er einen fiesen Gangster im Dunkel der Nacht, der nur auf ihn und niemanden anderen wartete. Mit einem großen Satz sprang er zurück in jene Richtung, aus der er kam und knallte gegen die Briefkästen an der Wand im Hauseingang. Es schepperte laut, so dass Conrad sich noch mehr erschrak und sich einbildete, jetzt zusätzlich noch von hinten attackiert zu werden.

Wie peinlich, wenn das jemand gesehen hätte! „Da sieht man mal wieder, mit welch gequirlter Scheiße man sich selbst fertig machen kann", flüsterte er erbost zu sich selbst und war fürchterlich enttäuscht über seine dämliche Reaktion.

„... Sex ist eine Schlacht, Liebe ist Krieg!!! Sex ist eine ...", die harten Klänge der Musik und der Text putschten ihn auf und machten Conrad rasend. Er konnte ihn auswendig mitsingen, den Text, so schwer war er nicht.

Jetzt, in diesem Augenblick, wäre er bestimmt nicht vor seinem eigenen Schatten geflüchtet. Die Musik machte ihn zu einem Krieger, zu einem Söldner, der sich anheuern ließ, um barbarische Kämpfe auszufechten, zu denen sonst keiner im Stande war. Schnell fuhr er, viel zu schnell. Gegen alle Regeln der StVO raste er durch die Innenstadt mit nur einem Ziel: Er wollte den gefangenen Prinzessinnen in ihrem Turmverlies zu Hilfe kommen, eigenhändig den Drachen erschlagen und sie anschließend befreien. Laut, viel zu laut, dröhnte die Musik aus den Minilautsprechern des Kleinwagens, welcher Conrad wie ein unbezwingbarer Panzer vorkam, der sämtlichen Angriffen von außen standhalten konnte. Er war der Held, er würde sich aufopfern. Er, der von solchen Heldentaten eigentlich gar keine Ahnung hatte. Er, der die Helden eigentlich nur auf dem Papier kreierte. Ja, aber er, Conrad Wipp, würde heute Nacht höchstpersönlich in seinem Kleinwagen in die Schlacht ziehen, und noch lange nach ihm würden die Menschen von diesem Abenteuer berichten und in den Liedern von ihm singen. Zusammen mit seinem Regenschirm, dem modernen Schwert des Computerzeitalters, wie er es sich in seinem Hirn zurechtinterpretierte, einem alten Butterflymesser, das er lange nicht mehr benutzt hatte, sowie einem Deospray und einem Feuerzeug, das Überraschungselement in seinem Beutel der Gewalt, war er bereit für die Herausforderung. Das Deospray sollte im Notfall in Kombination mit dem Feuerzeug als Flammenwerfer dienen, das hatte er einmal im Fernsehen gesehen, und nun war es Zeit, dies im Kampf zu seinem eigenen Vorteil selbst auszuprobieren. Natürlich würde er niemandem verraten, dass er tatsächlich in Erwägung gezogen hatte, zwei oder drei seiner Freunde anzurufen, um sie zu bitten, mit ihm zusammen in den Kampf zu ziehen. Gegen ... ja, gegen wen denn? Er wusste ja nicht mal, gegen wen.

Doch die Pein seiner Bitte vor den Freunden und möglicherweise anschließend vor den Damen sowie die späte Stunde und die fast völlige Gewissheit, dass von seinen besten Freunden sowieso niemand zu Hause anzutreffen sei, brachte ihn davon ab, sich zusätzliche Gefolgschaft zu holen. Heute war Freitagnacht, da war niemand allein zu Hause und wartete auf einen Söldnerauftrag, wie es ihm, Conrad, gerade widerfuhr. Nein, hier musste er allein durch.

„... Sex ist eine Schlacht, Liebe ist Krieg!!! Sex ist eine ...“

Er, Conrad der Eroberer, würde noch gefährlicher, noch wilder, noch blutrünstiger, noch psychopathischer sein als der, der sich ihm in den Weg stellen würde. All die Dinge, die das Böse im Stande war anzuwenden, würde Conrad doppelt und dreifach so grausam und bestialisch zurückschmettern. Jawohl - doppelt und dreifach so böse, wie ER, wie „ES“, wie Stephen Kings „ES“. Conrad würde das Böse mit seinen eigenen Waffen schlagen, kraft seiner Phantasie und auch kraft seiner Psyche. Vor allem mit Letzterer, die ihm in alltäglichen Angelegenheiten am meisten zu schaffen machte, begann er, sich nun wirklich alles einzubilden. Er glaubte, alles erreichen zu können. Die wilde Musik verlieh ihm Flügel. Sie stärkte ihn innerlich. Das Adrenalin strömte durch Conrads Körper.

„... Sex ist eine Schlacht, Liebe ist Krieg!!! Sex ist eine ...“

... doch halt! ... Jede Metamorphose braucht auch eine Genese. ...

2. Kapitel

Das Dilemma

Es begannen sich erneut dicke rote Flecken zu bilden, jedoch nur ganz sacht und nicht sonderlich sichtbar, wie es sonst der Fall war. In letzter Zeit zierten solche des Öfteren Conrad Wipps dürren Hals. Nicht größer als ein Zwei-Euro-Stück waren sie. Ein, zwei, manchmal auch drei unregelmäßige Flecken. Es sah aus, als hätte jemand ein Glas Rotwein verschüttet, nicht wie üblich auf einem weißen Tischtuch, sondern geradewegs an seiner rechten Halsseite. Als Nervositätsflecken bezeichnete man sie üblicherweise oder auch als allergische Reaktion auf irgendwen oder irgendwas. Manch einer sagte aber auch gute Durchblutung dazu. Conrad Wipps Kopf begann sich, nicht wie bei normalen Menschen gleichmäßig, sondern ruckhaft in die Blickrichtung zu bewegen, die sich genau entgegengesetzt zu dem Orte befand, von wo aus ihn einige Augenpaare penetrant anstarrten. Außerdem befand sich schon wieder oder immer noch ein mächtiger Kloß in seinem Hals, so dass er unaufhörlich schlucken musste.

Er, Conrad Wipp, hatte bestimmt schon sämtlichen Schleim, der den Rachenraum von der Nase her hinuntergekrochen war, in Richtung Speiseröhre befördert, um ihm dann mit der Macht seiner Magensäure im Magen den Garaus zu machen. Das glaubte er zumindest.

Desto mehr wunderte es ihn und das immer wieder, sobald der Prozess von vorn begann, wie ein Mensch derart schlucken musste, um seine Nervosität sichtlich zu überspielen, die sich eigentlich schon anderweitig Luft machte.

Zu guter Letzt bemerkte Conrad auch noch, wie seine linke Hand zu zittern begann. Die Hand, in der er die Reclam-Ausgabe von Wilhelm Raabes „Horacker" hielt. Eigentlich eine gute Geschichte, aber im Moment konnte er ihr kein bisschen folgen.

„Das darf doch nicht wahr sein, jedes Mal dieselbe Tortur", dachte Conrad und beugte sich leicht nach vorn. Dabei räusperte er sich verlegen und wechselte das kleine Buch in die andere, die rechte Hand. Durch jene Auflockerung der Sitzhaltung und den Wechsel von der einen in die andere Hand erhoffte er nur eines zu erreichen, nämlich, dass sein gestörter Organismus wieder Normalzustand erlangte.

Dass eine solche Situation nicht nur etwas mit Stress zu tun hatte, sondern auch unheimlich am Selbstbewusstsein eines Menschen kratzte, in erster Linie an seinem eigenen, wusste Conrad Wipp. Und er versuchte immer wieder vergeblich, seine Selbstbeherrschung zu bewahren. Es schien hoffnungslos.

Seit über einem Jahr hatte Conrad sich in eine seelische Einbahnstraße manövriert, aus der er einfach keinen Ausweg zu finden glaubte. Von Monat zu Monat schwand ihm die Sicherheit, sich auf sozialer Ebene zu behaupten, Kontakte zu knüpfen oder Gespräche zu führen, ohne dabei nervösen Anomalien ausgesetzt zu sein.

Einfache Kommunikation wollte ihm nicht mehr gelingen.

Seine Angst vor dem Versagen, seine Angst vor den anderen, vor dem Gegenüber, vor den Mitmenschen war riesengroß geworden. Die permanente Angst, vor ihnen als Trottel, als Dummschwätzer, als Idiot oder als hoffnungsloser Psycho dazustehen und auch so angesehen zu werden, beherrschte sein ganzes Verhalten in der Öffentlichkeit. Ja, selbst die einfachsten Gespräche, wie zum Beispiel das Bestellen dreier Briefmarken am Postschalter, waren von vornherein zum Scheitern verurteilt.

Sein Selbstbewusstsein war hoffnungslos in den Keller gerutscht, und wenn er nicht aufpasste, dann würde es mit Sicherheit noch weiter sinken, wohin auch immer.

Es würde weiter abwärts gehen, tiefer hinab, Direktfahrkarte in die Hölle. Von Mephistopheles persönlich würde Conrad für eine derart verkorkste Seele bestimmt keinen Dank erhalten. Gerade noch so, ohne sofort als Neurotiker erkannt zu werden, konnte Conrad in einem Gespräch in einer vorübergehenden Begegnung kurze Fragen stellen oder sie beantworten. Bei Fragen, die er an andere stellte, hoffte er jedes Mal, dass diese ihm sofort beantwortet werden würden. Ohne großes Federlesen. Damit er schnellstens wieder verschwinden konnte. Raus aus der Situation, raus aus der Interaktion, raus aus einem sich anbahnenden Dilemma. Wie zum Beispiel bei der einfachen Frage: „Wo geht's denn hier bitte zur Kantstraße?" Die darauffolgende Antwort: „Sie gehen jetzt hier entlang, weiter geradeaus, dann links und dann befinden sie sich schon auf der Kantstraße." „Vielen Dank!" „Bitte sehr." – Und weg war er. Das konnte ihm gerade noch so gelingen, das befand sich in einem Rahmen zumutbarer Kommunikation.

Dabei gab es durchaus Situationen, in denen er ruhig und gelassen blieb, in denen er souverän auftrat und sich hervorragend artikulierte. Er hätte glatt als Vertreter von bester rhetorischer Schulung fungieren können und jedem, den er einmal in der Mache hatte, eine Waschmaschine ans Bein quatschen können. Ohne Wenn und Aber, ohne jegliche negative Gedanken. Sogar als Politiker, als ein Staatsmann ohne Fehl und Tadel hätte er sich einer blendenden Agitation hingeben können. Nichts, aber auch gar nichts hätte ihn da erschüttert. Aber leider gab es auch die Tage, an denen sein Herz zur Höchstform auflief und der Puls alles nur Erdenkliche an seinem Körper erzittern ließ, insbesondere seine Hände. Es waren jene Tage, die schon am Morgen schlecht anfingen. Durch einen derart schlechten Start in den Tag glaubte Conrad, dass es nur eine Frage der Zeit war, bis sich komplett alle negativen Dinge, die für diesen Tag in die Welt geworfen wurden, an seine und nur an seine Fersen heften würden. Genau diese Tage ließen ihn immer tiefer in den Sumpf der Verzweiflung und des Selbsthasses stürzen. Sie gesellten sich zu den anderen schlechten Tagen und ließen das Fass stets voller werden, bis es irgendwann sicherlich überlief.

Es gab aber auch diese anderen, die lebenswerten Tage, an denen es ihm gut ging. Er glaubte dann sogar, dass er alles psychisch Böse, all das, was ihn herunterzog, was ihm wie eine Krankheit vorkam, was nach seiner Überzeugung nur eine seelische Krankheit sein konnte, dass er all das hinter sich gelassen hatte. Die strahlende Zukunft vor Augen war er sich sicher, neue Pfade betreten zu haben und besseren Zeiten entgegenzutreten. Er stand morgens auf und war voll guter Laune. Die Nacht hatte ihre heilende Wirkung auf seine ach so gestresste Seele vollzogen und die zum Bersten freigegebenen Nerven waren wieder beruhigt.

Sein Tatendrang schien fast unerschöpflich zu sein. Auch der Muntermacher-Tee schmeckte ihm über alle Maßen gut und er verbrannte sich an ihm auch nicht die Zunge, die ihm in so manchen Gesprächen, die er führte, wie ein lustloser Regenwurm vorkam.

An die darauffolgenden Stunden und die Gespräche, in die er dann geriet, schloss ein exzellenter Akt der öffentlichen Kommunikation.

Eine hervorragende und beispielhafte Interaktion von Mensch zu Mensch. Die ihn ständige begleitende Paranoia, von Hunderten von Augenpaaren gemustert zu werden, war in keinem seiner Gedankengänge anzutreffen und er schien ein hochwertiges, durchschnittliches Individuum der Gesellschaft zu sein. Ja, fast perfekt. Genau an solchen Tagen gab es urplötzlich, wie aus heiterem Himmel, einen Blitz, der in ihm einschlug und der die schöne Zeit wie bei einem Foto einfror, um einer neuen Zeit Platz zu machen. Conrad fand sich dann blitzartig in einer Situation wieder, die ihn aller positiven Energien und jeglicher qualitativen Lebensgefühle beraubte, die er bis dahin erfahren hatte.

Eine alte unliebsame Maschinerie meldete sich wieder zurück und brachte ihn näher an den Rand des Wahnsinns.

Immer mehr fühlte er sich zu dem Gedanken hingezogen, seinem Leben ein Ende zu setzen. Schluss mit all dem! Es war zum Heulen.

Situative Anomalien

Während Conrad sich auf seine Umwelt konzentrierte und nur noch so tat, als würde er in Wilhelm Raabes „Horacker" schmökern, flehte er innerlich den fahrenden Zug an, er solle doch etwas schneller fahren.

Schnell, schneller – ganz schnell! Hin zur nächsten Bahnstation, am besten mit Überschallgeschwindigkeit. Einzig und allein das nächste Ziel war jetzt für ihn ausschlaggebend.

Nur dort würde er auf unsagbare Weise Erlösung von seiner Qual finden.

Erst beim nächsten Halt des Zuges, da war sich Conrad ziemlich sicher, würde sich die bestehende Situation entschärfen. „Die Karten werden neu gemischt", dachte er, „das ist sicherlich der früheste Zeitpunkt für eine Veränderung im Abteil." Bestimmt würden einige Mitreisende aussteigen. „Sie müssen einfach aussteigen", schwatzte Conrads inneres Ich. „Oder ich steige aus." Aber den Gedanken verwarf er gleich wieder. Er hatte keine Lust deswegen noch mehr Zeit zu vertrödeln, nur weil er sich nicht unter Kontrolle hatte und dadurch auf den nächsten Zug warten musste. „Oder es kommt jemand Neues hinzu, jemand, der auffällt und alle Blicke auf sich zieht. Alle anderen starren dann ihn weiter an, ... anstatt mich." Er musterte nur flüchtig seine Mitmenschen im Abteil und schluckte erneut eine dicken Kloß hinunter, der ihm neuerlich im Hals stecken zu bleiben drohte.

„So ein Quatsch", ranzte er sich selbst mit Nachdruck an. „Jetzt reiß dich zusammen! Was gehen dich die anderen Leute an? Sollen sie doch glotzen. Sollen sie nur." Als er diesen Gedanken beendete, hätte er beinahe für jedermann sichtbar mit dem Kopf geschüttelt. Starr verharrte er in der Haltung, die er inne hatte, glaubte aber sich leicht zu entkrampfen. Entspannte er sich aber wirklich? Jetzt und hier? Nein. Nicht richtig. Während der Zug durch die schöne Elblandschaft raste, getraute sich Conrad bis zum nächsten Halt nicht nach oben, nicht nach unten, nicht nach rechts, nicht nach links zu schauen. Geschweige denn, jemanden im Abteil direkt in die Augen zu sehen. Seine Augen fixierten die 138. Seite des Büchleins in seiner Hand und seine Gedanken spielten Pingpong. Conrad wollte oder konnte das 17. Kapitel des Buches einfach nicht beenden, obwohl er das Ende schon auf der gegenüberliegenden Seite ausmachen konnte.

„Lass die Leute Leute sein. Lass sie! ... Konzentriere dich, Conrad ... Lies!"

Er wusste natürlich, welche Anomalien sein Körper in diesem Moment zeigte, und er verdrehte genervt die Augen. Dabei griff er sich an die Schläfen und begann, sie leicht zu massieren. Mit dieser Geste wollte er sich ablenken und die anderen im Abteil dazu bewegen, mit ihren Augen einen anderen Fixpunkt zu suchen. Falls sie ihn überhaupt noch ansahen? Er wusste es ja nicht. Sein Blick haftete stur auf Seite 138. Nur ihre Umrisse nahm er aus den Augenwinkeln noch wahr, und aufzublicken, um sich zu vergewissern, dass er immer noch beobachtet wurde, traute er sich nicht.

„Ich könnte ja auch zurückglotzen", dachte er und fühlte in sich ein wenig angestaute Aggressivität.

„Aber nein. Dann wäre ich ja wie sie. Außerdem, wie sähe das überhaupt aus? So mit wild stierenden Augäpfeln. Ich würde damit nur Öl ins Feuer der Aufmerksamkeit gießen."

Er fand eine Alternative: sich angestrengt an den Schläfen reiben. Das sollte bedeuten: Conrad ist ein gestresster Mensch. Der Mensch, der nur noch eines nötig hat, nämlich Schlaf und Ruhe zu finden. Als so einen Mitmenschen wollte er sich offensichtlich ausgeben. Seiner Meinung nach musste jeder, der ihn in dieser Situation zu analysieren begann, genau zu dieser Erkenntnis gelangen und es als gegeben hinnehmen. Stress kannte ja nun wirklich jeder, und dass dieser sonderbare Zustände und Reaktionen hervorrief, wusste auch jeder.

Deswegen müssten alle, wie er sich ausmalte, die ihn ansahen und die das erkannten, dem ganzen Gebaren keine übermäßige Bedeutung mehr beimessen. Hätte man ihn vorher etwas komisch beäugt, würde er dadurch wieder Rehabilitierung erlangen. Seine Erscheinung stand somit wieder in normalem Lichte.

Aber genauso gut hätte Conrad sich leicht nach hinten lehnen und seinen Augen schließen können. Bei dieser Handlung wäre wesentlich mehr Zeit vorhanden gewesen, um zum körperlichen wie seelischen Normalzustand zurückzukehren. Die Augen wären verschlossen geblieben, so lange, wie er es für nötig gehalten hätte. Conrad wäre ein normaler Schlafender gewesen. So aber waren es nur wenige Sekunden, die er gewann. Jene Sekunden, die er zum Massieren seiner Schläfen benötigte. Viel zu wenig.

Eine längst entdeckte Erkenntnis durchfuhr ihn plötzlich und sie lautete: Auf eine Aktion folgt die nächste. Mit sehr viel Mut überwand er seine neurotische Paranoia, schaute auf die Uhr, obwohl er wusste, wie spät es war, und verstaute anschließend sein Reclam-Heftchen.

Auf die Uhr zu sehen, war ein guter Einfall, dafür dankte er sich selbst. Im gleichen Atemzug stand er auf und klemmte seine Tasche unter den Arm. Zielgerichtet stieg er die Treppen des oberen Bahnabteils hinunter und verließ den Waggon durch die automatische Verbindungstür.

In einem der vorderen Waggons setzte er sich dann auf einen freien Platz am Fenster. In dem Waggon, in dem er sich jetzt befand, entspannte sich Conrad erstmalig wieder komplett. Das Abteil führte wesentlich weniger Personen mit sich. Alle Anwesenden waren, was Conrad am besten gefiel, auf die eine oder andere Art und Weise mit sich selbst beschäftigt. Sie schliefen, sie lasen oder schauten einfach nur aus dem Fenster. Niemand glotzte ihn mehr penetrant an.

Jaahhh! – Hier fühlte Conrad Wipp sich wohl.

Hier war seine Seele frei von jeglichen abnormalen Ängsten, frei von seinen quälenden Gedanken sowie von der daraus erwachsenden Paranoia, die ihn, öfters als ihm lieb war, in solch harmlosen Situationen ereilte. Diesen Verfolgungswahn hatte er jetzt in einem der anderen Waggons zurückgelassen.

„Soll sich das doch ein anderer aufladen", dachte er und wurde innerlich so richtig ruhig, ja regelrecht gelassen.

Er fühlte sich von allem frei.

Auch schien die Luft hier besser zu sein – viel besser. Sauberer, reiner und gemütlicher. Angehauchte Luft voll entspannter Atmosphäre, voll von einer besonderen Wärme, die auch jene längst herbeiersehnte Sicherheit just in diesem Moment für ihn zurückbrachte. Das zumindest bildete Conrad sich ein. Das fühlte er wahrhaftig. Nicht ohne Grund setzte er sich an eines der Fenster, natürlich in Fahrtrichtung, denn so konnte er die vorüberziehende Landschaft erblicken und detailliert beobachten, sie aufsaugen und in seinem Geiste abspeichern. Jetzt war er der Beobachter. Der einzige Gedanke, den er dabei an die vorhergegangene Situation verschwendete, war in Form einer sich selbst gestellten Frage, die er sich auch gleich unmittelbar beantwortete:

„Was würde wohl einer der Menschen aus dem anderen Abteil denken, der ihm vorhin noch direkt gegenüber saß, ihn aber jetzt und hier wieder erspähte, … wenn er denn hier durchkäme? … Was würde er denken? Was wohl?"

Ach was, konstatierte er, es gibt so viele Möglichkeiten, die sich dieser oder jener Bahnpassagier denken könnte, warum ich jetzt hier und nicht mehr dort verweile. So viele Varianten der Erklärung, aber … aber man muss ja immer mit der Dummheit der anderen Leute rechnen.

3. Kapitel

Todessehnsucht

In der Nacht regnete es. Aber nicht nur das, auch Blitz und Donner wechselten sich in einem einmaligen Naturschauspiel miteinander ab und erhellten in kurzen Intervallen das ganze Firmament.

Conrad stand in Shorts am weit offenen Fenster. Er hatte gerade mal zwei Stunden geschlafen, als er aus einem Albtraum erwachte. Er wollte sich gerade wieder herumdrehen und weiterschlafen, wie er es sonst des Nachts tat, wenn er wach wurde, als ein Blitz derart heftig neben seinem Fenster einschlug, so dass er vollends wach war. Wie eine Bombe, die in unmittelbarer Nähe explodierte, krachte es an der Hausfront. Der Schreck fuhr Conrad durch alle Glieder. Elektrisiert lag er da, wartete ab und erhob sich erst nach einer Weile vom Bett. Jetzt war er hellwach, so hell und klar wie die Kraft der Blitze, wenn sie für eine Millisekunde die Nacht zum Tag machen und Mutter Natur dadurch vorzeitig zum Leben erwacht. Zumindest Conrad war erwacht.

Fasziniert lauschte er dem Regen. Im Nachhinein wunderte er sich, dass das Haus noch in seinen Grundfesten stand. Weitere Blitze erhellten den Nachthimmel wieder und wieder. In Gedanken ließ er seinen Traum Revue passieren. Er hatte es irgendwie schon immer befürchtet. Seine täglichen Ängste hatten sich letztendlich in seinen Träumen eingenistet und ließen ihm selbst im Schlaf keine Ruhe. Es musste ja irgendwann so weit kommen, dass jene Ängste vor dem ständigen Versagen, vor den peinlichen Ausrutschern in der Öffentlichkeit, all jene Ängste, die ihn scheitern, die ihn

24

nicht als perfekt gelten ließen, ihn heimsuchten. Er spürte noch ihre Nachwehen vom Albtraum im Geiste.

Zwar konnte Conrad nicht weiterschlafen, dennoch war er nach dem ersten Schreck froh, dass ihn der Mörderblitz aus seinem Albtraum herausgerissen hatte.

Die Ängste waren erst einmal verschwunden. Denn hier in seiner Wohnung, hier war er gegenwärtig allein. Hier konnten seine Ängste ihm nichts anhaben. Nicht direkt. Aber im Traum bestand die Möglichkeit, überall und nirgends zu sein. Dort wäre er unweigerlich allen Szenarien ausgesetzt, die sein Gehirn hervorkramte und das Unterbewusstsein als unangenehmen Film zusammenstellte.

Was soll ein Mensch auf der Welt noch erleiden, wenn ihm die eigene Psyche keine Erholung gönnt? Wenn die Ängste, die in jedem Menschen wohnen, einem keine Pause, keine Ruhe lassen? Wenn keine Zeit mehr zur Verfügung steht, um dem Dasein die positiven Dinge des Lebens zu entreißen; weil diese ständig wie von einem Schleier bedeckt und von dunkler Hand festgehalten werden? Was nur? Was soll Conrad noch erleiden, wenn er langsam, aber sicher zuerst das Reden und dann das richtige Atmen verlernt?

„Was, was, was ...?" Es spukten abartige Bilder in Conrads Kopf herum und er hätte in diesem Moment, während die Naturgewalten ihm die Nichtigkeit seiner Probleme demonstrierten, ein Buch mit zehn, zwanzig oder noch mehr Kapiteln schreiben können, in denen er das Leben, sein Leben, auf so unterschiedliche und vielfältige Art und Weise, wie es nur möglich war, enden lassen könnte. Er grübelte nach. Was wäre wohl der beste, der leichteste und schmerzloseste Abgang? Er grübelte immer noch. Ah, ein solcher, wie es Klaus Mann im Film zelebrierte. Ja, der wäre gut! Ein weißer

Anzug, ohne Falten, dazu eine passende Krawatte und eine geschlossene Tür, damit nichts schiefgeht. Zum Schluss ein paar letzte Gedanken und die richtigen Tabletten. Dann behutsam auf das unberührte Bett gelegt und dem Unvermeidlichen entgegentreten. Dem Tod entgegen schlummern. Ja, das wäre mutig, wenn nicht gar heroisch. Zu sterben wie Klaus Mann, selber entscheiden, wann der richtige Zeitpunkt ist, um vom Zug des Lebens abzuspringen. Das wäre ein echtes Zeugnis von großer Persönlichkeit. All sein Leiden hätte ein Ende.

Doch ein solcher Typ Mensch war er nicht. Conrad würde davon schreiben, mehr nicht. Nein, er würde bis zum Schluss warten und dann gehen, wenn es für ihn wirklich bestimmt war. Ob nun eher oder später, ein Selbstmord kam nicht in Frage. Conrad erhob die Hände wie zum Gebet. Nein. Eigentlich erhob er sie zum Blitz, der am nächtlichen Himmel in tausend Adern verlief. Er verspürte einen seltsam obskuren Wunsch in sich aufkommen. Möge doch der mächtige Blitz zwischen diesen Fensterrahmen einschlagen. „In mich", schrie er und lehnte sich aus dem Fenster heraus. Die Regentropfen prasselten auf ihn hernieder. Möge er doch einschlagen und sich in seinem Geist entladen, ihn befreien von all den schlechten Gedanken, den ständigen Ängsten.

„In mich", wiederholte er lauthals schreiend, „in mich, du verdammtes Gewitter! Zeige mir, was Macht bedeutet. Zeige mir, wie klein ich bin, wie scheißklein! Befreie mich!"

Conrad genoss es, dass der Regen seinen Kopf kühlte. Doch er wollte mehr. Er zog sich vom Fenster zurück und lief geradewegs durch das Schlafzimmer, weiter durch die Wohnstube, direkt auf den Balkon.

„Zeig mir, wer ich bin", schrie er erneut, „und zeig ihnen, wer sie sind! Yeah! Zeig den Menschen, wer sie sind! Zeig ihnen wie klein sie sind."

Conrad tanzte im Regen.

Erleichtert, unendlich frei und klitschnass kehrte er in seine Wohnstube zurück. Holte ein sauberes Handtuch aus dem Schrank, wechselte die nasse Unterhose und setzte sich an seinen Laptop.

Während Conrads Gesicht ein über alle Dinge erhabenes Grinsen zierte, legte er, nachdem der Computer hochgefahren war, die Finger auf die Tastatur und begann zu schreiben. Das Klackern der Tasten hörte sich an wie ein etwas anderes Konzert. Es hörte sich trotz des monotonen Klanges überaus bewegt und kreativ inspiriert an. Dafür standen die Buchstaben und Wörter auf dem Bildschirm, die in ihrem Transformationslauf vom Geist, über die Finger und über die Tastatur hinein in die elektronische Datenbank flossen.

4. Kapitel

Draußen im Leben

Der ganze Tag hatte sich für Conrads Verständnis arg in die Länge gezogen. Petrus schickte in unterschiedlichen Abständen kleine und große Nieselschauer vom Himmel. Conrad war sich fast sicher, dass selbst der Wettergott Petrus in der Laune, wie er das Wetter präsentierte, mit sich selbst im Zwiespalt sein musste. Die Tütensuppe, Gemüsereis und Erbsen, die er zu Abend gegessen hatte, lag ihm wie ein Stein im Magen, so dass er sich träge und gelangweilt im Sessel herumfläzte.

Der Fernseher lief und zeigte bewegte bunte Bilder. Wie jeden Abend flimmerten die aktuellsten Nachrichten über die Mattscheibe. Meistens solche, die der Produzent gern spektakulärer, schockierender und grausamer gehabt hätte.

„Mehr Blut, mehr Blut. Ich brauche mehr Blut!", hatten Kamerateam und Journalisten bestimmt schon zu Genüge vom Arbeitgeber gehört. Es wurde von Bürgerkriegen, vom Hunger in der Dritten Welt, von erneuten Anschlägen in Nahost und auch von sich gegenseitig beschimpfenden Politikern berichtet und am Ende stand das Wetter; mitunter auch die Lottozahlen. Die Politiker im Parlament konnte man als Zuschauer nur noch hassen, denn bei aller Kontroverse vergaßen die meisten von ihnen, warum sie eigentlich gewählt worden waren.

Ihre eigentliche Berufung schien darin zu liegen, genügend Geld in die eigene Tasche zu wirtschaften, Macht zu festigen und auszubauen, um gleichzeitig mehrere Familien des Typs Normalverbraucher vom sicheren Existenzminimum weg zu katapultieren. Weiter nach unten. Immer weiter, bis unter die soziale Hängematte. Hartz IV trotz Arbeit - war das der Sinn von Reformen und finanzieller Gerechtigkeit? So viel Gehalt, so viele Vergünstigungen für eine Person, von den Managern in der Wirtschaft ganz zu schweigen. Ausnahmen bestätigen natürlich die Regel.

Conrads Gedanken kreisten jedoch nur noch um das eine Thema: Wie sollte er sich wieder in den Griff bekommen? Wie nur?

Ein stinknormales Leben führen, wie jeder stinknormale Mensch. Wie sollte er sich seiner Mitmenschen bewusst werden und sie, sowie sich selbst, nicht so wichtig nehmen? Sich selbst zu nehmen, wie man ist; mit all den Macken, mit all seinen Fehlern und den daraus folgenden Irritationen und sonderbaren Situationen, die das Leben erst lebenswert gestalten, ist doch die richtige Einstellung. Sie, die Menschen, waren doch sein Gegenstand. Sein Brot zum Leben. Als Schriftsteller musste er sie doch beobachten, musste wissen, wie sie sich gebärden, wie sie gingen, weinten, feierten, aßen, wie sie sich liebten. Ihnen konnte er sich doch nicht entziehen, nicht auf Dauer. Er wollte doch ihre Gestiken analysieren, ihre Gedanken und Handlungen auseinandernehmen, ihre eigene und spezifische Art des Lebens verstehen.

Er musste sie doch beobachten und ihnen Toleranz entgegenbringen. Heimlich beobachten und erneute Toleranz zeigen; immer so fort, bis er tiefer in deren Gedankenwelt vordringen konnte und dem Sinn des Lebens, unser aller Lebens, näher kam. Bei seinen täglichen Beobachtungen erkannte er sehr schnell die kleinen und großen Fehler, die dem Menschen inne wohnten und so manch spezielle Eigenschaft, die den typischen Charakter einer Person formte. Trotz allem tolerierte er jeden einzelnen. Er gab den Menschen immer eine Chance. Wie es sich für einen aufgeklärten Geist gehört. Aber an sich selbst, an seiner eigenen Person, da wollte oder konnte er nichts tolerieren. Da durfte kein Fehler auftauchen. Er musste perfekt sein! Er war es aber nicht. Conrad war genauso wenig perfekt wie die anderen. Wie die Menschen, die er beobachtete. Wie jene, die für ihn das Brot und Wasser zum Leben bedeuteten. Sie waren es, die das Leben bedienten. Aus ihnen, aus den Menschen, aus deren Leben zog er den Stoff für seine Geschichten. Doch sie machten ihm zunehmend Angst, die Menschen. Dies war eine ganz neue Erfahrung für Conrad. Nicht er, der Schriftsteller, der alle Fäden in der Hand hielt, der den Verlauf einer Geschichte beeinflusste und steuerte, der an den Fäden seiner Marionetten zog, die ihm willenlos gehorchten, nicht er war Herr über sie, sondern sie waren es über ihn.

Conrad streckte seine Arme in die Höhe, ließ sie langsam und gerade nach vorn fallen und blickte auf seine Hände. Zitterten die etwa, fragte seine innere Stimme. Oder sind sie ganz normal? Ganz ruhig. Wie es sich gehört. Er konzentrierte sich und starrte wie hypnotisiert auf sie. Es ist wahr, sie zitterten. Nein, das ist nur der Puls.

Gott sei Dank. Nur der Puls. Da war er sich sicher. Es konnte nur der Puls sein. Nur ein natürliches Zittern war es.

„Eigentlich sind sie wirklich ganz ruhig", dachte er, warum sollten sie auch zittern, warum auch? Schließlich befand er sich ja in seiner Wohnung, in seiner gemütlichen Höhle, in seinem friedlichen Revier. Fern ab von jeglicher Konfrontation mit den fordernden, gestressten und hektischen Menschen seiner Zeit. Aber dennoch! Hier, in seinem alleinigen Revier, in seinen eigenen vier Wänden, auch hier ereilten ihn derart an den Nerven zerrende Gefühle, die er nicht verstand. Wo kamen sie her? Warum ereilten sie ihn auch hier?

Von außen, wie auch von innen schien ihn etwas, irgendetwas einzuengen. Engegefühle und Ängste also auch hier, wo er eigentlich immer sicher war. Selbst in seiner Höhle, in seinem Rückzugsgebiet, wo er sich von allem regenerierte, selbst hier erlangten ihn klaustrophobische Gefühle, die in ihm den Gedanken an Flucht generierten. Der Vergleich mit einem Gefängnis war nur allzu real, als dass er darüber hätte lachen können. Mehr und mehr vereinnahmten ihn nun auch seine eigenen vier Wände.

„Wie schrecklich", dachte Conrad und lief mit starker innerer Anspannung hin und her. Ähnlich wie ein wilder Löwe, der sich frisch in Gefangenschaft befand, und sein Los des Schicksals noch längst nicht akzeptierte.

Es musste sich was ändern!

Im Rotlicht Unterwegs

„Alter Schwede! Hat die vielleicht einen Arsch", schwärmte Fabian in voller Bewunderung und stieß Conrad, der links von ihm saß, in die Seite. Fabians Gesicht, sein Körper, seine ganzen Sinne deuteten darauf hin, dass er sich in höchster Ekstase sexueller Begierde befand. Seine Empfänglichkeit für die erotischen Signale, die von den tanzenden Damen ausgingen, brachte ihn dazu, sich wild grölend zu gebärden. Conrad sagte zwar nichts, fand aber Fabians Benehmen ziemlich peinlich, wenn auch verständlich.

Etwas gelangweilt saß er inmitten seiner Kumpels und rauchte. Das Striplokal, in dem sie sich befanden, war zu Anfang schlecht besucht. Nur Wenige, weiter hinten in den dunklen Ecken, schauten gebannt den tanzenden Frauen zu. Das änderte sich aber schon bald. Der kleine Saal füllte sich nach und nach. Wie ein Anfänger rauchte Conrad seine Zigarette. Die Hand, in der er sie hielt, zitterte leicht. Wohl auch aus dem Grund, weil er glaubte, von allen anderen um ihn herum und vor allen von den Frauen beobachtet zu werden. Ja, es gab auch Frauen hier, die sicherlich ihre Gründe und Wünsche hatten ebenso hier zu sein wie die Männer. Er bildete sich ein, dass sie ihn anstarrten und den genauen Verlauf seiner Zigarette zum Mund verfolgten. Dabei starrten die Männer, die den größten Teil des Publikums ausmachten, hauptsächlich auf die halb oder völlig nackten Körper der Tänzerinnen, die in zeitlich geregelten Abständen eine Performance nach der anderen darboten.

In diesem Lokal gab es sie, die Kunst der Verführung, im höchsten Grade professionell. Hier konnte jeder, der Lust dazu hatte, einen ästhetischen Striptease in seiner Vollendung sehen und sich daran laben.

Die Frauen unter den Gästen des Etablissements machten Conrad nervös. Er wollte nicht, dass sie ihn hier sahen. Was mussten sie wohl über ihn denken, zumal zwei seiner Kumpels, Fabian und Tim, sich wie zwei notgeile Lackaffen benahmen. Klar, seine Freunde steckten den Tänzerinnen auch das meiste Geld zu, doch etwas zurückhaltender hätten sie sich ruhig benehmen können. Zumindest hielten sie sich so weit zurück, dass sie ihre Geilheit nicht mit obszönen Worten unterstrichen, die sie womöglich noch lauthals den Stripperinnen entgegenwarfen. Noch nicht jedenfalls.

„Hey Conny", meinte Tim, der gerade das Bierglas abstellte und rülpste, „gefällt dir die Puppe nicht?"

„Doch, doch, aber ich warte auf Anita Sherrow", meinte Conrad.

„Ist das nicht die, mit der du mal ..."

„Genau die. Und nenn mich gefälligst nicht Conny", ließ er etwas beleidigt verlautbaren.

„Seit wann strippt die eigentlich wieder hier? Ich denke, sie hat vor einem Jahr damit aufgehört", meinte Fabian zu wissen, der sich in das Gespräch mit einklinkte.

Währenddessen flirtete Karsten, rechts neben ihm, mit einer der Bedienungen. Die Frauen, die hier bedienten, trugen unverhältnismäßig kurze Röckchen. Äußerst kurz. So, dass durch den geringen Stoffanteil alle erotischen Fragen in Bezug auf die hinteren Rundungen beantwortet werden konnten. Der Stringtanga, der beide Wölbungen davon abhielt auf den Boden zu fallen, lugte mal mehr und mal weniger provozierend hervor. „Eine sehr sinnvolle Erfindung, diese Tangas", hatte Karsten zu Beginn festgestellt. Anscheinend hatte er die ihm zur Seite stehende Bedienung so sehr bezirzt oder gut bezahlt, dass sie ihm gestattete, da zu tätscheln, wo Conrads Augen gerade verweilten. Was sie fokussierten, war ohne Frage auch für ihn eine Augenweide. Da gab es nicht einen Deut dran zu rütteln, diese Bedienung hatte wirklich einen überaus knackigen Po.

„Was weiß ich", antwortete Conrad und ohne seiner zittrigen Hand weiter Beachtung zu schenken, befand er sich mitten in einem ungezwungenen Gespräch mit seinen Kumpanen.

„Ich dachte, du wärst im Bilde, schließlich hattest du mal was mit ihr", wiederholte Tim.

„Hatte, die Betonung liegt auf *hatte*. Das war einmal. Was hat das schon zu sagen? Ich wusste bis vor wenigen Minuten auch nicht, dass sie heute hier ist. Seht ihr, da vorn ...", er zeigte zum Eingang des Lokals, wo sich eine digitale Leuchttafel befand, über deren Anzeige die kreierten Buchstaben in einem fast nicht lesbaren Tempo wie bei einem News-Ticker flimmerten. Sie zeigte den Gästen im Lokal an, wer, wie lange und wann heute hier strippt. „Da steht es. Alle Namen der Frauen, die heute auftreten. Könnt ihr nicht lesen?"

„Oh Mann, bin ich blind!" Tim schlug sich an den Kopf. „Und ich dachte, da läuft wieder was."

„Sag mal? Für wen hältst du mich eigentlich? Denkst du etwa, ich würde meine Freundin strippen lassen?"

„Damals war es dir egal", gab Fabian von sich und schaute dabei wie gebannt auf die Bühne direkt vor ihm, auf der sich die Stripperin gerade den Büstenhalter öffnete.

„Damals war auch alles anders. Das waren meine Hü-und-Hot-Zeiten. Ich hatte mal da eine und mal dort. Außerdem war ich nie richtig mit ihr zusammen gewesen. Wer erzählt eigentlich so etwas? Ich kann mir gut und gern vorstellen, dass sie selbst so ein Gerücht in die Welt gesetzt hat", erklärte Conrad.

„Aber nach dir hat sie aufgehört zu strippen und du warst bestimmt der Grund dafür." Fabian sah in Conrads ungläubige Miene. „Oder etwa nicht?"

„Davon weiß ich nichts." Conrad zuckte mit den Schultern, sah auf sein schales Bier und griff danach.

„Egal", meinte Tim, der wie Fabian das Finale der blonden Stripperin vor ihm kaum erwarten konnte. Bevor sie endgültig alle Hüllen fallen ließ, gab sie sich alle Mühe, um ihnen noch ein paar Scheinchen zu entlocken. Jene künstliche Währung, die am Eingangsbereich bei einem weiteren Türsteher von realen Euro in lokales Spielgeld – den Strip Euro – umgetauscht wurde. So hatten die Männer beim Wechselkurs für 10 oder 20 Euro mehr Scheine in der Hand und mehr Möglichkeiten, den Damen etwas zuzustecken als mit zwei Fünfer-Scheinen bei 10 Euro. Einen prozentualen Anteil am Wert des künstlichen Geldes bekamen die Stripperinnen am Ende des Arbeitstages cash ausgezahlt. Viel Erfolg jedenfalls schien die Dame bei den Jungs nicht zu haben. Zusammen warteten die Freunde darauf, dass sie sich endlich komplett nackt auszog, ohne ihr noch etwas zuzustecken.

„Yeah, Puppe! Zeig's mir! Mach dich nackig", feuerte Fabian sie an, erhielt aber für die plumpen Sprüche nur missbilligende Blicke von ihr. „Scheint aber keine Professionelle zu sein", war daraufhin seine Reaktion.

„Tja, ohne Moos nix los", merkte Karsten an, „da musst du ihr schon was zustecken, wenn es schneller gehen soll. Und das Lächeln fällt ihr dann bestimmt auch nicht mehr so schwer." Karsten grinste etwas debil zu Fabian und genehmigte sich einen kräftigen Schluck seines Bieres. Tim und Conrad taten es ihm gleich. Irgendwie hatte Conrad es gewusst oder zumindest geahnt, dass der Abend zu Hause keine besonderen Höhepunkte mehr aufweisen würde. Nur weil er seine Freunde einmal wiedersehen wollte und etwas Ablenkung nötig hatte, nur aus diesem einzigen Grund verließ er seine gemütliche Wohnstube. Gegen 21 Uhr hatte es an seiner Wohnungstür geklingelt. Tim, Karsten und Fabian bettelten ihn an, doch mitzukommen. Sie hatten ihn regelrecht angefleht, weil er sich anfänglich sichtlich gegen einen Ausflug sträubte. Als er sich dann an seinen Entschluss erinnerte, dass sich etwas ändern müsse, zog er sich an und schlenderte mit den Freunden nach unten auf die Straße, wo schon das Auto wartete. Zuvor steckte er sich noch seine Schachtel Zigaretten und etwas Geld ein und ab ging es in die naheliegende Großstadt.

Wie die Verrückten waren sie über die Landstraße gerast, doch getraut etwas zu sagen, hatte sich Conrad nicht.

Wollte er auch nicht. Es war ihm egal. Alles war ihm egal. Heil zurückgekehrt waren sie immer wieder und davon ging er auch dieses Mal aus.

Während der ganzen Fahrt hatte Conrad wenig von sich erzählt. Da er seine Freunde schon eine ganze Weile aus den Augen verloren hatte, spürte er, just auf jener Fahrt entlang der Landstraße, erneut eine neurotische Scheu vor dem größeren Gespräch. „Was ist denn das", fragte er sich selbst, „wieso möchte ich nicht einmal ein Gespräch von Mann zu Mann, von Kumpel zu Kumpel führen? Das kann doch nicht wahr sein, jetzt mach's Maul auf und rede, wenn du gefragt wirst", befehligte er sich selbst.

Zu Beginn der Fahrt schwieg er lieber vor sich hin, als große Geschichten zu erzählen.

Die anschließende Berichterstattung, was er in letzter Zeit so gemacht hätte und wie es ihm so ginge, fiel ihm schwer. Dabei waren es doch seine Freunde aus alter Zeit, die mit ihm im Auto saßen. Sie kannten ihn doch, sie wussten, wer und wie er war. Sie würden Conrad, den alten Aufreißer, der er einmal war, den Phantasten, den „Schriftsteller", wie sie ihn des Öfteren nannten, neben der Verweiblichung seines Namens - „Conny" - sie würden ihn doch nicht für blöd hinstellen. Ach wo, doch nicht ihren alten Kumpan und Freund Conrad Wipp. Tim, Karsten und Fabian kannten doch seinen

Charakter. Bei alten Freunden ist so etwas auch nicht verwunderlich und erst gar nicht der Rede wert und doch ergriffen Conrads alt vertraute Ängste und Gedanken seinen Geist und Körper von neuem. Wobei die Anomalien, wie zum Beispiel ein plötzlich hochroter Kopf oder all die anderen, die sein Körper zu zeigen fähig war, und jene, die stets seinen inneren Zustand verrieten, im Dunkeln der Nacht und erst recht nicht in der Schwärze des Wagens zu sehen waren. Nicht für die Mitfahrer – seine besten Freunde, für niemanden. Keiner von ihnen hätte diese Anomalien gesehen. Nichts dergleichen hätte ihn verraten, so wie es schlecht formulierte Worte und Atemaussetzer durch diverse Klöße im Hals in einem Gespräch getan hätten.

Da Conrad jedoch auch das unkomplizierte Jonglieren mit Worten, sprich - das einfache Gespräch -, in letzter Zeit abhandengekommen war, mussten ihm seine Freunde regelrecht alles aus der Nase ziehen. Er verhielt sich äußerst unkommunikativ und war nicht in der Lage, flüssig und hintereinanderweg von sich zu erzählen.

So warf er ihnen nur Brocken entgegen, was er in den letzten zwei Monaten so angestellt und wie er für sich die Zeit totgeschlagen habe. Die Konzentration zu bewahren, die Worte sinnvoll und regelgerecht mit der jeweilig dazu passenden Stimme zu versehen, war ihm bei den unterschwellig ihn begleitenden Überlegungen in dieser Situation nicht möglich.

Zu viele Gedanken und Fragen kreisten ständig wieder um das eine Problem; ob er auch ja alles richtig machen würde, was normale allgemein menschliche Konversation anging.

Außerdem hatte Conrad die ganze Zeit so ein inneres beklemmendes Gefühl des Nicht-Sprechen-Wollens. Da half auch kein innerer Zwang. Zudem war er der festen Überzeugung, dass seine Freunde es so oder so nicht verstehen würden, wenn er mit dem Urschleim anfangen würde, um sein derzeitiges Leben zu schildern.

Davon mal abgesehen war es auch nicht der passende Zeitpunkt, sein Verhalten psychologisch auseinander zu klamüsern. Nicht hier im Auto, nicht vor einem anstehenden Abend, an dem er zusammen mit seinen Freunden etwas erleben wollte. So entstanden bei Conrad während der Unterhaltung kleinere künstliche Pausen, was seinen Zuhörern durchaus auffiel, aber denen keine wirkliche Beachtung geschenkt wurde. Die Pausen dienten vor allem dazu, dass Conrad seine Gedanken fassen und ordnen konnte.

Gleichzeitig auch, um den peinlichen Versprechern, die ihm bisweilen unterliefen, entgegenzuwirken. Zusätzlich entschuldigte Conrad sich bei seinen Freunden mit der Ausrede, dass er zurzeit sehr viel Stress habe. Er sei ein bisschen, in Wahrheit jedoch völlig, fertig. Genauso formulierte er es und empfand es als gute Erklärung.

Conrad hatte schließlich herausgefunden, dass diese Art von Entschuldigung, dass dieser ehrlich gemeinte Satz von jedem im Arbeitsprozess stehenden Menschen ohne Worte akzeptiert wurde. Meistens folgte daraufhin auch kein nachhakendes „Warum?". Eher bemitleidend oder auch nachfühlend wurde diese Frage dann im Raum stehen gelassen. Weil sich Conrad hier im Dunkel des Wagens um die körperlichen Symptome nicht zu kümmern brauchte, gelang es ihm zu seiner Freude, mit all seinen Gedanken keinen totalen Blackout zu provozieren und blieb bei seiner Masche des nicht sprechen wollenden Mitmenschen.

Tim, Karsten und Fabian, denen es in Wirklichkeit völlig egal war, welche Fehler ihr alter Freund aufwies, sofern diese Fehler sie nicht gerade das Leben kosten würde oder sämtliches Geld aus der Tasche zöge, glaubten, dass sie Conrad in einer depressiven Phase erwischt hatten. Aus dieser, davon gingen sie aus, würde er allemal wieder herausfinden. Es braucht halt alles seine Zeit, versteht sich von selbst und der Abend im Striplokal würde dazu beitragen, wieder neuen Schwung in Conrads Leben zu bringen. Letzteres sollte sich tatsächlich bewahrheiten.

Das Bier schmeckte ihm nicht. Die Frauen hatten durchaus ihre Reize, doch die versprochene Ablenkung fand Conrad nur zum Teil. Seine Kumpane jubelten der blonden Stripperin hinterher, die nach ihrem Akt des professionellen verführerischen Entkleidens wieder hinter der Bühne verschwand. Conrad, der einen letzten Zug von seiner Zigarette nahm, drückte diese, eine Menthol-Zigarette, in einem der Aschenbecher aus und verfolgte im Gedankenleerlauf den ausgepusteten Qualm, wie er sich in einiger Entfernung von ihm auflöste. Plötzlich verstummte die Musik. Die Gespräche der Besucher, die nun alleinig als selbstständige Geräuschkulisse zuhören waren, verstummten allmählich.

Das Licht wurde um einiges mehr, als es schon geschehen war, gedämmt. Eine düstere Stimmung wurde durch den sich ausbreitenden Nebel heraufbeschworen. Die Bühne verwandelte sich in ein mystisches Gebilde von anmutend märchenhafter Szenerie. Erst leicht, dann heftig begann sich die aus dumpfen Tönen bestehende Musik dem Betrachter des Schauspiels aufzudrängen, begleitet von einer kleinen Lichtshow der über der Bühne hängenden Lichtanlagen. Die bunten Farben, die dumpfen Töne und den aufziehenden

Nebel, der zeitweilig undurchdringlich zu sein schien, empfand Conrad viel faszinierender als den zuvor dargebotenen
Strip. Bis plötzlich, scheinbar aus dem Nichts, Anita Sherrow
vor ihm stand.

Anita Sherrow

„Was für ein Luxuskörper", raunte Conrad. Seine Freunde,
die fast synchron zu den Biergläsern griffen, um sich zuzu-
prosten, waren ebenso entzückt wie er.
Anita begann ihre Show.
Langsam und elegant stolzierte sie über die Bühne. So als
müsste sie aufpassen, dass sie so wenig wie möglich von den
tausend unter ihr entlang krabbelnden Ameisen zertrat.
Imaginäre Ameisen, die keinen besseren Weg fanden, um
ihre Ameisenstraße durch den Raum zu führen, als den, der
über die Bühne führte. Geradewegs, wo sich Anita Sherrow
gierigen Männer- und Frauenblicken präsentierte.
In ihrem Gesicht sprühte eine erhabene Arroganz.
Sie war Herrscherin über all die niederen Instinkte, über all
die Männer, die nur wenige Meter weiter unten im Lokal
saßen und ihr sabbernd entgegenglotzten. Sie konnte regelrecht ihre dünnen, dicken, ihre kurzen oder ihre langen
Finger auf ihrer Haut spüren. Ebenso an ihrem Po, an ihren
Brüsten. Überall. Sie sah es den Männern an, wie sie liebend
gern jede Stelle ihres Körpers betatschen würden, wenn sie
nur könnten. Womöglich lief schon längst ein erniedrigender
Film, nur auf das eine Ziel hinstrebend, vor ihrem geistigen
Auge ab.
Doch sie, Anita Sherrow, sie war die Herrin und sie hatte die
Macht. Die Macht als Frau, sie hörig, sie abhängig zu ma-

chen. Die niederen Bedürfnisse der Männer ausnutzend, konnte sie diese allesamt mit einem Mal versklaven.

Sie sah es, klar und deutlich, in ihren Augen und auch in ihren Haltungen. Sie hatte das andere Geschlecht in ihren Bann gezogen. Sie sah, dass die Männer direkt vor ihr jetzt an nichts Anderes mehr dachten als an sie, die Tänzerin der Nacht. Nur noch an das Eine.

Ein weißer Strohhut schmückte ihr Haupt und ein gelber Schal verdeckte nur für kurze Zeit ihren dünnen Hals. Ja. Das war sie, Anita Sherrow, begann Conrad zu sinnieren. Ihr Körper, der sich mehr und mehr entblößte, war die perfekte Kreation zweier Menschen, die sicher eine Liebesnacht der besonderen Art miteinander verbracht hatten. Nichts Anderes, nur das konnte Conrad bei ihrem Anblick schlussfolgern.

Anita brauchte nicht lang und entdeckte prompt ihren alten Ex-Freund Conrad unter den Männern in der vordersten Reihe; ihren ehemaligen Spielgefährten und Liebhaber. Für einen Augenblick sah sie etwas überrascht aus. Ihre Augenbrauen zuckten verdächtig, aber im Nu fing sie sich wieder und blinzelte Conrad zu. Die alten Bettgeschichten waren ihr noch in lebhafter Erinnerung.

Wie Conrad musste auch sie jetzt an die stürmische und leidenschaftliche Zeit denken, die sie in den Armen des Mannes verbrachte, der ihr nach jeder Liebesbegegnung ein anderes Liebesgedicht zum Geschenk machte. Der aber, und das hatte sie auch nicht vergessen, ihr eines schönen Tages einfach so den Laufpass gab.

Als würde es zu ihrer Show gehören, tänzelte sie an Conrad heran und hauchte ihm etwas ins Ohr, worauf er nicht gefasst war. Ein aufforderndes Zwinkern in ihren Augen, nachdem sie sich von ihm entfernt hatte, tat das Übrige, um

Conrad die eben vernommenen Worte zu verdeutlichen, denn im lauten Klang der Musik drohten sie regelrecht unterzugehen.

So leise und zerstückelt, wie die Worte durch seinen Gehörgang drangen, versuchte er, sie richtig zusammen zu puzzeln. Ihr Zwinkern jedoch war eine Geste, die er zur Genüge von ihr kannte und just in diesem Augenblick gefiel sie ihm – die Geste und natürlich Anita.

„Komm in ein paar Minuten zu meiner Garderobe. Rechts von dir, die Tür da." Genau das war es, was sie ihm gesagt hatte. Ihr lüsterner Hauch, den er dabei am Ohr vernommen hatte, erregte ihn. Als Anita sich daraufhin abwandte, die gegenüberliegende Seite der Bühne abschritt und sich drei, vier Scheine zustecken ließ, wusste Conrad, was der Abend noch für ihn bereithielt. Er spürte es am eigenen Leib. Seine aufgeflammte Erregung und die magische Anziehungskraft von Anitas körperlicher Schöpfung machten ihn wild. Äußerst empfänglich für ihre Gebärden auf der Bühne beobachtete er sie intensiv weiter. Sie hatte eine wahrlich traumhafte Figur. Die Frau, in die er sich verlieben würde, die er später heiraten würde, mit der er Kinder haben wollte, die müsste den Geist seiner guten Freundin Alexandra und den Körper Anitas besitzen. So und nicht anders sah seine faustische Helena aus, die Idealgestalt einer Frau. Dafür, dass er diese Frau in seinem Leben kennenlernen dürfte, dafür würde er mit Leib und Seele durch das bösartigste Feuer der Hölle gehen wollen und dem Teufel täglich die Füße lecken. Oder aber den Höllenfürst heimlich seiner drei goldenen Haare berauben, um sie dann seiner Auserwählten in einem ritterlichen Kniefall vor die Füße zu legen, wenn sie es denn verlangen würde.

Plötzlich und genau in diesem Moment spürte Conrad eine Sehnsucht in seinem tiefsten Innersten. Er wusste in diesem Augenblick, dass sein ganzes Dilemma, sein abstruser Zustand nur daher rührte, dass er völlig einsam war. Schon seit geraumer Zeit wohnte keine einzige Person mehr in seiner Brust. Niemand, für den sein Herz in einem lebensfrohen Takt schlug. Weder Freunde noch Verwandte. Nicht einmal eine ihm sehr nahestehende Person wie zum Beispiel Alexandra. Von einer Partnerin, die er liebte und die wiederum ihn liebte, ganz zu schweigen.

Niemand war in seinen Gedanken und in seinem Herzen auf Dauer präsent. Niemand war da fest verankert, an den er dachte, den er vermisste, den er liebte. Das hatte er verlernt, das Herz mit seinen wichtigen Mitmenschen zu füllen. Es war leer.

Unbeeindruckt von den zusätzlichen Lichteffekten, die zur perfekten Show Anitas beitrugen, stand er auf. Er signalisierte seinen Freunden, dass das drückende Bier der Grund seines plötzlichen Aufbruchs sei. Was aber gelogen war. Zielstrebig ging er der Tür entgegen, an die Anita ihn verwiesen hatte. Auf dieser stand groß und deutlich: „Nur für Personal!"

Ich glaube nicht, dass sie dich sehen will …

Just in dem Moment, als er die Türklinke betätigen wollte, umgriff etwas Festes seinen Arm. Ein Riesentyp, einer von den Türstehern und Rausschmeißern, stellte sich ihm in den Weg.

„Was willst du hier", raunte die aggressive Stimme des hünenhaften Kerls, dessen Bizeps augenblicklich wie überdimensional große Eiterbeulen zu zerplatzen drohten. Conrad war so erschrocken, dass er nur den Namen „Anita" herausbrachte.

„Die tanzt noch", sagte der Türsteher rau.

„Das sehe ich", dachte Conrad und wollte gerade etwas sagen, als sein Gegenüber ihm zuvor kam. „Ich glaube nicht, dass sie dich sehen will. Hier hat niemand was zu suchen!"

„Ich glaube schon", konterte Conrad, „und ich glaube nicht, dass sie möchte, dass du einen alten Freund von ihr zusammenschlägst. Pack deine Muskeln wieder ein und denke darüber nach." Conrad bekam einen heftigen Puls. Das Adrenalin hielt ihn an, auf alles gefasst zu sein.

Was war eigentlich geschehen? Er konnte es gar nicht recht fassen, was er da eigentlich gesagt hatte. Spontan und überaus provokativ hatte er das ausgesprochen, was er dachte. Auch die gefürchtete Konsequenz dessen, was ihn dadurch ereilen konnte, hatte ihn nicht im Geringsten abgeschreckt, frei von der Leber weg zu reden. Er wusste natürlich, dass Typen wie dieser Türsteher nur darauf warteten, Derartiges zu vernehmen, um somit einen Freischlagschein zu erwerben. Schon die Frage: „Was willst du von mir?" war ein Grund, dem Gegenüber die Fresse zu polieren. Jedes falsche Wort wird von solchen Subjekten als provokative Handlung verstanden. Manchmal auch, wenn man gar nichts sagt. Doch die ganze Aufregung hätte Conrad sich sparen können, anstatt ihn an Ort und Stelle zu vermöbeln, drehte der Türsteher sich professionell um, sagte: „Warte hier!", und ging zur Bühne. Er signalisierte Anita, was für ein Problem er hatte, und sie wiederum nickte ihm zustimmend zu, was ein „Ist schon Okay." bedeutete.

Ruhig und gelassen kam der Türsteher wieder zurück, verzog keine Miene und machte Conrad sogar die Tür auf. Zum Vorschein trat ein dunkelblauer, in Neonlicht gefärbter Gang. Der Türsteher verwies Conrad auf die dritte Tür von rechts. Dort solle er warten. Während Conrad eintrat, murmelte er stotternd ein leicht verwirrtes „Da... Danke!" hervor. Der Türsteher nickte ihm ungewohnt freundlich zu und schloss hinter ihm die Tür.

Gedämpft drang die Musik durch die verriegelte Tür.

Niemand außer ihm war auf dem Gang. Das Neonlicht verlieh dem Gang ein spaciges Aussehen. Conrad kam sich vor, als würde er durch eine Riesenröhre gehen. Eine Art Verbindungsstück einer modernen Raumstation, welches ein Modul mit dem anderen verband.

Da stand er nun, inmitten des Ganges.

„Hmm", gab er etwas verunsichert von sich und lief dann zu Anitas Kabinentür. Wie ein Hündchen, das brav und fein aufs Herrchen wartet, überlegte er die weiteren Schritte.

Sollte er etwa schon hineingehen? Oder doch lieber warten? Hatte sie nicht gesagt: „Vor der Tür?" Hatte sie überhaupt was dazu gesagt?

Conrad wusste es nicht mehr. Er beschloss letzten Endes zu warten. Das hielt er für angebracht und lehnte sich daraufhin an den Türrahmen.

Im Geiste ließ er die eben erst in sich aufgesogenen Bilder vorüberziehen, die ihm Anita geboten hatte.

Erneut machte er sich bewusst, wie der Abend enden würde. Es war ein Moment völliger Gewissheit. Seine Hose wirkte nun überaus eng. Anstatt Gegenmaßnahmen zu ergreifen, ließ er es einfach geschehen. Ihm gefiel das.

Allzu lange musste Conrad auch nicht warten. Mit einem Mal ging die Tür zum Lokal auf und da war sie. Anita Sherrow. Erschrocken ging Conrad in die Knie und tat so, als müsse er eine offene Schleife an einem seiner Schuhe binden. Denn es hätte ja auch jemand Anderer sein können. Doch als er sie erkannte, erhob er sich wieder, lehnte sich zurück an den Türrahmen und wartete ab. Anita konnte seine Erregung deutlich sehen.

„Aha", hauchte sie ihm entgegen. Langsam stolzierend, wie auf der Bühne, kam Anita auf ihn zu. Sie war völlig nackt. Ihr Outfit hing über ihrem linken Unterarm. Genauso, dass ihre Brüste verdeckt wurden. Der andere Arm baumelte lässig an der Seite herunter.

„Wir haben uns ja lange nicht mehr gesehen", sagte sie verführerisch und näherte sich Conrad immer mehr. Er blieb ungewöhnlich cool. Es war ja sonst nicht so seine Art, den harten Mann zu spielen. Doch er behielt sein eingenommenes Image bei und wartete darauf, dass etwas passieren würde. Anita kam immer näher und drang mit einem Mal in seine private Aura ein, die seinen Körper umgab. Sie war ihm jetzt sehr nahe, ohne Vorwarnung.

Immer tiefer drang sie hinein, weiter vor in den intimen Bereich. Sie schmiegte sich an ihn, betätigte dabei die Klinke der Tür zu ihrem Zimmer, die sich nur eine Armlänge von ihr entfernt befand und die sich daraufhin öffnete.

Die Klamotten, die sie im Arm trug, flogen in einem hohen Bogen in die Mitte des Zimmers. Nun hatte sie beide Hände frei, um Conrad an den Po zu fassen und ihre Brüste an seinen Oberkörper zu pressen.

Conrad spürte Anita. Er spürte ihre weichen Brüste auf seiner, noch vom T-Shirt bedeckten, Brust und auch er umarmte sie. Er fing an, sie am Hals zu küssen.

Dabei fuhr er ihr mit den Händen erst sanft, dann wie wild über ihre Schultern. Dann weiter hinunter zu ihren beiden hinteren Kugelhälften.

Sie kamen sich näher und näher. Die Luft roch nach Parfüm. Es roch nach Frau. Es roch nach Mann.

Anita spürte, durch ihre bewusst angepresste Nähe zu Conrads Unterleib, jetzt noch viel deutlicher seine Bereitschaft. „Genauso wie früher", dachte sie und wurde umso rasender für das nun anstehende Liebesspiel.

„Fick mich", raunte sie ihm ins Ohr und das war das Stichwort, auf das Conrad gewartet hatte. Er begrabschte sie von oben bis unten, vergrub sich mit dem Kopf in ihren Brüsten, küsste ihren Bauch, strich an ihren Innenschenkeln entlang und presste auch seinen Unterleib an den ihrigen, wo sie ziemlich schnell zu nässen begann. Hastig öffnete Anita ihm helfend seine Hose, während Conrad sie in das Zimmer drängte. Mit einem heftigen Hieb, ausgeführt durch Conrads rechtes Bein, flog die Tür krachend zu.

Der Flur wirkte nun wie ausgestorben. Er erstrahlte eintönig wie zuvor im blauen Neonlicht und nur der Duft der Geilheit, der Pheromone, der sich mit jeder Sekunde minimierte, konnte noch von den hastigen Bewegungen zweier sich begehrender Menschen erzählen.

5. Kapitel

Der Morgen stirbt nie

Conrad kam einfach nicht aus den Federn heraus. Er fühlte sich wie von einem Elefanten vor den Kopf getreten und glaubte fast, womöglich für immer und ewig, eine Symbiose mit dem Bett eingehen zu müssen.

Ab und zu drückte er wahllos auf den Tasten der Fernbedienung herum. Zappte von einem Sender zum nächsten und blieb schlussendlich bei einer Bundestagsdebatte hängen, obwohl er sich nicht wirklich in der Lage fühlte, den sich verbal balgenden Politikern ordentlich zuzuhören. Er entschied sich jedoch, den Sender beizubehalten.

Der Inhalt der Debatte war ihm dabei völlig schnurz. Ihm war es egal, ob die eingereichten Vorschläge der Politiker vernünftig waren oder nicht. Ob sie in ihrem Grundkonzept gar sinnvolle Reformen erzielen oder möglicherweise ungewollt das Gegenteil bewirken würden und ein Rückschritt in Richtung Mittelalter durchaus der Realität entsprach. Des Öfteren war es doch eher so, dass die Politiker, je nachdem wer an der Macht war, die Privilegien und die Gewalt, die die Ämter mit sich brachten, komplett ausnutzten.

Die neu gewonnene Macht oder die Macht, schon ewig auf dem gleichen Stuhl zu kleben, zog jeden in seinen Bann. Ganz nebenbei versuchte dieser oder jener, ein Netz aus korrumpierten Gönnern, Freunden und Rechtsanwälten aufzubauen. Die eigentliche Politik diente dabei als Deckmantel. Dessen war sich Conrad überaus sicher und seine Überzeugung, dass es so und nicht anders praktiziert wurde, musste erst einmal durch das Gegenteil bewiesen werden.

Die Machtausübenden sowie die Opposition vertraten meist knallhart den eigenen Standpunkt. Ein vernünftiger Konsens lag da vielmals in weiter Entfernung und ehe sich einer anbahnte, wurde das Volk in den Medien blenderisch unterhalten.

Obskure Dinge wurden mit Hilfe der Medien zum Tagesthema gemacht, die mit eigentlicher Politik nichts zu tun hatten. Brot und Spiele nannte man das im alten Rom. Bis irgendwann im Hintergrund von langer Hand geplant ein trügerisches demokratisches Häppchen mit dem Beigeschmack „Vorteil für alle Bevölkerungsschichten" freigegeben wurde. Mit einer derartigen Intention ging meistens eine solche Debatte einher und deshalb ließ Conrad die mächtigen Streithälse einfach faseln. So nebenbei. So zum Wachwerden.

Eine Plastikflasche, gefüllt mit Mineralwasser, stand griffbereit neben dem Bett. Mit dem klaren geschmacklosen Nass löschte er den vom Alkohol hervorgerufenen Brand in seiner Kehle. Morgens und vor allem nach so einer ereignisreichen Nacht hatte er immer einen enormen Durst, wobei die Kohlensäure sich nicht gerade angenehm auf die Innenwand seines Magens auswirkte. Deshalb fand sie auch gleich wieder, hervorgerufen durch eine laute Lufteruption, den Weg nach draußen.

Es war schon ein Weilchen her, dass Conrad sich seinen urzeitlichen Trieben überaus tierisch hingegeben hatte. Das Abenteuer der gestrigen Nacht hatte wenig mit Erotik und Liebe zu tun gehabt. Das Wort „Pornographie" war schon eher das passende Synonym dafür. Auch das anschließende Biergelage mit seinen Freunden, denn nur so konnte die Zusammenkunft am Biertisch genannt werden, dauerte nach der Nummer mit Anita bis fünf Uhr morgens an. Wie Fabian, Karsten und Tim hatte auch Conrad sich dem übermäßigen Alkoholgenuss hingegeben, was dann wohl doch zu viel des Guten gewesen sein musste. Zumal er keine trainierte Trinkerleber besaß wie Fabian oder Tim.

Trotzdem. Anita war schon eine scharfe Braut und auf die Spekulation hin, mit ihr ein erneutes sexuelles Abenteuer zu erleben, hinterließ er ihr anschließend seine neue Adresse mitsamt der Telefonnummer. Anita. Ja, das war schon eine Frau. Das war die Frau mit dem perfekten Körper. Ihr Sexappeal konnte einen Mann, einen Mann wie Conrad nur erweichen. Mit ihr hatte er geschlafen. Doch mehr war da nicht. Es war nur das Fleisch, das ihn gelockt hatte und das ihn letzte Nacht ohne die geringsten Bedenken in ihre Arme, in ihren Schoß trieb, obwohl er sie nie wieder sehen wollte! Denn Anita war eine jener Frauen, die, wenn sie verliebt und eifersüchtig waren, nur Stress bedeuteten; wahrscheinlich mit einem nachfolgenden Herzinfarkt. Deshalb hatte er sich auch von ihr getrennt. Vor langer, langer Zeit.

Ein Freund …, ein guter Freund, ist alles, was zählt

Das Mehrfamilienhaus, das er gerade betrat, roch nach Chlor. Ein widerwärtiger Geruch, der bei höherer Dosierung, wie es hier der Fall war, einem Giftgas-Angriff der übelsten Sorte glich. Conrad rümpfte die Nase, schüttelte den Kopf vor Ekel und assoziierte das eben Genannte in seinem Geist. Schnell wollte er wieder nach oben. Ein kurzer Briefkastenbesuch, mehr nicht. Post und Zeitung geschnappt und anschließend wieder in den eigenen vier Wänden Unterschlupf finden. Vorerst wieder verkriechen und grübeln.

Sonnenhöhe 16, das Haus befand sich in einer ruhigen Gegend. Ein moderner Anstrich machte es optisch interessant. Erst vor wenigen Monaten war das Haus rundum saniert worden. Nun besaßen alle Bauten der Sonnenhöhe einen neuen Teint, Sonnenhöhe 16 war das letzte sanierungsbedürftige Haus gewesen.

Gemeinsam, wie eine eng zusammengetriebene Herde weniger Schafe, genossen die Mehrfamilienhäuser mit ihren Bewohnern die gemütliche Aussicht auf die alte historische Innenstadt. Jedes der Häuser entsprach einer anderen architektonischen Bauweise und war im Durchschnitt drei Stockwerke empor gebaut worden. Ganz rechts oben, in einer Dreiraumwohnung, die viel zu groß für Conrad allein war, hatte er es sich behaglich eingerichtet. Nun schon seit über einem Jahr. Bei seiner Suche nach einer neuen Wohnung hatte er vor geraumer Zeit von seiner sehr guten und langjährigen Freundin Alexandra Uhland erfahren, dass sich hier auf Sonnenhöhe 16 noch eine freie Wohnung befand. Ihm gefiel die Gegend und so war der Umzug so gut wie beschlossen gewesen. Alexandra, die nur ein Stockwerk tiefer, links hinaus, wohnte, kannte Conrad schon seit seiner frühesten Jugend. Mit der Weile hatte er aufgegeben, die Jahre zu zählen. Ihre Freundschaft zueinander war all die Jahre über, die sie sich kannten, rein platonisch gewesen. Sie wollten zusammen den Himalaja besteigen, Elefanten in Indien reiten, Tiger jagen und Zirkusclowns in der Manege werden. All die Dinge, die Kinder gern machen würden, wenn sie nur könnten.

Später, im schwierigen Teenageralter, gingen sie zusammen in Diskotheken, betranken sich, tanzten, feierten und frönten den Genüssen, was sie laut Gesetz durften oder auch nicht. Aber von einer Partnerschaft, die über das Platonische hinausging, war nie die Rede. Sie wussten von Anfang an, dass ihre Freundschaft nie mit einer Ehe enden würde. Dazu waren sie viel zu verschieden und ihre Freundschaft viel zu wichtig.

„Bevor ich dich heirate, muss schon eine zweite Sonne am Morgen aufgehen und am selben Tag gewinne ich in der Lotterie den Jackpot", hatte Alexandra mal scherzhaft gesagt.

„Gott sei Dank wird das niemals geschehen", antwortete Conrad darauf, „ich habe nämlich keinen Bock, dich zur Frau zu nehmen. Erst recht nicht ... erst recht keine ..."

„Keine was? Überleg dir was, du ..."

„ ... Erst recht keine Xanthippe." Conrad rannte sogleich grinsend über seine gelungene Verbalattacke davon, wohl wissend, dass Alexandra das nicht auf sich sitzen lassen würde.

„Waaaas?", ertönte es von ihr fassungslos, und sie stieg ihm hinterher, doch aus Spaß, um ihm bei gelungener Gefangennahme eine kräftige Tracht Prügel zu verpassen.

„Siehst du! Ich hatte recht damit", rief Conrad, während er vor ihr flüchtete.

„Wart's nur ab, wenn ich dich erwische! – Conny."

Einer von beiden gab dann irgendwann auf. Anwesende Freunde amüsierten sich dann stets von Neuem. Conrad stieg eilig die Treppen hinauf und hoffte, dass keiner der anderen Mieter auftauchte, auch nicht Alexandra, um ihn in ein ungewolltes Gespräch zu verwickeln. Manche von ihnen drängelten sich ihm regelrecht auf, seit sie wussten, dass er der Gilde der Schriftsteller angehörte. Vor allem die alte verschrumpelte Grunert. Sie hatte zwar schon etwas von ihm gelesen und auch ein Buch gekauft, aber sie würde im Moment mehr als nur nerven. Conrad hatte den Verdacht, dass sie glaubte, auf diese Weise in einer seiner Storys erwähnt zu werden, dem Schriftsteller im Gedächtnis zu bleiben und so zu einer Figur zu werden. Ja, die Grunert, die hätte ihm jetzt gerade noch gefehlt. Zusätzlich textete ihn die Grunert stets mit dem neuesten Klatsch und Tratsch zu.

Ständig fragte sie Conrad, wie es ihm gehen würde, ob er an einem neuen Buch schreibe, ob er mit dem Leben klar kommen würde und so weiter und so fort. Das war ja nett gemeint, trotzdem stand sie ihm bis zum Hals. Dazu noch ihre krächzende Stimme, das war nicht zum Aushalten. Nicht in seiner Situation.

Wut breitete sich in ihm aus. Bei dem Gedanken, ihr wieder heile Welt, heile Gefühls-, Gedanken-, Freizeit- und Arbeitswelt vorgaukeln zu müssen, nur um der liebe, nette, junge Mann aus der obersten Etage zu sein. Nur damit sie sich nicht über ihn das Maul zerriss und schlechte Gerüchte in die Welt setzte. Denn wer ihn so mit allen Einzelheiten der Umgebung zuschüttete, der tat dies mit Sicherheit ebenso bei anderen Zuhörern. Diese Frau war gefährlich. Sie, mit ihrem tabulosen Mundwerk. Der Gedanke regte ihn auf. Bloß keine Grunert jetzt! Und wenn doch …

„Scheiße geht es mir! Total scheiße! Und nun lassen Sie mich endlich in Frieden", würde er ihr ins Gesicht brüllen und einfach weitergehen, ohne nur die geringsten Anzeichen von Nervosität und Reue zu zeigen, die ihn bei solcherlei Gesprächen sonst ereilten.

Den ersten Stock hatte er hinter sich gebracht. Das Grunert-Syndrom wurde somit von ihm erfolgreich bewältigt und der Gedanke an einen ruhigen und entspannten Abend vor dem

Fernseher oder dem Computer ließen seine grimmigen Gesichtszüge leicht verschwinden.

Im zweiten Stock angekommen wurde plötzlich eine Wohnungstür regelrecht aufgerissen. Conrad erschrak heftig und verharrte einen Augenblick still, fixierte das Namensschild und im gleichen Moment stand Alexandra vor ihm. Ihre Brille war bis auf die äußerste Nasenspitze vorgerutscht und ihre Haare waren wild durcheinander gewuselt. Wahrscheinlich trug sie ihr Gestell mit den dicken Linsen auch noch beim Schlafen, vermutete Conrad. Wie Alexandra aussah, hatte sie sicherlich wieder die ganze Nacht und den ganzen Tag über an irgendeiner wissenschaftlichen Arbeit gesessen und sich dabei ständig in den Haaren herumgefummelt. Das tat sie immer, wenn sie unter permanentem Stress stand.

„Na, mein Bruderherz?", begrüßte sie ihn scherzhaft mit freundschaftlicher Geste und hielt ihn davon ab, in zutiefst pessimistischer Laune ein Stockwerk höher zu stampfen. Sie umarmte ihn freundschaftlich und zog ihn zu sich in die Wohnung. „Los, komm rein ... keine Widerrede."

Sie konnte es ihm förmlich ansehen, einmal in seinen eigenen vier Wänden angelangt, wäre er vollends in ihnen versumpft. „Zieh nicht so ein Gesicht und mach es dir bequem", befahl sie ihm.

„Aber ...", wehrte Conrad ab. Ihm blieb jedoch keine andere Wahl, als ihr nachzutrotten.

Alexandras Wohnstube und ihr Arbeitszimmer sahen für jeden ordnungsliebenden Menschen verdammt zum Heulen aus, als hätte nicht nur eine Bombe eingeschlagen, sondern gleich das ganze Waffenarsenal der Nato. Überall lagen Bücher herum, große und kleine, aufgeschlagene und zugeklappte, auch Kopien, völlig ungeordnet und verschiedene Zeitschriften und Zeitungen, auf denen unsaubere Kaffeetassen standen. In ihnen hatte sich zum Teil schon der Schmant zu einer undurchlässigen und festen Kruste abgelagert. Freunde der Geologie hätten an den Kaffeetassen ihre helle Freude gehabt und liebend gern den Alterszustand der Schichten analysiert.

Hier und da klebten bekritzelte Notizzettelchen, Alexandras zweite Gehirne. Stifte lagen kreuz und quer.

Hinzu kam eine Unmenge von Kleidungsstücken, die ebenfalls im ganzen Zimmer verstreut herumlagen oder irgendwo hangen. Zuallerletzt nicht zu vergessen: ein zerwühltes provisorisches Bett auf dem Fußboden.

„Glotz nicht so und setz dich", gebot sie ihm und verschwand kurz in der Küche. Von dort sprach sie in einem etwas gedämpften Ton weiter. „Ich befand mich gerade im Korridor und habe eine Person im Treppenhaus vernommen. Neugierig, wie ich bin, habe ich durch den Spion geschaut und dich erblickt. Wie ein Träumer bist heraufgestiegen. Na ja, eigentlich nicht direkt wie ein Träumer. Eher wie einer, der was ausbrütet. Warst wohl wieder mal in Gedanken versunken, wie? In einer anderen Welt, vermute ich?"

Sie kam mit einem Teller, auf dem drei verschiedene Obstfrüchte lagen, und einem Messer zurück. Es sollte ein Abendmahl werden. „Doch ehrlich gesagt, wie ein glücklicher Träumer mit einer glücklichen Welt siehst du mir jedenfalls nicht aus?"

„Nein?" Conrad tat überrascht. „Wieso nicht?"

„Na wieso, na wieso?" Ihre Stimme klang etwas pampig, aber sie meinte es nicht so. „Was für eine Frage. Man sieht es dir an, Conrad."

„Ach nein?"

„Ja, doch!" Energisch widersprach sie ihm. „Hier, iss was. Ich hatte sowieso vor, etwas eher Abendbrot zu essen. Nimm dir ruhig den Apfel. Der hat Vitamine, die werden dir gut tun."

„Du musst mir schwatzen", konterte er. „Ganz im Gegenteil, Miss Alexis!" Damit meinte er sie und zeigte auf ihr Chaos.

„Eher deine Wenigkeit als meine benötigt hier Vitamine. Du siehst aus, als würdest du dringend etwas Urlaub gebrauchen. Was machst du eigentlich den ganzen Tag? Und warum sieht es hier so fürchterlich chaotisch aus?" Mit dieser Frage wollte Conrad von seiner eigenen Person ablenken und scheinbar gelang es ihm auch.

„Erstens sieht es bei dir, unter Umständen, wenn nicht gar des Öfteren, keineswegs besser aus. Zweitens muss hier nicht alles blitzblank sein, da ich im Moment keinen männlichen oder elterlichen Besuch erwarte ... und wenn schon ... Drittens schreibe ich gerade an einem Artikel über die Kreuzzüge im Mittelalter, sitze zusätzlich an einer Publikation, bei der es um die mittelalterliche Stadt geht, die schnellstens fertig werden muss. Und außerdem bereite ich noch zusätzlich eine Vortragsreihe sowie eine Rede über ‚Das Sterben der verbalen Kommunikation in der heutigen Gesellschaft' für den ‚World-Communication-Congress' vor. Ich sage da nur: Thema Internet-Chat. Das alles hat mehr Priorität als ein Hausfrauenputz. Und viertens, eine Frage an dich, die sich unter anderem auch in mehrere einzelne Fragen aufsplitten lässt: Was ist in letzter Zeit eigentlich los mit dir, Conrad? Du machst mir überhaupt keinen glücklichen Eindruck und hast dich lange nicht mehr blicken lassen."

Conrad wurde durch Alexandras Tonfall, die er so kaum wiedererkannte, völlig wirr. Seine Gedanken, die er versuchte zu ordnen, wurden von einem hitzigen Gefühl nach dem anderen unterminiert. Von seinen Ohren aus machten sich Hitzestöße breit und erstreckten ihr Wirkungsfeld über den ganzen Körper. Das überwältigte ihn dermaßen, dass ihm alles und nichts durch den Kopf ging. Das Resultat von all dem war ein Schwarzes Loch und das schien plötzlich seine gesamte Gehirnmasse zu beherrschen.

„Ich, ich ... ich will es dir erklären, ... will dir sagen, dass, dass ... dass ich, ... oh mein Gott!" Er konnte sich nicht artikulieren. Sein Gehirn ratterte weiter auf der Suche nach einer Erklärung; nach einem Ansatz. Nach etwas Logischem. Jedoch wusste er nicht, was er ihr genau sagen sollte und was genau sie von ihm hören wollte. Seine Angst davor, dass seine beste Freundin ihn in diesem Zustand erlebte, ihn wie das pure, verschüchterte, am Boden zerstörte Häufchen Elend ansah, das er selbst in sich sah, nahm ihm alle geistige und menschenmögliche Kraft, sich in diesem Wohnraum verbal zu beweisen. Von einer verbalen Verteidigung, von einer Wiederherstellung seiner Artikulationsfähigkeiten, um alles wieder ins rechte Licht zu rücken, um sich erneut zu rehabilitieren, ja, davon war er weit entfernt. Er fühlte sich wie ein Megaversager.

Schweiß zeigte sich auf seiner Stirn, der ihn, wie er glaubte und das zu Recht, enttarnte. Eine weitere Hitzewelle nach der anderen durchfuhr ihn und stieg ihm hinauf in den Kopf. Dieser begann zu glühen, während er ein leichtes, nervöses Kribbeln in seinen Händen verspürte, was nur der Vorbote für ein sichtbares Zittern sein konnte.

Alexandra blieb dies nicht verborgen. Obwohl sie selbst zurzeit Unmengen von Stress ausgesetzt war und unter hohem psychischen Druck stand, übersah sie absichtlich Conrads unnötige Reaktionen, die er ihr gegenüber zeigte. Sie schenkte ihnen keine besondere Beachtung.

Klar war, dass sie ahnte, was in ihrem Freund vor sich ging. Sie wusste es sogar. Deshalb drehte sie sich absichtlich um und hoffte, dass ihre nonverbale Gegenreaktion bei Conrad unbemerkt blieb und sich positiv äußerte. Sie bückte sich und suchte wahllos in einem Stapel Kopien herum. Sie suchte und suchte. Sie hatte ja keinen triftigen Grund, außer Conrad eine kommunikative Verschnaufpause zu gönnen. Somit verschaffte sie ihrem alten Freund genügend Zeit, um sich wieder zu beruhigen und die Gedanken neu zu sammeln.

„Wrack!" schimpfte Conrad nun, der aus Alexandras freundschaftlicher Geste genau das herausinterpretierte, was sie zu seinen Gunsten vollführte. Denn er war ein Beobachter par excellence. Ein Genie auf diesem Gebiet. Er war der Mensch, der alles sah und erkannte. Conrad konnte aus diesem oder jenem Handeln irgendeiner x-beliebigen Person, die sich direkt ihm gegenüber oder in seinem unmittelbareren Wirkungskreis befand, jede noch so kleine Absicht einer getätigten Handlung schlussfolgern. Die Wahrscheinlichkeit, dass seine Interpretation stimmte und eintraf, war sehr hoch. Zum Beispiel bei einem Gespräch zweier Personen, ob nun im Bus oder in der Diskothek, im Restaurant oder im Café, ob auf Plätzen, in Parks, mitten auf der Straße, egal wo, ja überall, sagen wir, fast überall, da konnte Conrad erahnen, ja, regelrecht voraussagen, was die Menschen im Schilde führten. Was sie bedrückte, wie sie sich fühlten, was sie sich wünschten, eben, warum sie sich so und nicht anders verhielten. Er war ein perfekter Menschenkenner. Das musste er auch sein, als Schriftsteller.

Anhand von Gestiken, Mimiken, aber auch wie manche Menschen auftraten und sich artikulierten, daran erkannte er den wahren Charakter eines Menschen, dessen eigentliche Intentionen. All das nur durch seine haargenaue und feine Beobachtung. In Diplomaten- und Psychologenkreisen war diese Fähigkeit von unschätzbarem Wert. Beim Geheimdienst sicherlich auch. Und weil er dies so sehr beherrschte, weil er wusste, wie tief er in manche Menschen, in die menschliche Seele hineinschauen konnte, konnte er es selbst nicht leiden, beobachtet oder durchschaut zu werden. Er hasste es, wenn ihn jemand derart ansah. Er hatte Angst davor. Angst, dass andere Leute ebenfalls, so wie er, hinter seine Fassade blicken konnten. Dass sie sahen, welchen körperlichen Anomalien er sich selbst aussetzte, wenn er aufgeregt war. Dass sie jene gehassten Auswüchse bemerkten, die für ihn schon fast zur Normalität geworden waren, weil sie ihn tagtäglich traktierten. Er hatte große Angst davor, ein leicht durchschaubarer Gegenspieler auf dem Schachbrett des Lebens zu sein.

Er wusste natürlich ganz genau, dass er mit seiner Beobachtungsgabe andere durchschauen, ärgern und auch verletzen konnte und glaubte, dass dies, wie ein Bumerangeffekt, auch auf ihn angewandt werden konnte.

In seinem Inneren schob er deswegen eine sagenhafte Paranoia, die ihn mehr und mehr zu beherrschen schien.

„Wrack! Ja, ein Wrack, das bin ich. Ein Psychokunde."

Er stand vom Sofa auf. Die Hitze, die er entwickelte, wurde unerträglich. Er riss sich den Pullover vom Leib und fluchte laut. Dabei schaute er durch das Fensterglas der Balkontür und stand mit dem Rücken gewandt zu Alexandra, die dem Stapel Kopien keine Beachtung mehr schenkte. Ihren entgeisterten Blick mochte Conrad jetzt nicht sehen.

„Selbst vor dir, Alex, ist meine Kommunikation zum Scheitern verurteilt. Ein einfaches läppisches Gespräch zu führen, ein Desaster. Ich fasse es nicht. Einfach labern. Ich krieg es nicht mehr auf die Reihe. Ich bin total fertig deswegen. Fix und fertig!" Er fuchtelte mit den Armen in der Luft herum und machte sich mit wütenden Worten frei von seiner Blockade. „Und für was, für wen? Für nichts! Ich bin ein Arsch, das steht fest. Ein Nichts. Bin für rein gar nichts mehr empfänglich. Ich bin fertig, ... ich bin fertig mit mir und der Welt." Halb irre fuhr er sich durch die Haare, knetete sein Gesicht und entspannte sich ein wenig. „Das darf doch nicht wahr sein! Alexandra? Was ist nur los mit mir?"

„Hmm?" Mehr gab sie nicht von sich und hörte weiter aufmerksam zu.

„Hilf mir. Ich verliere echt den Verstand. Ich bin zu nichts mehr fähig. Vor allem zu keinem richtigen Gespräch. ... Irgendwie ... irgendwie bin ich des Lebens müde geworden, glaube ich. Nichts bringe ich mehr auf die Reihe, alles ist schon im Voraus zum Scheitern verurteilt. Weißt du? Ich ... Nein. ..." Ihm standen schon Tränen in den Augen. „Siehst du? Selbst jetzt fehlen mir schon wieder die Worte und mein Gehirn ist wie im Leerlauf. Das ist doch nicht normal. Oder? Das kann nur krankhaft sein. ... Ich glaub, ich werde noch richtig ... verrückt, ich ..." Er drehte sich herum, lehnte sich zurück an die Scheibe der Balkontür, ging in die Knie und rutschte mit dem Rücken an der Scheibe entlang gen Boden. Dort vergrub er seinen Kopf zwischen den Knien.

„Bin ich denn verrückt?", schluchzte er fragend und konnte seinen Schmerz nicht zurückhalten. Er heulte.

Alexandra hatte ihn bis zum Schluss ausreden lassen. Nach seiner Offenbarung war sie sich dessen gewiss, was sie schon eine ganze Ewigkeit vermutet hatte.

Conrad besaß ein tiefes psychologisches Problem. Sie hatte ihn aber nie in Bedrängnis bringen wollen, indem sie ihn direkt darauf aufmerksam gemacht hätte. Auch hatte sich Conrad immer vehement dagegen gewehrt, mit ihr eine Diskussion über seine veränderte Persönlichkeit zu führen. Jetzt jedoch offenbarte er sich von ganz allein. „Das war ein erster Schritt, ein guter Schritt", dachte sie. „Lass es heraus, Conrad." In großer Anteilnahme schritt sie auf ihn zu, setzte sich direkt neben ihn und tröstete ihren alten Kumpan, indem sie ihm sanft in die Arme nahm. „Ach, Conrad", sagte sie und seufzte.

„Ich bin ein Häufchen Elend, Alex", meinte dieser und schluchzte immer noch, nun aber in ihrer warmen freundschaftlichen Obhut.

„Ich müsste lügen", gestand sie ihm, „im Moment, ja, bist du es. Ist aber weiter nicht schlimm." Ihre Stimme wirkte beruhigend auf Conrad und gab ihm Kraft und Zeit, sich wieder zu fangen. „Ich müsste lügen", wiederholte sie, „wenn ich es abstreiten würde. Zumindest im Augenblick sieht es ganz danach aus."

„Ach, Alexandra. Was ist nur los mit mir? Ich erkenne mich selbst nicht mehr wieder. Ich weiß, ... ich weiß selbst, dass ich ein psychisches Wrack bin. Sieh mich doch an, ich bin richtig fertig. So richtig im Arsch. Ich bin fertig mit mir und der Welt, vor allem aber ... mit der Gesellschaft, mit den Menschen. Ich habe mich von allen und allem entfremdet.

61

Meine Einstellung zum Leben ist nicht mehr dieselbe wie vor Jahren ... das kannst du mir glauben." Um sich weiter zu sammeln, hielt Conrad kurz inne und bevor er weiter sprach, holte er noch einmal tief Luft. „Ja selbst ..., ja selbst durch meine Schriftstellerei habe ich mich letztlich ungewollt abgesondert. Ist halt ein einsamer Beruf." Er schniefte. „Nun bin ich meinen eigenen Weg gegangen. Aber meine Eltern und damals Pauline haben dies nie akzeptiert."

„Pauline, deine Ex vor dieser ... dieser ...", hakte Alexandra nach.

„Ja, vor Anita", führte Conrad den Gedanken aus.

„Ja, die. Pauline war die letzte, in die ich richtig verliebt war, und das ist schon eine Ewigkeit her. Auch sie hatte mir stets ein schlechtes Gewissen eingeredet – von der Schreiberei könne man doch nicht leben."

„Na und, kannst du doch", entgegnete Alexandra und tätschelte ihm die Schulter.

„Ja, jetzt, aber damals nicht. Meine Eltern habe ich jedenfalls enttäuscht, weil ich nicht den Bildungsweg gegangen bin, den sie gern bei mir gesehen hätten. Auch Pauline hat sich aus diesem Grund von mir abgewandt. Sie hat sich von mir getrennt, weil ihre Eltern auf sie eingeredet haben: Was sie von so einem wie mir erwartet. Schriftsteller und kein Berufsabschluss? Dass ich es zu nichts bringen würde. Woher wollten die das eigentlich wissen? Jedenfalls suggerierten sie das auch ständig der Pauline."

„Nun sage mal, du lebst doch nicht dein Leben für die anderen, sondern einzig und allein für dich. Kapierst du das nicht?"

„Doch schon, glaube mir. Doch sie haben ja nicht gewusst, was für ein schwieriger Weg das sein kann. Sie haben ja gar keine Ahnung von Literatur, von dem Zirkus in der Medienlandschaft, von all dem. Sie haben meine Ziele nur als Hirngespinst abgetan. Alle! Und jetzt? Jetzt sind die Jahre ins Land gezogen. Ich bin wer. Ich habe es geschafft. Ich kann von meiner Schreiberei leben. Ich schreibe für die Zeitung. Mal für jenes Blatt, dann für ein anderes. Schreibe sehr viel im Auftrag und bekomme ständig neue Angebote hinzu. Und ich schreibe ... natürlich für mich selbst. Aber was hat es mir eingebracht? Vereinsamt bin ich, abgedriftet, nicht mehr ich selbst, obwohl ich das habe, was ich immer wollte. Ich habe mein Hobby zum Beruf gemacht. Ich bin ausgelastet, frei und glücklich. Zumindest auf dieser Ebene. Ich bin meinen Weg gegangen und habe auf niemanden Rücksicht genommen. Ich habe es durchgezogen, ohne auf die anderen zu hören, ohne mich von ihnen beeinflussen zu lassen und ohne mich dem Strom der Allgemeinheit zu ergeben."

Er fuhr sich durchs Haar und blickte Alexandra das erste Mal wieder in die Augen.

„Es war falsch, will ich meinen."

„Spinnst du!" Sie zeigte ihm den Vogel. „Du hast es genau richtig gemacht. Außerdem ist es menschlich, so zu denken. Man will immer das, was man nicht hat."

„Ja klar. Genauso falsch wäre es gewesen, wenn ich auf alle gehört und mich diesen egoistischen Souffleuren gefügt hätte, ... allen, diesen kleinbürgerlichen Edikten, diesen einseitigen Vorstellungen meiner Eltern, Paulines Eltern, ja von Pauline selbst und was weiß ich, von wem noch eine derartige Vorstellung, wie ich doch mein Leben leben sollte, gekommen wäre? Ich hätte mich selbst verraten."

„Das ist doch immer so. Wichtig ist, dass du dich nicht selbst verraten hast. Aber vielleicht hättest du später genau das

Gleiche aus einer anderen Perspektive gesagt und diesem Leben hier nachgetrauert."

„Mag sein", beide sahen sich unschlüssig an, dann lachte Conrad etwas irre und sprach weiter. „Etwas Solides, etwas Grundfestes lernen, hieß es immer. Beide Varianten sind falsch, nichts wäre richtig gewesen. Aber das Problem an der Geschichte ist, dass ich dadurch genau in der Einbahnstraße gelandet bin. Da befinde ich mich derzeit. Eingebogen und ich weiß nicht, was am Ende der Straße zu finden ist. Vielleicht eine Sackgasse? Der Mittelweg hätte sich bestimmt nicht als Sackgasse entpuppt! Und das, meine liebe Alexandra, das hat mich krank gemacht, ich weiß es. ... Mehr noch ... Ich bin ein ... Es zeigt mir einfach, dass ich trotz allem ein Versager bin. Ein Versager auf der ganzen Linie."

„Nonsens! Völliger Schwachsinn", widersprach Alexandra ihre Finger knetend, aber sie hielt inne, denn Conrad war noch nicht fertig.

„Oder sagen wir: Ich bin ein ... wenn es um die Symptome geht ... ich bin ein ... ich bin ... mit einem Tausendfüßler zu vergleichen. Genau. Mit einem Tausendfüßler. Einem Vielbeiner, der einen schlechten Untergrund, einen miesen Nährboden hatte, um sich zu entwickeln; der seither über alles und jeden, und vor allem über sich selbst am meisten nachdachte. Der nicht mehr aus dem Grübeln herauskam. Der immer und immer wieder über sich selbst und über die anderen sinnierte. Ja, genau, wie ein Tausendfüßler. Wie einer, der nie Probleme mit seinen tausend Füßen hatte, mit seinem alltäglichen Gang. Der aber an irgendeinem Punkt zu denken begann. Viel zu viel. Der sich immer und immer wieder Gedanken machte, wie er eigentlich seine Füße tagtäglich so synchron und so völlig ohne Probleme hintereinander bewegen konnte. Wie es ihm gelang, keinen Fehler zu begehen, wie er alles so aus dem Nichts heraus richtig machte. Und doch! So oft und je mehr er darüber nachdachte und dabei weiter vorwärts lief, da musste es passieren. Genau dadurch, durch dieses ewige Analysieren, das immerwährende Nachdenken über seinen so stinknormalen Gang, über das Nachgrübeln seines Handelns, seines Lebens, da verlernt und verliert er alles, was er kann. Als Erstes verliert er die Fähigkeit zu laufen. Die tausend Beine kommen durcheinander, latschen auf ihre Vorgängerfüße, verheddern sich, stagnieren. Er fällt hin. Kann sich nicht mehr fortbewegen. Seine Beine sind hoffnungslos ineinander verhakelt. Jawohl! Verhakelt. Genauso fühle ich mich. Keines Schrittes mehr fähig. Und letztendlich wird der Tausendfüßler elendig zu Grunde gehen."

Conrad hatte seinen Monolog beendet, blickte zur gegenüberliegenden Wand der Wohnstube und dann wieder auf seine rechte Hand, die völlig zittrig war. Anschließend holte er tief Luft und prustete sie aus Leibeskräften wieder aus seinen Lungen heraus.

„Wie ein Tausendfüßler sagst du?", fragte Alexandra rhetorisch, zog dabei ihren Arm zurück, den sie zuvor um Conrad gelegt hatte.

Langsam lies sie sich zurückgleiten und lehnte sich nun gleichermaßen wie er mit dem Rücken an die Balkontür.

Conrad konstatierte es noch einmal: „Wie ein Tausendfüßler, du sagst es."

Es folgte ein Moment der Ruhe. Eine erlösende Stille entstand. Jedes Lebewesen in Alexandras Wohnstube, und sei es noch so winzig klein, erhielt die Gelegenheit, sich völlig zu entspannen und neu zu ordnen.

Alexandra selbst befand sich neben Conrad in einem relaxten Zustand. Mal nicht über ihrer Arbeit zu brüten, empfand sie als Wohltat. Nur das tiefe Atmen von Conrad war als das lauteste Geräusch zu vernehmen. Sehr langsam gewann er die Kontrolle über sich und seinen entgleisten Körper zurück.

„Wie konnte es nur so weit kommen", sinnierte er in den Raum hinein und bewegte lethargisch den Kopf hin und her. „So kann es einfach nicht mehr weiter gehen. Echt nicht! Jedes Mal, ... jedes Mal wenn ich etwas erzählen will, wenn ich mit jemandem in einem Dialog stehe, dann denke ich nicht mehr an das, was ich eigentlich erzählen wollte, sondern nur daran, dass ich hoffentlich keinen kommunikativen Fehler begehe. Womöglich noch ... und das ist öfter der Fall ... einen Fehler von der Sorte, der meine Nervosität im Gespräch enttarnt. Mir schwirrt dabei alles Mögliche im Kopf herum, nur nicht das, um was es eigentlich gehen soll."

Je mehr Conrad Alexandra davon erzählte, desto besser fühlte er sich. Er rechnete es ihr hoch an, dass sie ihm verständnisvoll zuhörte. „Weißt du, Alexandra? Vor allem im Umgang mit den Menschen, sprich bei der Kommunikation, bei ganz normalen Gesprächen, da habe ich so meine Probleme. Da hat mich das Tausendfüßler-Syndrom ganz und gar erfasst. Meine Konzentration für das Wesentliche ist mir verloren gegangen. Hinzu tritt die ständige Angst, in eine peinliche Situation zu geraten, und peng, schon ist es wieder passiert. ... Mir fehlt der rote Faden, er geht mir im wahrsten Sinne des Wortes verloren und das Ganze ist mir dann so unendlich peinlich, dass ich am liebsten im Erdboden versinken möchte. Ich weiß dann nicht, wo ich hinschauen soll, wie ich mich verhalten soll. Ich weiß auch nicht, wo ich wieder ansetzen soll. Mir fehlt von vornherein das Selbstvertrauen, mich verbal zu behaupten. Das bin doch nicht ich. Dann habe ich auch das Bedürfnis, mich richtig darzustellen, so dass ich einen positiven Eindruck bei meinem Gegenüber hinterlasse. ... Außerdem, ... muss ich ehrlich zugeben, interessiert es mich auch gar nicht mehr, was andere Personen mir berichten und regelrecht aufdrängen wollen. Nur bei bestimmten Details, bei bestimmen Themen gelingt es ihnen, mich zu fesseln. Nur aus Höflichkeit breche ich das Thema nicht ab. Dabei setze ich diese oder jene Miene auf und gebe Standardkommentare ab, die dem Gegenüber meine Zuhörerschaft versichern sollen. Aber auch wenn das Gespräch meinen Wünschen entspricht, es mich interessiert, passiert es mir ... und die Tendenz ist steigend ... dass ich bemerke, wie ich plötzlich beginne, mehr und mehr zu blockieren. ... Mensch, Alex. Das kann doch nicht sein, oder?" Er blickte ihr zum zweiten Mal seit seinem Heulkrampf wieder in die Augen. Wenn auch nur kurz. „Früher ging es doch auch, da wurde gequatscht und getratscht, was das Zeug hielt, da hat man gewisse Dinge einfach getan und gesagt und nicht großartig darüber nachgedacht. Da wurde nicht bis ins Tausendstel analysiert und gegrübelt. Und was ist jetzt? ... Schau mich an, Alexandra. Was ist aus mir nur geworden?"

In der Wohnstube blieb es erneut für eine Weile still. Dann regte sich Alexandra und meinte:

„Erst einmal ...", sie hielt inne, wählte ihre ersten Worte mit Bedacht, mit dem Ziel, ihren alten Kumpan wieder aufzubauen und langsam in den Dialog einzuführen, „... erst einmal, bist du ein schöner Mann."

„Hä?" Conrad guckte sie irritiert von der Seite an und verstand nicht im Geringsten ihre Äußerung.

„Na ja", führte sie nachfolgend aus, als sie seinen Gesichtsausdruck erblickte, „was ich meine beziehungsweise sagen will, ist, dass du dich prächtig entwickelt hast, so als Mann." Sie wirkte etwas verlegen, als sie ihm dies mitteilte. „Mensch Conrad! Du brauchst dich wahrlich nicht verstecken. Ehrlich. Und das ist in vielen Angelegenheiten schon ein erster, wichtiger und positiver Faktor, der für deine Person spricht. Äußerlich gesehen und vor allem in Beziehungsangelegenheiten. Da dürfte es in der Kommunikation von Mann zu Frau oder umgekehrt nicht allzu schwierig sein, einen Anfang zu finden. Vorerst, rein optisch gesehen, wenn du weißt, was ich meine?" Er nickte nur, so als wollte er ihr zu verstehen geben, dass sein Aussehen nichts zu bedeuten hätte.

„Mich wundert es zwar, dass du lange keine Freundin mehr hattest, ich denke da vor allem an eine richtige Beziehung, weißt du? Doch das steht jetzt nicht zur Debatte."

Alexandra schmunzelte ein wenig, um Conrad zu zeigen, dass es allein seine Angelegenheit war. „Außerdem, wenn ich das hier erwähnen darf, hast du mir gerade und mit ordentlich aneinander gereihten Wörtern, mal abgesehen von den hin und wieder auftretenden Gedankensprüngen, die jedoch normal bei dir sind, denn so kenne ich dich nun mal, gezeigt, dass du noch zu hundert Prozent kommunikationsfähig bist." Sie stupste ihn in die Seite und Conrads Mundwinkel verzogen sich ebenfalls zu einem kleinen, zu einem winzig kleinen Lächeln nach oben.

„Aber", wollte Conrad einwerfen, wurde aber jäh abgewürgt.

„Nichts aber! Du kannst es. Es steckt in dir drin. Du hältst es nur selbst zurück, mit deinem Gedankenwirrwarr und mit deiner ständigen Angst. Außerdem musst du private und geschäftliche Konversation strikt trennen. Privat kannst du doch labern, was und wie du willst. Fange da einfach wieder an und probiere es aus. Es reißt dir niemand den Kopf ab, rede einfach und mach dir nichts daraus, was andere von dir denken, sonst machst du dir das Leben nur unnötig schwer."

„Das sagst du so leicht."

„Denk doch einmal daran, wie es ist, wenn du auf dem Sterbebett liegst. Dann ist es egal, was du in dieser oder jener Situation gemacht oder gesagt hast, wenn es nicht gerade etwas Weltbewegendes beziehungsweise ein gar wichtiger Moment war. Einzig und allein zählt, dass du ein schönes und abwechslungsreiches Leben gehabt hast und nichts davon bereust. In diesem Augenblick wirst du dann unbekümmert denken: Hast halt gelebt und deine Meinung kundgetan, sie von Herzen vertreten."

Alexandra erhob etwas die Arme. „Du hast quasi deine Person in der Geschichtsschreibung wirken lassen. Genau wie es sich gehört. Als ganz normaler Mitstreiter."

Alexandra schwang daraufhin euphorisch die rechte Faust in den linken Handteller und wirkte dabei wie eine kampfeslustige Proletarierin aus alter Zeit, die Conrad zum Anfassen und Mitmachen animieren wollte.

„Wie pathetisch von dir", bemerkte Conrad.

„Du weißt schon, wie ich das meine."

„Ich denke schon." Conrad streckte sich ein wenig und schenkte Alexandra weiterhin Gehör.

„Auf dem Sterbebett", sprach sie weiter, „wirst du dann zurückdenken und dich ärgern, über jede Minute, jede Sekunde, die du in Angst, in Grübelei und in dem, was dir zu schaffen machte, verbracht hast. Deine Angst, etwas falsch zu machen, etwas Falsches zu sagen, ist wirklich fehl am Platze. Glaub mir. Es wird dich zu Tode anstinken, dass du es dir unnötig kompliziert gemacht und deine Zeit so sinnlos verschwendet hast."

„Mag sein", stimmte Conrad ihr zu, während Alexandra tief Luft holte, um weiterzureden. Dabei nestelte sie voller Hingabe in ihren so schon zerwühlten Haaren herum.

„Schau mal, Conrad! Es zählt auch nicht, was du in diesem oder jenem Jahr getan hast. Ob du alles oder nichts erreicht hast. Allein das, was dich befriedigt, was dir das Leben lebenswert macht, zählt doch letztendlich. Wenn es eben Zeitvertrödeln ist, dann ist es eben Zeitvertrödeln. Einzig und allein deine innere Zufriedenheit ist ausschlaggebend. Ich weiß, darüber kann man diskutieren und so mancher wird es nie schaffen, wenigstens etwas Zufriedenheit zu verspüren. Aber nimm es bitte mal so hin, wie ich es dir gesagt habe. Du musst für dich selbst bestimmen, was für dich wichtig ist, und wenn du es gefunden hast, dann lebe genau danach, ohne Rücksicht auf Verluste. Ein liebenswerter Mensch solltest du aber trotz dieser Art von Egoismus noch bleiben."

„Eben das kann ich nicht", beteuerte Conrad.

„Wie jetzt? Du kannst kein liebenswerter Mensch bleiben?" Verdutzt blickte Alexandra ihren Kumpan an.

Ihr Gesichtsausdruck zeugte von einem schmalen Grat ernsthafter Fragestellung und gespielter Ironie.

„Doch, ich meine die Verwandlung. Die andere Denkweise."

„Na, mein Lieber, so etwas geht ja auch nicht von heute auf morgen", sagte sie sanft, aber bestimmt.

„Weißt du, was meine Meinung ist?", fragte sie Conrad und blickte ihm direkt ins Gesicht.

„Nein", erwiderte dieser und wartete gespannt auf die folgende Antwort.

„Ich denke, das mit deiner Schriftstellerei war genau das Richtige, was du getan hast. Darauf kannst du ehrlich gesagt stolz sein. Wirklich. Und dass du es nicht allen Menschen recht machen kannst, auf diese Erkenntnis müsstest du in deinem Leben auch schon selbst gekommen sein."

„Ja aber, ..." Alexandra befand sich jetzt im Redefluss, das merkte Conrad recht schnell, denn er kam nicht zu Wort.

„Du, Conrad!" Dabei lag Alexandras Betonung sehr stark auf dem Du. „Nur du allein bist der Mensch, der mit all seinen Höhen und Tiefen zurechtkommen muss. Und diese Höhen und Tiefen bringen gewisse Eigenschaften mit sich. Sie gehören nun mal zu deinem Leben dazu, sie gehören zu dir allein. Na und? Sie machen dich damit einzigartig. ... Mensch, Conrad, mach dir doch nicht so einen Kopf über dieses oder jenes. Lebe einfach."

Ruhe. Fast absolute Ruhe umgab die Wohnstube.

Das Chaos im Zimmer wirkte wie ein abstraktes Stillleben.

In Conrad ratterten die Gedanken. Alexandras Worte leuchteten ihm ein.

„Hast ja Recht. Doch ist es denn normal, dass ich beim simpelsten Vorgang die Kontrolle verliere, dass ich drauf und dran bin, jedes Mal einem Kollaps zu erliegen?"

„Du steigerst dich einfach zu sehr hinein. Sag doch zu dir selbst: ‚Was soll's? Was ich denke, geht niemanden etwas an und was die anderen denken, geht mich nichts an.' Außerdem, mein Lieber, solltest du viel mehr kommunizieren. Du liest zu viel oder besser gesagt: Du verkriechst dich zu sehr hinter deinen Büchern und in deiner Wohnung. Auch Kommunikation bedarf eines gewissen Trainings. Quatsch auch mal, einfach nur so. Lass es raus und wenn es - auf Deutsch gesagt - die größte Kacke ist", meinte Alexandra und war sich dessen, was ihre letzten Anspielungen betraf, nicht mehr so sicher, ob es Conrad gegenüber richtig war, es so derart zu formulieren. Denn er drehte ihr daraufhin regelrecht das Wort im Mund herum.

„Ich dachte immer, dass auch Lesen eine Art von Bildung und Unterhaltung ist. Du selbst liest ja wohl für meine Begriffe viel mehr als ich. Du und dein ganzer Universitätskram."

„Nur weil ich Doktorin bin und mich jeden Tag mit Büchern herumschlage, heißt das noch lange nicht, dass ich selbst perfekt bin. Was ich mit weniger Lesen meine, ist doch, dass du dich in lebhaftere Diskussionen mit lebenden und unberechenbaren Individuen stürzen solltest. Von Angesicht zu Angesicht, von Person zu Person. Einfach frei Schnauze. Das Medium Buch ist in dieser Situation ein schlechter Partner. Ehrlich gesagt, in letzter Zeit kamst du mir ja fast vor wie ein alter vergreister Poet. Zwar durchaus weise in seinem Wissen und seinen Gedanken, doch ganz und gar unfähig, sozialen Kontakt zu knüpfen. Wie ein richtiger Einsiedler, wie ein nörgelnder Eigenbrötler. Ehrlich, Conrad: Deine Schriftstellerei hilft dir dabei nicht gerade weiter und gilt auch nicht als Ausrede."

„Was hat das mit meiner Schriftstellerei zu tun?", wollte Conrad wissen, der sich wieder in den alten Conrad zurück zu verwandeln schien. Zu dem Conrad, den Alexandra wesentlich lieber mochte, weil er einfach das sagte und fragte, was ihm auf dem Herzen lag.

„Geh raus!", forderte sie ihn auf. „Geh in die Kneipen, geh in die Diskos, geh mit Freunden weg. Trau dich was. Mach irgendwas, nur bleibe nicht andauernd in deinen eigenen vier Wänden und versumpfe dort. Ich kann nur immer wieder sagen: Rede mit ihnen, mit deinen Freunden, mit Bekannten. Quassle, wie dir der Mund gewachsen ist. Flirte auch mal kräftig, falls dir an irgendeiner Bar eine Hübsche zuzwinkert. Sei nicht zurückhaltend. Einfach drauflos. Egal was passiert. Tatkräftig musst du sein und dich ins Leben stürzen. Nicht ständig einigeln und herumjammern, so wie du es in letzter Zeit getan hast. Deshalb sage ich dir noch einmal: Unternimm etwas! ... Musst ja nicht gleich einen Vortrag vor der deutschen intellektuellen Elite halten." Sie grinste ihn aufmunternd an und nahm ihn noch einmal freundschaftlich in die Arme. Conrad ließ es geschehen.

Dabei fiel ihr zum ersten Mal bewusst das überdimensionierte Chaos in ihrem Wohnzimmer auf. „Du hast auch Recht", meinte sie daraufhin, „hier sieht es wirklich fürchterlich aus. Daran muss ich unbedingt was ändern."

Plötzlich fiel ihr ein, dass sie eigentlich Conrad gern ihren eigenen Beitrag zur Vortragsreihe über „Das Sterben der verbalen Kommunikation in der heutigen Gesellschaft" referieren wollte. Seine Meinung war ihr sehr wichtig. Doch das ließ sie jetzt lieber bleiben. Immer noch hatte sie den gequälten Gesichtsausdruck ihres Freundes bei der Erwähnung ihrer vorbereitenden Arbeit vor Augen. Das passte zwar weitgehend zu Conrads Problemen, aber nicht zur momentanen Situation, hier in ihrem Wohnzimmer. Sie gab sich einen Ruck und erhob sich. Dabei stemmte sie sich beim Aufstehen auf der Schulter ihres Freundes ab.

„Komm schon, geschlagener Ritter", animierte sie ihn, „lass uns etwas zu Abend essen." Sie schlenderte in die Küche und überließ Conrad die Herrschaft über das Wohnzimmer. Er verweilte noch eine Minute angelehnt an der Balkontür, ehe er sich ebenfalls vom Boden erhob. Anschließend fläzte er sich auf das gemütliche Sofa, welches er zuvor von mehreren Stapeln willkürlich herumliegender Kopien und Bücher befreien musste.

Nur allzu gern ließ er sich von Alexandra bewirten. Sie brauchte eine Weile, ehe sie zurück ins Wohnzimmer kehrte.

„Mensch, Conrad, alter Tausendfüßler", ertönte es von ihr. Ein voll beladenes Tablett in beiden Händen haltend. „Mach es dir doch nicht so schwer. Sei froh, dass du auf der Welt bist und einigermaßen bequem und vernünftig leben kannst. Nebenbei darfst du noch den größten Müll labern, der dir gerade einfällt und den du gerade loswerden willst. Außerdem!" Sie betonte ihre Worte und wies ausdrücklich darauf hin, dass es immer wieder Leute gibt, die dümmer und dämlicher quatschen als so mancher ihrer Vorredner. „Das kannste mir glauben."

„Soll das heißen, dass ich Müll labere?"

„Nein. Das soll heißen, dass jeder Mensch, hier und da, mal mehr und mal weniger Nonsens tratscht und dass es immer wieder jemanden gibt, der den einen oder anderen dabei übertrifft." Während sie redete, deckte sie den Tisch und Conrad legte das von ihr mitgebrachte Besteck an den rechten Platz. Vorher jedoch musste er den Tisch geschwind frei räumen, der ebenfalls von Unmengen von Papier, Büchern und Aktenordnern okkupiert worden war.

„Conrad?"

„Ja, Alex?"

„Was dir fehlt, ist etwas neuer Schwung in deinem Leben. Ich meine da speziell die Frauen. Was ist eigentlich mit deinen ganzen Affären, die dich damals immer so auf Trab gehalten haben? Die Frauen müssten dir doch eigentlich zu Füßen liegen, so wie du aussiehst."

„Mit meiner Psychomacke? Da schrecke ich doch gleich jede Frau auf hundert Meter Entfernung ab", gab er leidvoll zu verstehen, „und die Richtige, nun ja, habe ich noch nicht gefunden. Ich könnte fast glauben, dass meine biologische Männeruhr zu ticken beginnt."

Er runzelte die Stirn so, als wäre ihm das Gesagte wirklich ernst.

„Quatsch mit Soße." Alexandra winkte ab, plauderte aber weiter, als sie wieder Richtung Küche aufbrach.

„Wenn hier eine Uhr tickt, dann ist das meine. Mit 32 Jahren auf dem Kerbholz hört sich das fast wirklich wie eine Bombe an. Doch du? ... Du, mein Lieber, bist dagegen noch 28 Jahre jung. Jung und knackig." Sie griente ihn wieder an, als sie erneut aus der Küche zurückkehrte und in einem Sessel ihm gegenüber Platz nahm.

„Das mit den Frauen lässt sich nicht erzwingen", konstatierte Conrad, vermied es aber in diesem Zusammenhang, Anita Sherrow zu erwähnen. „Da schnippt man nicht mal so mit den Fingern und prompt hat man die Richtige an der Backe."

„Na, ganz so leicht soll es ja nun auch wieder nicht sein. Wir wollen schließlich erobert werden ...", gestand sie ihm und wechselte das Thema. „Und? Wie geht es eigentlich mit deinem Theaterstück voran?"

Conrad, der nun sichtlich entspannt in völliger Ruhe und ohne jegliche Nervosität mit Alexandra plauschte, antwortete ihr, indem er sich eine Schnitte mit Schmelzkäse beschmierte: „Das Stück liegt brach. Liegt ja auch kein Termin dafür vor. Zurzeit hänge ich, neben einem Kommentar für unsere Lokalzeitung, über einem neuen Skript zu einem authentischen Kriminalroman. Es befindet sich aber noch im Grundgerüst."

„Kriminalroman? Ist ja interessant." Alexandra fand dies immer wieder spannend.

„Ja, ITA EST", antwortete Conrad und biss genüsslich in seine Schnitte.

6. Kapitel

Drei Tage später

Zwei Uhr nachmittags zeigte das Ziffernblatt seiner Armbanduhr an, als er an diesem Tag das erste Mal für einige Stunden das Bett verließ und sich kultivierte.

Bevor er jedoch zum Arbeitsplatz, seinem Computer auf dem Schreibtisch, gelangte, kochte er in der Küche für sich und seinen leeren Magen das Gericht „Verlorene Eier". Genauso, wie es ihm seine Mutter beigebracht hatte. Komischerweise machte ihn sein träges und übermüdetes Bewusstsein immun gegen jegliche Nervosität und gegen solcherlei Art von Gedanken, die ihn in letzter Zeit auf einem schmalen Grat zwischen psychischem Wrack und einem Geist der Normalität wandern ließen. Diese Erfahrung hatte er schon oft gemacht, Müdigkeit war ein vorübergehendes Heilmittel und das war gut so. So wusste er, dass dieser Tag durchaus ein guter Tag werden konnte.

Trotz des schläfrigen Zustandes konnte er ohne große Unterbrechungen an seinem Kriminalroman weiterarbeiten. Drei Stunden hintereinanderweg. Ab und zu starrte er auch ein paar Mal gedankenverloren in die Luft und ließ die Gedanken schweifen, anschließend ging es im Akkord weiter. Seine Arbeit unterbrach er erst wieder, und das für längere Zeit, als bei einem erneuten Anfall von stoischem Starren in die Luft und dem fixierenden Blick auf Gegenstände in seinem Zimmer der Blick auf eine überregionale Tageszeitung fiel. Sie lag zu seiner Rechten am Boden und war von letzter Woche.

Seither hatte sie den Platz eingenommen und dort sinnlos herumvegetiert. Er blickte direkt auf einen mit dickem Marker eingekreisten Zeitungsartikel. Die Organisation des geheimen NEOKORTEX! Ein Artikel, der ihn erneut interessierte. Er beschloss, die Arbeit an seinem Roman vorerst auf Eis zu legen und sich intensiv mit dem Text auseinanderzusetzen. Da er in den Lexika seiner kleinen Bibliothek nicht mehr darüber herausfand als die Bedeutung des Namens (stammesgeschichtlich jüngster Teil der Großhirnrinde, höheres verfeinertes emotionales Zentrum, Sitz des Denkens) und die Behauptung im Buch von Goleman, dass Kunst, Zivilisation und Kultur allesamt Früchte des Neokortex seien, blieb ihm nichts Anderes übrig, als im Internet mehr über diese „[...] moderne, im Zeitgeschehen entstandene Organisation [...]" zu erfahren. Bei Insidern besaß sie schon jetzt einen enormen, geheimnisumwitterten Mythos und war in gewisser Weise eine rätselhafte Verbindung von Menschen mit unbekannter Reichweite. Die Gilde der Freimaurer wurde im gleichen Atemzug erwähnt. Zumindest das konnte er aus dem Zeitungsartikel entnehmen.

Wer sonst, wenn nicht das Internet, war selten um eine Antwort verlegen. Doch dazu musste Conrad sich in die Innenstadt begeben. Ihm selbst stand kein Anschluss zur Verfügung, noch nicht. Er schlurfte immer noch von leichter Müdigkeit benebelt durch die Wohnung, nahm einen Stift und sein persönliches Notizbuch an sich, zog seine Lederjacke an und schlüpfte in das Paar Schuhe, welches direkt bereitstand und zum Laufen am bequemsten erschien.

Café der Reflexion

In einer Gasse, die zum Kleinmarkt der Stadt führte, befand sich ein kleines gemütliches Internetcafé. In ihm hatte Conrad schon so manch einen Nachmittag angenehm verbracht und schon die verworrenste Recherche erfolgreich abgeschlossen. Den Besitzer kannte er persönlich, ein alter Schulkamerad. Dieser begrüßte Conrad auch gleich: „Hallöchen! Lässt du dich auch mal wieder blicken?"

Conrad grüßte zurück und murmelte geistesabwesend: „Auch mal wieder ... ja, ja ...", und bestellte eine russische Schokolade mit Rum. „Ich setze mich da hinüber", tat er kund und zeigte auf das Computerterminal am Schaufenster mit dem direkten Blick auf die enge Gasse der Altstadt sowie auf die viel besuchte Buchhandlung auf der gegenüberliegenden Straßenseite.

„Ich bringe dir deine Schokolade gleich vorbei", tönte der Besitzer und machte sich an die Arbeit.

„Geht klar." Conrad setzte sich auf den Platz, den er schon an der Tür für sich auserkoren hatte, und begann die Recherche mit Hilfe des Internets. Aber so richtig konzentrieren konnte er sich nicht. Denn in irgendeinem Hinterstübchen seines Gehirns bastelten sich wieder jene Gedanken zusammen, die er jeden Tag mit sich herumschleppte, die er hasste. Sie traten unverhofft in den Vordergrund und erinnerten ihn an seine Ängste. Sie ermahnten ihn mit sofortiger Wirkung, dass er vor einiger Zeit einen Ort betreten hatte, eben das Internetcafé, an dem sich eine Handvoll unbekannter Menschen tummelten. Eine kleinere Ansammlung von Personen in einem Raum, die ihm vielmals schon im Voraus ein Dorn im Auge waren. Eigentlich immer. Weil sie, die

Menschen, diese Anhäufung von mehreren Augenpaaren, jedes Mal einen negativen Einfluss auf seine Gefühlswelt, auf sein Unterbewusstsein ausübten. So aktivierte sein Unterbewusstsein, bevor er überhaupt in ihre Nähe kam, seine gewohnten Ängste. Allein durch seine Gedanken, sich jetzt unter ihnen behaupten zu müssen, geriet er wieder in ihren Bann. Das allzu bekannte Unbehagen und die damit verbundene Nervosität wurden im Nu hervorgerufen. Doch diesmal, so reflektierte er, war es nicht so.

Wie jeder normale Mensch, der sich aus freien Stücken in eine neue Atmosphäre von Restaurant und Kneipenluft begab, war Conrad ohne Bedenken ins Internetcafé eingetreten. Ohne schon weit im Voraus diese nagenden Gedanken zu besitzen. Gedanken, die ihm einredeten, dass ihn jetzt gleich jeder anstarren würde. Genau dann, wenn er den Raum betrat. Hochgradig penetrant starren würden sie, dachte er, sie würden auf alles achten, was er tat. Sie würden seine Gestik beobachten. Jedes Detail, jede Bewegung würde ihren strengen Musterungsblicken unterliegen. Das gefiel ihm gar nicht, das hasste er abgrundtief. Es machte ihn wahnsinnig. Er konnte das partout nicht leiden!

Ja, er hatte einfach nur Angst. Angst vor ihren Vorurteilen. Er redete es sich regelrecht ein, dass er sie sehen konnte, ihre Vorurteile. Er las sie aus ihren Gesichtern ab und konnte erkennen, wie sich ihre Gehirnmassen zu bewegen begannen. Bei dem einen mehr, bei dem anderen weniger. Er sah, wie sie ihn akzeptierten oder ablehnten. Im Leben war nun einmal für die eine oder andere Situation der erste Eindruck, eben jenes erste äußere Erscheinungsbild, entscheidend. Das wusste Conrad. Doch dieses Mal? Nichts war geschehen. Im Gegenteil.

Eine geistige Mauer zum Schutz vor jenen Gedanken hatte sich aufgebaut. Oder war sie etwa schon die ganze Zeit da gewesen? Hatte er sie etwa wiedergefunden? Die Mauer mit ihrer Schutzfunktion, die den paranoiden Gedanken erst gar keinen Einlass gewährte?

Doch nun, Minuten später, Conrad hatte längst vor dem PC Platz genommen und schaute auf den Bildschirm, ergriffen diese entsetzlichen Gedanken wieder von ihm Besitz. Sie drangen ungehindert durch die Mauer. Obwohl dieser erste Kontakt mit der neuen Umgebung schon längst vorüber war. Gewissermaßen eine postneurotische Revueattacke war das. Ja, so sah es aus.

Conrad konnte nichts dagegen tun. Dabei hatte sich kein einziger Schluckkrampf in seiner Halsgegend bemerkbar gemacht. Nicht beim Eintreten und dem Durchschreiten der Tür, nicht beim Hallo Sagen und auch nicht beim Bestellen der russischen Schokolade mit Rum. Kein im Voraus tausendmaliges tonbandartiges Abspielen der Sätze und Wortfetzen, die er verwenden wollte, um ohne große Unterbrecher dem Inhaber seine simple Bestellung zu übermitteln. Nichts von all dem. Nicht jene einstudierten Phrasen, die er schon einige Minuten vorab auswendig intus hatte, damit er mit etwas jonglieren konnte, um sich im Falle eines Blackouts nicht zu versprechen; um sich nicht zu blamieren. Wie einprogrammiert gelangten dann die zuvor durchexerzierten Wörter an den Empfänger und hörten sich oftmals nicht besser an, als wenn er sich tatsächlich in einer freien Rede versprochen hätte. Dieses Mal jedoch: ungewohnte Spontaneität. Nicht einmal Herzklopfen hatte er bekommen. Von den leichten Hitzewellen ganz zu schweigen, die ihr Epizentrum im Oberkörper besaßen und Conrad im Anschluss bis zu

seinem Kopf durchzogen. Auch von der Folge dieser Hitzewellen, nämlich, dass sämtliches körpereigenes Wasser
unkontrolliert aus den Poren herausschoss; auch davon war
er verschont geblieben.

Erfahrungsgemäß zeigte sich das Schwitzen vor allem dort
am stärksten, wo man es auch am deutlichsten sah. Auf der
Stirn. Dort, wo der Angstschweiß am schnellsten wahrgenommen werden konnte, wo er am verräterischsten dem
Gegenüber seine Aufwartung machte. Genau da oben war
es nun glanzfrei geblieben. Aber, und das ist das große Aber,
hinter der diesmal unbefleckten Stirn befand sich nun mal
Conrads Gehirn, sein ratterndes Gehirn. Es ratterte nicht
nur, es rotierte sogar. Es kramte die alten Muster, wie eine
immer wiederkehrende chronische Krankheit, von Neuem
hervor und gegen diese Maschinerie musste Conrad sich
immer wieder von vorn beweisen. Auch hier, im Nachhinein.
Posttraumatisch – dramatisch. Ob er wollte oder nicht, er
musste sich damit auseinandersetzen.

Wie er so überlegte, wurde ihm bewusst, dass nichts von all
dem zu spüren gewesen war, was er sich nun ausmalte. Er
hatte es einfach geschehen lassen. Vielleicht hatte er in dem
Einfach-geschehen-Lassen ein Therapiemittel entdeckt?

Einfach-geschehen-Lassen. Sollte es etwa so heißen?

War es das wirklich? Ein Therapiemittel?

Als Conrad dies in den Sinn kam, was hätte passieren können, was aber nicht eintrat, geriet er unweigerlich wieder
auf den schmalen Grat, der ihn zu der einen oder anderen
Seite abdriften ließ, der ihn am heutigen Tag entweder wieder scheitern oder ihn bestehen lassen konnte. Die dunkle
Seite war all zu verlockend und viel einfacher zu betreten als
die helle. Für die erhellte Seite des Seins musste er ja

schließlich kämpfen. Conrad war kein übermäßiger Kämpfer. Er konnte durchaus zum Kämpfer mutieren, aber auch nur wirklich dann, wenn ihm der Sinn danach stand. Also, etwas rein Launisches.

Er musste sich hier und jetzt entscheiden. Denn der alte Teufelskreis hatte ihn schon wieder rabiat okkupiert und gewährte ihm durch die Erkenntnis des Einfach-geschehen-Lassens keine Möglichkeit, sich selbst zu helfen.

Conrad entschied sich. Er entschied sich falsch.

Anstatt all das auf sich beruhen zu lassen, blickte er verstohlen zu den anderen Computerterminals herüber und vergewisserte sich, dass er nicht aus irgendeiner Ecke gemustert wurde. Aber wie schon des Öfteren war dieser Blick völlig überflüssig und pure Zeitverschwendung. Die reinste Panikmache, mehr nicht. Ebenso der Blick zu den Cafétischen, wo die Gäste zu kleinen Schwätzchen zusammenkamen. Dort befand sich niemand, der ihm eine Bestätigung zu seinen Befürchtungen gab.

„Du bist ja krank", flüsterte er unhörbar leise zu sich selbst, schüttelte enttäuscht den Kopf und wandte seinen Blick durch das Schaufenster hinaus auf die gemütliche kleine Gasse. Er beruhigte sich.

Sie

Träumerisch sinnierend glotzte er in das Innere der gegenüberliegenden Buchhandlung. Trotz des starren stoischen Ausdrucks in seinen Augen, der ihm jede äußere Reizwahrnehmung eigentlich entziehen müsste, drang ein winziger unbedeutender Reiz an die Synapsen seines Gehirns, die sich noch vor wenigen Sekunden intensiv mit dem kollektiven Kurzzeitkollaps beschäftigt hatten. Dieser Reiz verdeutlichte sich zuerst nur schemenhaft, fast karikaturistisch, dann etwas plastischer und schließlich sehr realistisch in einer dreidimensionalen Bilderfolge. Er zog Conrads Aufmerksamkeit ganz und gar auf sich. Während die Eindrücke immer weiter auf ihn einfluteten, formierte sich langsam, aber sicher eine hin- und herwandelnde Person vor seinem inneren Auge. Conrad konnte erkennen, wie sie am Kassentresen Halt machte und die Kunden bediente. Jene Person, die immer mehr Gestalt annahm und nun Conrads ganzes Augenmerk erregte, war ... war sie! Sie. Eine Frau. Die Frau. Die Frau seiner Träume. Sie war es wirklich, die Frau aus seinen Träumen. Es konnte nur sie sein. Nur sie konnte ihn glücklich machen, ihn erhellen und sein Inneres beleben. Wahrhaftig.

Es schien wirklich die Frau seines Lebens zu sein, von der er immer geträumt hatte. Von der er auch jetzt träumte. War sie etwa ein Traum?

Wie er sie so erblickte, da drüben in der Buchhandlung, wie sie sich bewegte, so sanft, so anmutig, wie sie aussah, wie sie sich ... sie war einfach perfekt. Fürs Erste.

Conrad begann, sie zu observieren. Ganz genau.

Er beobachtete ihr Gesicht, ihre traumhafte Figur und ihre sylphidenhaften Bewegungen von weitem, aus sicherer Distanz. Sie hatte ein Kleid an, welches durch und durch mit Sonnenblumen verziert war und ihr bis kurz über die Knie ging. Es betonte eindrucksvoll ihre Figur, die durchtrainierter und fraulicher zugleich nicht hätte sein können. Zwar verbarg es etwas Bein, doch Conrad erahnte schon, welche Muskelstränge mit zarter und straffer Haut umspannt sich darunter verbergen mussten.

Der Po wölbte sich anbietend zu jeglicher erotischer Phantasie aus dem Kleid hervor und ließ seine Hand nur kurz in dessen Richtung greifen. Es war eher ein zaghaftes Zucken als ein Danachgreifen, so als wäre ihm in derselben Zehntelsekunde die Absurdität seines Vorhabens bewusst geworden. Danach zu fassen, einfach so, ohne jegliche Hemmungen, ähnlich dem Geistesblitz eines euphorischen Wissenschaftlers. Ihre lockenden Brüste ragten von einem Büstenhalter umschlossen, der sie in die genau richtige Position setzte, wohlgeformt hervor. Wohlproportioniert schienen sie zum Körper zu passen. Das Gesicht selbst zeigte sogar aus dieser Entfernung liebliche, teils makellos barbiehafte Züge, die dem gängigen Schönheitsideal auch nicht im Geringsten einen Abstrich taten.

Als er sich einigermaßen satt gesehen hatte, fing er an zu grübeln. Er rang mit sich. Sein Verlangen nach dieser unbekannten Schönen wollte nicht nachlassen. Sollte er es wagen? Sollte er aufstehen und hingehen? Kein Zweifel: Sie war es. Die Frau, die ihm das Herz brechen könnte, wenn sie es denn nicht schon getan hatte. Besaß sein Herz schon einen Riss? War es schon in einem angerissenen Zustand, völlig unbemerkt? Wahrscheinlich.

Vielleicht aber war es auch diese Art von Frau, die ein Riss ins Herz schlitzte, durch diesen hindurch eintrat, sich dort einnistete und Conrad wieder zum Leben erweckte?

Conrad dachte nach. Hinübergehen, in seiner Verfassung? Er würde doch nur Fehler machen und jede Frau, die ihn so erblickte, würde ihn bestimmt nicht als potentiellen Held feiern. Nicht als einen Mann, der der einzige sei, der ihr Herz erobern dürfte und dem nur ihm und keinem anderen sie sich hingeben würde. Nein, bestimmt nicht. Wiederum wusste Conrad, dass jeder Mensch jede sich bietende Chance nutzen sollte, um sein eigenes Schicksal nicht mit der eigenen Feigheit zu betrügen, sich selbst zu betrügen und zu versagen. Auch dann, wenn der gewünschte Effekt, wenn das Ziel nicht erreicht werden würde. Das Schicksal würde einen dann mit doppelten Gewissensbissen hart bestrafen. Also sollte man sich aufraffen und etwas tun.

Conrad hatte es schon so manches Mal vor allem bei seinem Freund Fabian erlebt, wie sich eine perfekte Chance im Nichts auflöste und nie wiederkam, nur weil er sich nicht getraut hatte. Aber manche Männer sind eben so. In Frauenangelegenheiten wie ausgewechselt. Wie von einer anderen Art. Nicht typisch Mann, nicht typisch Frau.

„Was soll's", dachte er sich, nahm seine Jacke und lief zielstrebig aus dem Internetcafé. „Ich komme gleich wieder", rief er dem Cafébesitzer zu und trat auf die Straße. Er ging geradewegs hinüber in die Buchhandlung, die er eigentlich wie seine eigene Westentasche kannte. Nur sie, die Frau, hatte er da noch nie gesehen. Vielleicht war sie neu, wer weiß?

Leise, ohne die Kassiererin bei ihrer Arbeit zu stören, schloss er die Tür hinter sich. Nur ein kurzer Blick, mehr war nicht drin, dann schlenderte er zu den Regalen der Taschenbuchbelletristik und nahm wahllos irgendein Buch heraus. Conrad tat so, als würde er sich für das Buch interessieren. Er blätterte die Seiten des Buches um, vor und zurück, einfach damit es nur so danach aussah, als ob er lesen würde. Währenddessen inspizierte er vorsichtig und unbemerkt, wie er glaubte, die wunderschöne Frau, die Verkäuferin und Kassiererin in einer Person war. War sie nicht schön? Einfach bezaubernd, regelrecht schillernd.

Seinen eben im Café gefassten Entschluss fand Conrad in diesem Moment doch nicht mehr so berauschend, so dass er sich alle möglichen Ausreden zurechtzimmerte, um sich seine Feigheit nicht eingestehen zu müssen.

„So wie die aussieht, hat sie bestimmt schon einen Freund. Da platzt man doch nicht einfach so hinein", dachte Conrad und blickte zutiefst demotiviert und halb verlegen weg, als hätte man ihn bei einer peinlichen Sache erwischt. Er steckte das Buch zurück in das Regal und bummelte eine Regalabteilung weiter nach hinten in den geräumigen Laden. Etwas unsicher blieb er stehen und warf nur noch kurze Blicke in Richtung seiner Göttin.

Diese Blicke glichen dem Dreisekundenmusterungs- und Entscheidungsblick mancher Frauen, die das genetische Material der Männer, ob es nun vortrefflich oder schlicht als Müll zu bezeichnen war, schon in drei Sekunden erglotzen, ja regelrecht scannen konnten.

Ihr Gesicht, welches er jetzt vollständig in Augenschein nehmen konnte, glich dem einer wunderschönen, aber zugleich verruchten Fee, die einen ohne Gnade verzaubern konnte. Conrad fühlte sich mehr als verzaubert.

Ihre Augenbrauen waren gezupft, die Haut leicht solariumgebräunt, jedoch nicht übertrieben. Die Nase war etwas stupsig. Passte aber zu ihr. Das ganze Gesicht wirkte in seiner Erhabenheit, in seiner Ästhetik dermaßen magisch auf Conrad, als hätte es ein berühmter Künstler modelliert, der sich die Aufgabe gestellt hatte, das perfekte Gesicht zu erschaffen.

„Traumhaft. Unerreichbar", ging es Conrad durch den Kopf. Er schaute wieder weg, starrte auf die vielen Bücher im Regal und bewegte die Augen keinen Millimeter. Er schien geblendet. Jeder, der ihn jetzt richtig beobachtete, konnte alles andere aus seinem Gesicht schließen, nur nicht, dass er mit seinen Augen ein ganz bestimmtes Buch suchte.

Als er aus dem Gedankenintervall „... – Traumhaft. – Unerreichbar. – Traumhaft. – Unerreichbar. – ..." wieder erwachte, blickte er abermals zum Kassentresen und erschrak. Anstatt sie, die Göttin, in einiger Entfernung von ihm zu sehen, sah er sie plötzlich auf ihn zukommen. Klopf, klopf. Klopf, klopf. Sein Herz begann, ein paar Frequenzen höher zu trommeln und das bei purem Stillstand der körperlichen Hülle, die es umgab.

Sie kam näher. Verunsichert griff er erneut willkürlich in das Regal und begann im erstbesten Buch zu blättern, das sich daraufhin in seiner Hand befand.

„Hallo! Kann ich Ihnen irgendwie helfen?" Ihre Stimme klang klar und selbstbewusst, fraulich, und besaß einen nicht gerade ernstgemeinten Unterton. Himmlisch verzaubernd drang sie an Conrads linkes Ohr. Er spürte, wie diese Gesichtshälfte vom Ohr ausgehend warm wurde, was nur eines bedeuten konnte: Er wurde rot. Puterrot. Wahrscheinlich zeigten sich auch wieder seine roten Flecken am Hals und mutierten gerade über die Größe eines Zwei-Euro-Stücks hinaus.

„Hm, nein danke", brachte Conrads etwas kläglich hervor. Seine Stimme erklang unsicher und schwankend.

Er hielt es nicht durch, für längere Zeit in ihr Gesicht, in ihre Augen zu schauen, denn die körperlichen Auswüchse seiner Scham sowie die empfundene Peinlichkeit, die diese Situation mit sich brachte, ließen ihn innerlich zusammenbrechen. Verlegen fixierte er das Bücherregal. Es tobten zwei Gefühle in seiner Brust.

Ein Kampf von Gut und Böse. Hin- und hergerissen vermischten sich diese Welten miteinander und verursachten ein übles Chaos. Selbsthass stieg in ihm auf und er fühlte sich hilflos. Conrad wünschte sich in diesem Augenblick, die schöne Göttin direkt vor ihm nie erspäht zu haben. Sie sollte doch gehen, ihn hier am Regal allein zurücklassen und der Metamorphose, wie aus einem erwachsenen Mann ein weinerliches Kind zu werden drohte, nicht noch feierlich beiwohnen.

Zu aller Peinlichkeit trat noch hinzu, dass er jetzt erst bemerkte, welches Buch er eigentlich in den Händen hielt.

„‚Sexualität – Der Schlüssel zu einer erfolgreichen und leidenschaftlichen Partnerschaft‘, sehe ich das richtig?“, fragte sie ihn und lächelte dabei freundlich.

Conrad musste schlucken und bejahte dies. „Nun ja. Ich … äh …“

„Es ist nicht schlecht“, fiel sie ihm ins Wort, „doch dieses hier finde ich besser.“ Sie beugte sich direkt vor ihm leicht zur Seite, griff in das Regal und holte ein thematisch ähnliches Buch heraus. Dabei kam sie Conrad ziemlich nahe, so dass ein lieblicher Duft Parfüm an Conrads empfindliche Nase drang, den er sofort zu analysieren begann: Auffallend war er, doch nicht zu aufdringlich. Süß und locker. Ein leichter Duft. „Der Duft passt zu ihr“, dachte er.

„Dies hier“, sprach sie ihn weiter an, „hat einen anderen Stil als das hier, welches Sie in den Händen halten. Es lässt die Sexualität nicht so außer Acht, wie es in Ihrem Buch der Fall ist.“ Sie verwies auf Conrads Buch und dann wieder auf jenes, welches sich in ihren Händen befand. „In Ihrem Buch, was Sie da in der Hand halten, wird vieles philosophischer betrachtet. Es wird mehr über die Liebe und die Partnerschaft gesprochen, was letztendlich den Hauptteil dieses Buches ausmacht. Zum Thema Sexualität wird dabei nicht so sehr in die Tiefe gegangen. Also meiner Meinung nach ist dieses hier wesentlich interessanter. Es kommt aber darauf an, für was Sie sich am meisten interessieren." Sie strahlte ihn an und zwinkerte Conrad wissentlich zu. „Und ganz nebenbei bemerkt, sind hier die schöneren Bilder drin." Es folgte eine kurze Pause, und die Göttin wartete auf Conrads Reaktion.

Am liebsten wäre er schnurstracks davongelaufen und hätte sich bestimmt nie wieder in seinem Leben hier blicken lassen. Nicht, wenn sie hier bedienen würde.

Doch mit einem Mal schien ihm alles egal zu sein. Er holte tief Luft, atmete diese in einem langem sich erleichternden Atemstrom wieder aus und hoffte, er könne somit seine Nervosität gänzlich aus sich heraus blasen und die Gesichtsröte gleich mit. Dann sackte er dabei zwei Zentimeter zusammen und sagte mit leicht zittriger Stimme:

„Eigentlich möchte ich gar nichts dergleichen", er schluckte, „ich ... ähm ... habe nur mal so geschaut ... ich wollte eigentlich ... tja ... eigentlich wollte ich ..." Er dachte angestrengt nach und hoffte, eine simple Ausrede zu finden, doch ihm fiel keine ein. Bevor er aber irgendetwas herausbrachte, wie zum Beispiel „Ich suche einen Krimi" oder „Ich suche den Autor Soundso", erlöste sie ihn mit einem etwas wissentlichen, aber immer noch freundlichem Lächeln.

„Es sah so aus, als benötigten Sie eventuell meine Hilfe. Sie haben so oft in Richtung Kasse geblickt, dass ich annahm, Sie hätten eine Frage." Sie war direkt, sehr direkt sogar. Regelrecht erschlagend für einen Kompromissmenschen wie Conrad, der eine dezentere Ansprache vorgezogen hätte. Sie hatte ihn also erspäht. Wusste sie womöglich, warum er sie so angegafft hatte? Wollte sie von ihm ein Geständnis in Form einer Anmache hören, erwartete sie vielleicht einen Flirt oder wollte sie ihn nur auf den Arm nehmen? Ihn gegen einen Eisblock laufen lassen und in eine noch peinlichere Lage hineinmanövrieren, als es so schon der Fall war?

Conrad überlegte. Sollte er es ihr sagen, frei heraus, ohne Hemmungen? Sollte er ihr den wahren Grund seines Besuchs in der Buchhandlung erklären? Oder sollte er es lieber dabei belassen und schnellstens verschwinden. Die ganze Angelegenheit einfach in seinem Inneren abhaken. Vielleicht noch den Coolen spielen beim Abgang?

Was nur, was? Was sollte er tun?

Er tat das, was sein Herz ihm sagte, denn rot wie Blut, das durch dieses floss, war der Kopf allemal.

„Ehrlich gesagt ..." Als er zu reden begann, zog die Göttin ihm gegenüber die Augenbrauen leicht nach oben, gespannt erwartete sie seine Antwort. „Es ist so bescheuert, wie soll ich es nur sagen?" Conrad sah überall hin, nur nicht in ihre Augen und gestikulierte schwerfällig mit dem Buch in seiner Hand herum. Da Conrad verlegen zu lächeln begann, zogen sich auch ihre Mundwinkel wieder in die Länge und ein bisschen Spannung war auch ihr anzumerken. „Ich ... ich", stotterte er, „nun ... ich kann einfach nicht daran vorbeistarren und so tun, als wäre nichts, wenn ich eine hübsche Frau sehe. Ich, ich ... ich möchte mich an Ihrer Schönheit laben und ich kann nicht leugnen, dass sich Ihre Attraktivität nicht nur auf Ihr makelloses Gesicht bezieht." Er hatte es gesagt.

Er hatte dick, für ihn aber durchaus wahrheitsgemäß, aufgetragen. Einfach so. Er wartete nicht erst ihre Reaktion ab, sondern versuchte, sich für sein aufdringliches Starren zu entschuldigen. Wie ein Softie rechtfertigte er sich, dass er keineswegs ein Perverser oder eine ähnliche Gestalt sei. Nur ein Ästhet. „Sie halten mich jetzt vielleicht für bescheuert oder Ähnliches ... vielleicht bin ich das auch, doch ich würde mich selbst belügen und mich für immer ärgern, wenn ich dies jetzt nicht gesagt hätte." An ihrem Gesichtsausdruck konnte Conrad entdecken, dass sie verlegen wirkte. Sehr sogar.

„Ähm ja. Ehrlich gesagt", antwortete die Göttin, „würde ich für das Wort ‚bescheuert' eher das Wort ‚ungewöhnlich' einsetzen, wobei ‚ungewöhnlich' in manchen Situationen schon eher verrückt wirken kann, wenn nicht gar ... bescheuert." Das sagte sie mit einer ernsten Miene, welche Conrad veranlasste, danach zu fragen:

„Was war es denn nun? Bescheuert oder ungewöhnlich?"

Daraufhin mussten beide frivol grinsen. Conrad merkte, dass sie sich ihm gegenüber nicht abweisend verhielt und ein gewisses Interesse zeigte. In all ihrer Gestik und Mimik sah es nicht gleich danach aus, dass sie auf dem Absatz kehrt machen würde. Sie trat etwas näher an ihn heran, rundete die Lippen und meinte betont: „Beeeeee...sonders ungewöhnlich."

Mit dieser Antwort erlangte Conrad eine gewisse Lässigkeit, die sich vor allem auf seinen Körper, auf seine derzeitige Haltung positiv auswirkte.

„Das Leben ist zu kurz, um gewisse Dinge nur zu denken", erklärte er, „ich glaube, ... das Buch hier, das ist dann eher doch nichts für mich. Es ist ...", er überlegte, doch sie ergänzte ihn, „... es war mehr oder weniger nur ein Alibi."

Eigentlich hätte Conrad klar sein müssen, dass er sich nicht mehr herauszureden brauchte, doch die Antwort überraschte ihn trotzdem. Ein Verlegenheitsgrinsen konnte er jedenfalls nicht vermeiden, und er nickte zustimmend: „Ähm ja. Ein Alibi."

Daraufhin stellte er das Buch behutsam zurück in das Regal. Seine Hände begannen unerklärlicherweise wieder leicht zu zittern. Mit seiner Haltung gab er ihr zu verstehen, dass er diesen Ort verlassen möchte. „Nun ja", sagte er mit einem Mal und wechselte das Thema, „ich hoffe, ich habe Sie nicht unnötiger Weise von Ihrer Arbeit abgehalten?"

„Ach nein, das haben Sie nicht", erwiderte sie, dann aber ...

„Ohhh! Einen kleinen Moment bitte!"... Sie drehte sich um und spurtete geradewegs in Richtung Kasse, wo bereits ein Kunde auf sie wartete. Das tat sie mit einem filmreifen Schwung, bei dem nur noch eine Kamera in Zeitlupeneinstellung fehlte, die ihr Haar locker flockig wedelnd auf eine Leinwand projizierte, um ihre Schönheit und ihren Elan gleichzeitig zu präsentieren.

Sie besaß Verve. Conrad sah ihr nach. Er wusste nicht so recht, ob er sich nach dem Gespräch gut oder schlecht fühlen sollte. Sie aber, die wunderschöne Göttin, jetzt auch noch von hinten zu sehen und zu beobachten, ließ ihn über jeden Zweifel erhaben sein, ob er wohl das Richtige getan hatte. „Auch ein schöner Rücken kann entzücken", dachte er und watschelte ihr gelassen hinterher.

Während seine Auserwählte die Kunden bediente, die sich gegenwärtig nach und nach am Kassentresen einfanden, trat Conrad der Tür entgegen. Er wollte die Buchhandlung verlassen. Bevor er aber die Klinke berührte, drang ein kräftiges „Hallo? Sie da!" an seine Ohren.

Er drehte sich irritiert um, obwohl er nicht glaubte, dass es für ihn bestimmt war. Sein Blick fiel in Richtung Kasse, zu seiner Göttin. Ihr Anblick überwältigte ihn von Neuem. „Sie kann nur eine Göttin sein", dachte er, während er sie fokussierte. Sie sah ihn an und rief ihm zwar freundlich, aber doch ein wenig schüchtern „Miria" zu. Da er ein etwas dümmliches Gesicht zeigte, wiederholte sie sich: „Miria. So heiße ich, ... war nett mit Ihnen zu plaudern und es wäre schön, wenn Sie demnächst noch einmal vorbeischauen würden. Ich würde mich echt freuen."

Erst jetzt war Conrad glasklar, dass er sich nicht vollends zum Affen gemacht hatte, wie er es glaubte.

„Schöner Name", dachte er und antwortete ihr mit einer kleinen Verneigung: „Conrad. Gern geschehen. ... ja dann ... bis bald." Er drückte die Türklinke nach unten, öffnete die Tür und verließ die Buchhandlung, ohne sich noch einmal umzudrehen.

Draußen an der frischen Luft fröstelte es ihn ein klein wenig, um nicht gleich zu sagen, dass es ihm mit einem Schlag regelecht kalt wurde. Das mag wohl damit zusammenhängen, dass er mit einem Mal die heiße und knisternde Atmosphäre der Buchhandlung mit der wenig frequentierten und trostlosen Gasse tauschte. Irgendwie, so erschien es ihm mit jedem Schritt zurück hinüber in Richtung des Internetcafés, erlangte er mehr und mehr innere Ruhe und seelisches Gleichgewicht. Mehr als er es jemals zuvor verspürt hatte. Er schenkte aber diesem Gefühl keinerlei übermäßige Beachtung und betrat entspannt das Ambiente des Internetcafés.

Der Inhaber fragte ihn auch sogleich, nachdem er wieder an seiner Konsole Platz genommen hatte: „Kann ich dir jetzt deine Rumschokolade bringen?"

„Oh ja", fiel es Conrad wieder ein, „ja klar, entschuldige bitte, Dieter, aber ich ...", weiter kam er gar nicht, denn der Wirt unterbrach ihn.

„Schon gut. Was tut man nicht alles ...", und auch er, aber ohne unterbrochen zu werden, sprach seinen Satz nicht zu Ende.

7. Kapitel

Tage und weniger gute Tage

Manchmal scheint das Leben so richtig schön zu sein, glaubt man jedenfalls. Doch dann kommt es meist doppelt und dreifach so dick zurück und ein jeder hätte sich gewünscht, die glücklichen Tage nie erlebt zu haben. Meistens sind es ja nicht mal mehrere Tage, sondern nur ein paar Stunden oder ein einziger Tag, der so richtig perfekt lief. Im Gegenzug für den Verzicht würden dafür aber keine neuen Probleme zu den alten auftauchen und sich hinter den anderen einreihen. So zumindest geht es immer dem Otto-Normal-Verbraucher, der dann ständig kurz vor einem Revolutionär- oder Sozialverbrechen steht.

Die letzten drei Tage hatte Conrad jedenfalls angenehm verlebt. Richtig lebenswert, in all ihren 72 Stunden. Den Schlaf mit einbezogen. Conrad konnte sich einmal so richtig entspannen und erholen. Nebenbei trug die Arbeit an seinem neuen Kriminalroman die unverhofft besten Früchte. Er kam gut voran. Außerdem gönnte er sich jeden Tag einen gemütlichen Spaziergang, natürlich vorbei an der Buchhandlung, in der seine Göttin, Miria — wie sie hieß, arbeitete. Jedes Mal wurde er bei einem kurzen Blick durch das Schaufenster hindurch mit ihrer Anwesenheit belohnt. Miria blieb dies nicht verborgen. Wenn sie ihn ebenfalls erspähte, lächelte sie etwas verlegen zurück. Nur einmal bemerkte sie ihn nicht, glaubte Conrad jedenfalls. Das fand er etwas schade, denn zu gern hätte er wieder in ihr Lächeln geblickt. Zu Hause angelangt, schaffte er es endlich, sich mit Alexandra auszuquatschen, sich Zeit für seine beste Freundin zu nehmen. Sie unterhielten sich über Gott und die Welt — ohne neurotische Anomalien und ohne das leidige Thema übermäßig zu durchforsten. Es war ein gemütlicher und ungezwungener Tratsch. Jeder redete sich das von der Seele, was ihm am meisten zu schaffen machte, und dabei bemerkte Conrad, dass er mit seinem fortwährenden Gedankenhickhack und seinen seelischen Liebesnöten nicht unbedingt allein war. Er war auch ein wenig überrascht, dass sich Alexandra für ihn genügend Zeit genommen hatte. Zeit für einen wirklich ausgedehnten Kaffeeklatsch. Denn das Wörtchen Freizeit schien in ihrer Situation ein Fremdwort zu sein. Sie steckte bis über beide Ohren in ihrer Arbeit. Mit ihr hätte Conrad nicht tauschen wollen. Tag und Nacht brütete Alexandra über diversen Organisationsplänen für ihren „World-Communication-Congress", der sich derzeit in der stärksten Agitationsphase seines Marketings befand.

Hinzu kam, dass sie kurzfristig den Posten als Hauptorganisationsleiterin übernommen hatte. Ihr Vorgänger, ein Mann wohlgemerkt, wie sie laut und deutlich betonte, hatte überraschenderweise das Handtuch geworfen.

„Vorher noch die größten Protztöne gespuckt und dann mir nichts dir nichts alles hinschmeißen, ... Männer!", hatte sie gescholten, da die ganze Arbeit nun an ihr hängen geblieben war. Aber ein wenig amüsiert war sie trotzdem, zumal sie den Typen nicht leiden konnte.

„Wenn sie wenigstens genauso viele aktive Hirnzellen hätten wie Spermien", meinte sie zu Conrad, „dann könnte man sie als Uhr oder als Wecker verwenden. Einfach auf den Kopf schlagen und prompt die Uhrzeit ansagen lassen. Doch selbst das würden sie nicht hinkriegen. Es scheint allgemein ein fundamentales Problem zu sein, hinsichtlich der sinnvollen Anwendung und Einsetzung dieser unterentwickelten Spezies." Nach dieser emanzenhaften Erkenntnis nickte ihr Conrad zu und klatschte für einen solch guten Einfall verständnisvoll Beifall. „Wirklich gute Rede", konstatierte er und grinste genüsslich. „Aber Vorsicht, ich bin auch ein Mann."

Urplötzlich jedoch schien alles schief zu gehen. Sein Verlag hatte angerufen und forderte die vorzeitige Fertigstellung des Kriminalromans, weil es Änderungen im Programm gab. Die Bank meldete sich, weil er angeblich um zweitausend Euro überzogen hätte, was sein Dispositionskredit aber nicht zulassen würde. Doch er war gar nicht der Übeltäter, ein Fehler im System. Trotzdem hatten sie ihm das Konto vorerst gesperrt. Dann bekam sein Computer auch noch einen Hänger, was eigentlich im wahrsten Sinne des Wortes noch gelinde ausgedrückt ist, denn ganze achtzehneinhalb Seiten waren spurlos abhandengekommen. Conrad stand kurz davor, in überkandidelten Hasstiraden den Monitor mit Mike Tyson zu verwechseln. Dieser würde sich natürlich schier unbeeindruckt seiner Wutanfälle die Visage mit dem übergroßen Einglotzzurückauge, sprich dem Bildschirm, polieren lassen. Von dieser spontanen Aktion hielt Conrad aber nicht sehr viel und der Brief von seiner Bank mit dem angeblich überzogenen Kontostand hielt ihn vernünftigerweise zurück. Aber auch so hätte er sich keinen neuen Monitor leisten wollen, da dieser noch gar nicht so alt war. Er erkannte rechtzeitig die Unschuld seines Elektrogerätes.

Bei einem anschließenden Spaziergang durch die Stadt vorbei an der Buchhandlung, um wieder zur Ruhe zu finden, sah er dann nicht einmal seine Miria, deren Anblick ihn bestimmt wieder zu besserer Laune verholfen hätte. Im Gegenteil. Als er aus lauter Neugierde in den Laden ging, um sich zu vergewissern, ob sie nicht doch in irgendeiner Ecke ihrer Arbeit nachging, geriet er durch eine ihrer Kolleginnen in eine für seine Begriffe erneut peinliche Situation. Jedoch nur kurzzeitig, für den Moment, für wenige Atemzüge. Er betrat sichtlich umhersuchend den Laden und bevor er jeden Winkel erspähen konnte, sprach ihn Mirias Kollegin auch schon überraschend an. In einem für Conrad zu lauten Tonfall fragte sie ihn: „Sind Sie der Herr, der wegen Erotikliteratur da war?" Sie grinste belustigt über ihren eigenen Humor, so als würde sie sich den Scherz des Jahrhunderts erlaubt haben und dafür eine Menge Geld abkassieren. Conrad konnte sich ihrem Grinsen überhaupt nicht anschließen.

Der Laden war zwar nicht gerade voll von Büchersuchenden, doch ein paar Kunden hielten sich dennoch in ihm auf. Einige von ihnen drehten sich daraufhin interessiert und gespannt herum, um zu sehen, welchem Herrn die anstößige Frage galt.

Conrad errötete. Überlegte aber kurz und erwiderte selbstbewusst: „Eigentlich nicht, ich bin hier, um ... weshalb wollen Sie das denn wissen?"

„Nun ja. Sind Sie Conrad? Heißen Sie mit Vornamen Conrad? Sind Sie der Mann, der vor wenigen Tagen das Buch ..." Er fiel ihr ins Wort.

„Ja, der bin ich. Conrad Wipp." Bei seinem Nachnamen musste die Buchhändlerin entzückt schmunzeln, aber Conrad ignorierte das. „Das Buch brauchen Sie mir nicht erst zu holen, das war ..."

„Eine Verwechslung. Ich weiß", ergänzte sie und bemerkte erst jetzt, wie peinlich ihm das war. Deshalb klärte sie ihn auch anschließend auf, weshalb sie ihn ansprach.

„Ich musste mich nur vergewissern, ob Sie es wirklich sind und die Beschreibung passte wie die Faust aufs Auge, als ich Sie hier hereinkommen sah. Einmal sind Sie auch hier vorbei gekommen und Miria hat mir sie gezeigt. Leider nur noch von hinten. Aber es reichte, um Sie wiederzuerkennen." Sie überreichte Conrad einen gefalteten Zettel. „Den soll ich Ihnen geben. Von Miria. Sie wüssten schon."

„Hä? ... Aha ... ach so", staunte Conrad und nahm ihn entgegen. Er steckte den Zettel in seine Jackentasche und verließ, ohne etwas gesucht und gekauft zu haben, die Buchhandlung.

„Na denn! Auf Wiedersehen", verabschiedete er sich bei Mirias Kollegin, die ihm von oben bis unten musternd hinterher starrte. Nachdem er die Buchhandlung verlassen hatte, flog die Tür in den dafür vorgesehenen Rahmen auf und im Eiltempo, schnurstracks geradeaus laufend, entfernte er sich auch sogleich von jenem Ort.

Die Nachricht

Der Nachmittag war noch jung. Die Sonne lugte in unterschiedlichen Abständen durch die Wolkendecke so, als müsse sie mit ihren Strahlen einen Lochkartencode knacken, um an die ganze Herrschaft des Luftraumes und der darunter liegenden Landmassen zu gelangen.

Drei Häuserecken weiter entfaltete Conrad den Zettel, der keine anderen Knicke aufwies als dort, wo er akkurat zusammengefaltet wurde. Sozusagen: „Jungfräulich gefaltet", dachte Conrad schelmisch. Eigentlich war diese Ecke für solcherlei Nachricht nicht wirklich als geeignet zu bezeichnen, denn so mancher Vierbeiner tätigte hier im Laufe des Tages sein wichtigstes Geschäft. Aber die Neugier war zu groß.

Er betrachtete das Papier genauer. Es war ein ganz besonderes, ein exquisites Papier, das er da in seinen Händen hielt. Aus Edelleinen hergestellt, das fiel ihm sofort auf. Durch Zufall entdeckte er noch ein feines Wasserzeichen in der Mitte des Papiers. Dort, wo sich die gefalteten Linien zu einem Kreuz vereinten. Es glich einem dieser ägyptischen Symbole. Einer einfachen geometrischen Pyramide mit drei Punkten darüber. „Wahrscheinlich irgend so ein Firmensymbol", dachte er. Da Conrad jedoch eine gewisse kindliche Spannung erfasst hatte, als Mirias Kollegin ihm die Kostbarkeit von einem Zettel überreicht hatte, hielt er sich nicht weiter mit dem Wasserzeichen auf und las ihn sogleich an Ort und Stelle. Hier an einer Ecke, weit genug entfernt, wo er dem neugierigen Blick von Mirias Kollegin nicht ausgesetzt war. In Ruhe konnte er sich hier den Text zu Gemüte führen.

Lieber Conrad!

Oder sollte ich doch eher Herr Wipp sagen?
Ich denke, ich bleibe bei Conrad.

Du wirst Dich vielleicht wundern, dass ich Deinen vollständigen Namen kenne. Diesen habe ich freundlicherweise vom Besitzer des Internetcafés erfahren.

Nun gut.

*Deine Meinung in Bezug auf meine Person fand ich überra-
schend und sehr nett. Nachdem ich das Kompliment verdaut
hatte, war es leider schon zu spät und du warst fort. Doch
sah ich Dich einige Male an der Buchhandlung vorbeispazie-
ren und ..., na ja, Du weißt schon ... Ich vermute Mal, dass
das Ganze wohl seinen Grund haben wird, und ich hoffe
natürlich, dass ich da nicht falsch liege, sonst wäre mir dieses Schreiben äußerst peinlich.*

*Deshalb möchte ich Dich hiermit ohne Umschweife fragen,
ob du Lust hast, Dich mit mir zu treffen, um ein bisschen zu
schwätzen. Einfach nur so.*

*Dieses Briefchen, also dieser Zettel, ist etwas ungewöhnlich,
ich weiß, doch ich habe mir gedacht: Tu es einfach, mehr als
schiefgehen kann es nicht.*

*Da ich Deine Telefonnummer und auch sonst nichts Anderes
von Dir habe als Deinen Namen, bleibt mir nichts Anderes
übrig, als diesen Weg zu wählen und vorzuschlagen, dass wir
uns auf neutralem Boden, also nicht in der Buchhandlung,
treffen. Wenn Du nichts dagegen hast?*

*Hierzu mein Vorschlag: Du kannst mich jeden Tag von Mon-
tag bis Freitag von 18.00 bis 18.30 Uhr in der Stadtbibliothek
oder anschließend nebenan im Fitness-Studio „WeichEi",
dort dann bis maximal 20.00 Uhr, antreffen.*

Ich lass mich gern überraschen und würde mich freuen, Dich wiederzusehen. Du kannst mich aber auch jederzeit in der Buchhandlung ansprechen, wenn ich nicht gerade frei habe.

Bis dahin,
Miria Marck

Nachdem Conrad die kurze Mitteilungslektüre verschlungen hatte und erst jetzt wieder aufsah, spürte er in seinem Gesicht eine glückliche Verspannung, die eintrat, wenn seine Augen zu glänzen begannen und sich die Mundwinkel durch einen enormen Ausstoß von Glückshormonen in die Länge zogen. Gleichzeitig machten sich aber auch Bedenken breit, die ihn auf seine derzeitige Verfassung verwiesen. War er in der Lage, einen werbenden Mann zu verkörpern? Sollte er einfach so in das moderne Spiel der Brautwerbung einsteigen und dem weiblichen vollkommenen Geschöpf namens Miria Marck gekonnt alle anderen genetischen Kreuzungen madig machen? Kann er das überhaupt? Oder konnte er es schon von jeher?

Er wusste natürlich, wie man es anstellte, eine Frau zu verführen, sich interessant, geheimnisvoll und offen zugleich darzustellen, um immer mehr zum Fixpunkt der weiblichen Sexualhormone zu werden. Damit konnte „Mann" zwar gewinnen, aber scheiterte meist auf längere Sicht. Vor allem, wenn er log. Oder sollte er sich wirklich geben, wie er ist? Sollte er ihr erzählen, was er in dieser Welt empfand? Was er im Moment erlebt? Was er durchmacht? Die Chance damit zu siegen und auf psychotischer Basis eine Neuauflage von „Die Schöne und das Biest" zu kreieren, war 1 zu 107, im günstigsten Fall 1 zu 83. Die Quote war also nicht gerade berauschend.

Conrads blödsinnige Überlegungen brachten ihn wieder zurück auf den Boden der Tatsachen und in jenen Winkel der Stadt, der nichts Anderes als die auserkorene Privattoilette der städtischen Hunde war. Schnellstens entfernte er sich von ihr, da er in unmittelbarer Entfernung eine abnormale Züchtung zwischen Pferd und Hund erblickte. Nicht das Herrchen, sondern der Hund führte das Zweiergespann aus. Geradewegs in seine Richtung, um mit größter Wahrscheinlichkeit ein ebenso abnormales Geschäft an dieser Stelle zu verrichten. Dabei machte er einen unüberlegten Schritt und eine unberechenbare Tretmiene, Marke „Stinkt ewig!", umschlang seine linke Schuhsohle. „Scheiße!", fluchte er und steckte den Zettel zurück in die Jackentasche.

8. Kapitel

Super Supermarkt

„Nimm mich, greif zu!", „Greif doch zu!", „Kauf mich!".
Immer wieder drangen die vielen Nahrungsmittelprodukte in einem ständigen Echoton in sein Unterbewusstsein. Conrad schrieb diese Halluzinationen seinem leeren und nach fester Nahrung fordernden Magen zu. Dieser drohte schon seit einigen Stunden auf Erbsengröße zusammenzuschrumpfen. Gerade das war falsch, mit blökendem Magen einkaufen zu gehen. Aus diesem Grund landeten massenhaft süße Schleckereien und Fünfminutensuppen im Einkaufswagen, den er gemütlich vor sich herschob. Im Großen und Ganzen jedoch blieb er standhaft und gab dem sirenenhaften Rufen der Produkte nicht sonderlich nach. Die Suppen und auch die Schleckereien, die er mitnahm, würden eh früher oder später vertilgt werden. Am Wurststand hielt er sich zurück, verlangte zwei lecker aussehende Schaschlikspieße, ein paar Käsewiener und dazu noch vier Scheiben Championlyoner. Anschließend beförderte er eine Flasche Wein, paprikagewürzte Chips in Radform sowie Salzstangen in den schon halbvollen Einkaufswagen.

„Mit Salzstangen kann man eigentlich nie etwas falsch machen", dachte Conrad. Im Allgemeinen fanden sie bis jetzt bei jeder Party und bei jedem Gast den Weg zum Mund.

In Gedanken malte er sich schon den Abend mit Miria in seinen eigenen vier Wänden, farbenfroh und romantisch, aus.

„Spaghetti", lispelte er in seinen nicht vorhandenen Bart, und vor seinem geistigen Auge kreierte sich ein deftig dampfendes Nudelgericht zusammen mit hervorragend garnierten Beilagen. Genau dieses Gericht wollte Conrad Miria vorsetzen, wenn er sich getrauen würde, sie einzuladen. So schob er in Gedanken versunken seinen Wagen durch den riesigen Einkaufsmarkt, eine Halle monströsen Auswuchses, voll von Lebensmitteln und allerlei Krimskrams für den Hausgebrauch, für die Freizeit und andere Anlässe. Bald schon gelangte Conrad zu einem Gang, der nur eine einzige Ware anbot, die jedoch in tausendfachen Variationen: Teigwaren.

Irgendwie fühlte sich Conrad vom ungeheuren Angebot erschlagen und da er für dieses Essen als Gastgeber das kreativste, gesündeste und beste Produkt verwenden wollte, wusste er für einen kurzen Moment gar nicht, welches Teigwarenprodukt er für das Rendezvous in den Wagen legen sollte.

„Tja. Das ist sie", seufzte er. Die heilige Halle des modernen Menschen, die ihren Ursprung im 20. Jahrhundert hatte. Voraussichtlich würde sie das auch für das nächste Jahrhundert bleiben. Das Wort „Religion" wurde hier von dem Wort „Konsum" abgelöst. Dieser Wandel hatte sich so sicher und so schnell vollzogen, wie das Amen in der Kirche. „Konsum" hatten seine Jünger gefunden und die Anzahl derer wuchs ständig.

Als Conrad einige Schritte durch den Gang schlenderte, den Einkaufswagen voran, und die Preise dabei pro Regal ständig in die Höhe stiegen, glaubte er dann doch, hier in der mittleren Preiskategorie das richtige Teigwarenprodukt für das geplante Abendessen gefunden zu haben. Es musste ja nicht immer das Teuerste vom Teuersten sein. Andere Produkte waren in ihrer Qualität keinesfalls minderwertiger. So flogen zwei Packungen länglicher Spaghetti in den Wagen.

Auf dem Weg zur Kasse registrierte er noch dieses oder jenes angepriesene Sonderangebot, ließ sich aber zu keinem weiteren Kauf verleiten. Den Einkaufswagen vor sich herschiebend, guckte er auf den mittleren Berg von Lebensmitteln, der sich darin angesammelt hatte.

„Teigware bleibt Teigware. Der ganze Kleister schmeckte sowieso gleich", dachte er, wurde aber durch ein „Passen Sie doch auf!" aus den Gedanken gerissen.

Eine ältere Dame war das letzte Glied in der Einkaufsschlange an Kasse fünf gewesen, der er unabsichtlich in die Fersen gefahren war.

„Entschuldigung" und ein hochroter Kopf waren das Endprodukt dieses unbeabsichtigten Zusammenstoßes.

Als hätte die ältere Dame ein passendes Hassobjekt gefunden, ignorierte sie die Entschuldigung von Conrad und begann sich nun wie ein schon in die Jahre gekommener Rebell, der von den jugendlichen „Stürmern und Drängern" abgelöst wurde, aufzulehnen. Irgendwer musste dafür herhalten, ihren Frust in Empfang zu nehmen, und das war nun mal gerade der, der ihr auch einen Grund dafür gab. Natürlich niemand Anderes als Conrad.

„Das kann doch wohl nicht wahr sein! Jetzt ist man nicht mal hier mehr sicher. Überall diese ungehobelten jungen Leute. Gefährlich ist das! Durch Leute wie Sie, ... Sie ...", die ältere Dame schnappte nach Luft, „... rüpelhaft ist das. Im höchsten Grade. Unerhört."

Conrad verstand die Welt nicht mehr. Wie ein Schwerverbrecher wurde er von ihr behandelt. In ihrem Ton lag etwas derart Anklagendes, etwas dermaßen Frustrierendes, dass sie ihn am liebsten an Ort und Stelle in Handschellen abtransportiert hätte, wenn ihr die Möglichkeit dazu gegeben worden wäre. Ein mittelalterlicher Pranger wäre da wahrscheinlich noch willkommener gewesen. An ihm hätte er für alle Sünden seiner jüngeren Generation büßen müssen oder aber auch nur für irgendeins der privaten Probleme dieser sich aufplusternden älteren Dame, die sich nicht mehr beruhigen wollte.

„Aber ...", begann er und versuchte, verbal der vorgeworfenen Ungerechtigkeit entgegenzutreten. Jedoch ohne darauf einzugehen, wurde ihm von der alten Schachtel in einem schnatternden Ton verboten, weiterhin die Stimme zu erheben.

Mit „Sie sehen schon so aus!" oder „Solch egoistisches Verhalten!" und anderen Standardsprüchen wurden auch andere Kunden, die in der Schlange standen, auf den Zwist aufmerksam und fühlten sich berufen, Stellung zur gegenwärtigen Situation zu nehmen. Das war zu viel für Conrad. Nun auch noch von einem Duzend von Leuten begafft zu werden, behagte ihm gar nicht. Er verlor mit einem Mal seine innere Stabilität und seine gewohnte Zurückhaltung. Nicht nur, dass es bei einem hochroten Kopf blieb, nein, auch seine Schweißdrüsen ließen sich dazu hinreißen, angetrieben von mehreren Hitzewallungen, eine ungeregelte und übermäßige Produktion in Angriff zu nehmen. Für manchen Kunden schien dies schon ein Schuldeingeständnis zu sein, so dass nur wenige für ihn Partei ergriffen und meinten:

„Man sollte doch die Kirche im Dorf lassen." Oder: „Er hat sich doch entschuldigt, was wollen Sie denn?"

Andere schüttelten aber nur pro beziehungsweise contra den Kopf.

Da es keine schnelle Fluchtmöglichkeit gab und Conrad von der Ungerechtigkeit in die Enge getrieben wurde und auch keine Entschärfung der Situation sich abzeichnete, platzte ihm sichtlich der Kragen und es quoll ungefiltert aus ihm heraus:

„Nun machen Sie mal einen Punkt, junge Frau! Es gibt doch weitaus schlimmere Dinge, die einem passieren können, als das bisschen ungewolltes Anstoßen."

Die ältere Dame wollte gerade erneut zum verbalen Gegenangriff ansetzen, da sprach Conrad ohne Rücksicht auf Verluste weiter. „Ihren Privatkrieg gegen mich können Sie jetzt ruhig beenden, falls Sie irgendwelche Probleme haben, die Sie belasten, dann können Sie mir dies auch in einer anderen Tonart mitteilen oder mit jemandem sprechen, der dafür studiert hat und damit sein Geld verdient. Der kann ihnen womöglich noch helfen! Doch zum Sündenbock lasse ich mich hier nicht abstempeln. Was haben Sie eigentlich für ein Problem? Sind Sie hier auf Stimmenfang für eine kleine Mitleidstour unterwegs oder was ist mit Ihnen los? Wenn es das ist, was Sie wollen, dann ‚Entschuldigen Sie bitte!' noch ein weiteres Mal. Entschuldigung, die Dame! Ich entschuldige mich in aller Lautstärke und Öffentlichkeit, dass ich sie unabsichtlich angestoßen habe. Reicht das jetzt?"

Während die meisten in der Schlange stehenden Mitmenschen sich von der ihnen einleuchtenden Nichtigkeit abwandten, brachte die ältere Dame nur ein empörtes und drohendes „Siiieeee!" hervor und ehe sie neue Argumente entwickeln konnte, wurde auch sie durch das Rufen einer Kassiererin, die eine neue Kasse eröffnete, davon abgehalten, die Streiterei weiter auszudehnen.

„Der Nächste bitte! Hallo? Sie da? Sie können auch hier drüben ...", das war das Stichwort für sie. Wie eine besengte Furie stürmte sie, da sie sich in der günstigsten Ausgangsposition von allen befand, ohne Rücksicht auf andere Kunden zu dieser Kasse hinüber.

Eigentlich hätte sich Conrads Puls beruhigen müssen, da die Sympathiewerte eindeutig auf ihn umschlugen und die ältere Dame sich selbst nicht, entgegen ihrer Vorwürfe, rücksichtsvoll verhielt. Doch nur schwer war er davon zu überzeugen, die Frequenz zu verringern. Mit nur wenig verringertem Puls, hervorgerufen durch diese abstruse Situation, folgte er vorsichtig der älteren Einkaufswagenrennfahrerin und ließ dabei noch einen Herrn vor sich in die Reihe einscheren, so dass er wieder der Letzte in der sich neu gebildeten Schlange war, die aber seine Wartezeit durch den getätigten Wechsel vehement verkürzte.

Als er an der Reihe war und die Kassiererin, eine junge gutaussehende Frau, etwa in seinem Alter, das Geld verlangte, sagte sie zu ihm, da hinter Conrad keiner mehr stand: „Wissen Sie? Sie sind nicht der Erste, den diese olle Henne so angeschnauzt hat. Wenn ihr etwas nicht passt, macht sie immer andere dafür verantwortlich. Sie ist hier bekannt wie ein bunter Hund. Lassen Sie sich deswegen nicht beunruhigen, die spinnt doch." Dabei hielt sie ihre Hand vor den Kopf und deutete ein Plemm-Plemm-Zeichen an.

„Ehrlich? Ich weiß echt nicht, was die von mir wollte. Sich dermaßen zu brüskieren. Den kleinen Schubser habe ich doch schließlich nicht mit Absicht vollführt. Ich war ein wenig in Gedanken und dann ist es schon passiert. Ich habe mich schließlich auch entschuldigt. Aber was soll's?" Er winkte ab.

„Hab ich gesehen", erwiderte die junge Frau und strich ihre langen Haare von der Schulter nach hinten auf ihren Rücken. Zu einem kurzen Smalltalk bereit, wechselte sie ihre steife Körperhaltung auf dem Kassiererstuhl hin zu einer typischen Lock-, Anbiederungs- und Interessiertenposition. „Mir wäre das auch zu blöd gewesen, diese ganzen Vorwürfe einstecken zu müssen, die bei ihr einfach kein Ende finden. Dabei waren Sie ganz unschuldig. Ich meine ... das kann doch jedem mal passieren. Oder?" Conrad nickte. „Was blieb mir da anderes übrig, als Ihre missliche Lage zu beseitigen und diese Kasse in Betrieb zu nehmen." Sie lächelte ihn freundlich an und wartete auf das Geld. Conrad erwiderte das Lächeln und bedankte sich für die unerwartete Hilfe, die ihm zuteil geworden war: „Da stehe ich ja tief in Ihrer Schuld? Sind Sie eine Anhängerin der Robin Hoodschen Unterdrücktentheorie?" Er griente fragend.

„Wie? Ach so ... Nun ja, man tut, was man kann."

Sie gab ihm das Wechselgeld zurück und schrieb, während Conrad die Münzen in seinem Portemonnaie verstaute, unbemerkt mit ihrem Kugelschreiber etwas auf den Kassenzettel. Mit einem freundlichen Gesichtsausdruck überreichte sie ihm das Papier, das er dankend entgegennahm, ohne jedoch einen Blick darauf zu werfen, schnipste er ihn in den Einkaufswagen.

„Okay!", sagte er aufbruchsbereit. „Vielen Dank noch mal! Tschüss und einen schönen Tag noch."

„Danke, gleichfalls! Ähm ... Und bitte lesen Sie sich doch mal den Kassenzettel etwas genauer durch."

„Wie bitte?" Conrad war schon einige Meter gegangen und griff verdutzt in den Einkaufswagen nach dem darin befindlichen Zettel. Auf ihm las er: „Zufällig Interesse auf ein Date mit mir? Dann rufen Sie mich bitte an. Gruß Sophie." Was folgte, war die Telefonnummer.

Das verblüffte und entzückte Conrad gleichermaßen. Er drehte sich um und antwortete sogleich charmant:

„Hmm. Vielleicht. Also bis später." Verlegen lächelte er und fühlte sich zutiefst geschmeichelt. Dann trat er durch die automatische Drehtür aus dem Supermarkt hinaus ins Freie.

Am Auto angelangt, konnte er es gar nicht fassen, dass sich aus dieser Situation heraus noch etwas derart Positives entwickelt hatte. Im Normalfall wäre er jetzt im höchsten Grade frustriert in das Auto gestiegen und hätte sich den ganzen Tag darüber aufgeregt, wie sich manche Menschen so widerlich gebärden müssen und warum ihm nicht bessere Argumente eingefallen waren, um es der alten Schachtel richtig heimzuzahlen. Aber so?

Eine derartige 180-Grad-Wendung des Geschehens kam schließlich nicht alle Tage vor und dann ... Jawohl. ... Er wurde ohne Komplikationen und einfach so, ganz spontan, mir nichts dir nichts, angebaggert. Gnadenlos angebaggert, ohne dass er dabei einen hochroten Kopf bekam. Vielleicht hatte er ihn ja doch bekommen und nur nicht bemerkt? Aber das spielte jetzt keine Rolle mehr. Diese gutaussehende Kassiererin hatte ihr Vorhaben durchgezogen und wollte ein Date mit ihm. Wie wunderbar war das denn ... Conrads Ego bekam einen kräftigen Auftrieb.

Teil II

9. Kapitel

WeichEI!

„WeichEI!" Was für ein Name für ein Fitness-Studio? Soll hier aus vermeintlichen Weicheiern der superattraktive und auch gleich der superintelligente Mann fabriziert werden? Ist jeder, der sich nicht hierher begibt, ein Weichei? Oder fiel dem Besitzer einfach nichts Besseres ein? Das fragte sich Conrad, als er vor dem zweistöckigen Haus, nicht weit vom städtischen Marktplatz, stand. Die Bibliothek neben dem modernisierten Altbau mitsamt seinem Fitness-Studio, der jetzt in heller freudiger Farbe leuchtete, sah dagegen aus wie ein uraltes Relikt aus vergangener Zeit. Noch vor Christus. Nur noch wenige Jahre schienen der Bibliothek vergönnt zu sein, einen Teil des alten Stadtkerns zu repräsentieren.

In ihr würde Conrad sich zwar wohler fühlen, aber er war sich zu hundert Prozent sicher, dass sich Miria im Fitness-Studio aufhalten würde. Also klinkte er an der kleinen modernen Tür, die im Vergleich zur alten mondänen Bibliothekstür eine äußerst mickrige Figur abgab. Außerdem bestand sie nicht aus zwei riesigen Türflügeln und besaß auch kein mit Ornamenten verziertes Portal, was sie so ziemlich steril wirken ließ.

Vorsichtig betrat Conrad einen Vorraum; es war so eine Art Empfangslobby. Die Inneneinrichtung war mit dem Neuesten vom Neuesten ausgestattet. Durch eine technische Barriere, die Conrad sofort ins Auge fiel, sah er sich gehindert, weiter und vor allem tiefer in das Schwitzcenter vorzudringen. Die Ähnlichkeit mit den bekannten und immer moderner werdenden Barrieren, wie sie in großstädtischen U-Bahnstationen anzutreffen waren, verblüffte ihn. Um an einem solch hochtechnischen Wall, einer Art Drehschalter, vorbeizugelangen, brauchte Conrad etwas Bestimmtes. Wahrscheinlich einen Chip oder eine Karte, vielleicht einen speziell angefertigten Datenschlüssel oder ... Bevor er jedoch Näheres erkunden konnte, fragte ihn eine sportlich gekleidete junge Dame hinter dem Empfangstresen: „Mitglied? Oder nur schnuppern? Mit Bar, Solarium, ... und so weiter. Nur Bar?" Ihre Stimme klang wie die eines Feldwebels bei der Bundeswehr.

„Bar? Haben Sie auch eine Bar?", fragte Conrad etwas ungläubig.

„Ja, durchaus. Meistens für diejenigen, die ihrem Liebsten oder ihrer Liebsten bei der sportlichen Betätigung nur zuschauen wollen und dabei fester Überzeugung sind, dass sich ihre eigenen Bauchfalten und Schwimmringe von selbst in Luft auflösen. Oder aber, um sich einfach nur unters Volk zu mischen, nur so, zum Unterhalten. Ab und zu setzt sich auch jemand hinzu, um sich mit einem Powerdrink, Marke Multivitamin, aufzupeppen."

„Ein Organ hatte die junge Dame", dachte Conrad.

Ihr zusätzlich arg forciertes Auftreten machte ihm alle Mühe, sich zu artikulieren. „Nun ja. ... Ähm ... Nur schnuppern, ... wie es so heißt. Sicherlich nur die Bar."

„Okay", sie kramte unter der Empfangstheke herum und gab ihm, wie er richtig vermutete, eine Chipkarte. „Die hier bitte da vorn reinstecken. Sind Sie durch die Sperre, dann dem Flur weiter folgen. Vorn, dann rechts und dann kommen Sie direkt zum Fitnessareal und auch zum Barbetrieb. Getränke können Sie mit dieser Chipkarte bezahlen, einfach hingeben und scannen lassen. Diese wiederum müssen Sie beim Verlassen des Studios bei mir hier abgeben und natürlich das Ausstehende bezahlen. Viel Spaß noch!"

„Ein Ton hat die drauf, meine Güte", flüsterte Conrad und war ganz schockiert. So wie dieses Weiblein hinter dem Tresen dastand und ihren Text heruntergerasselt hatte, fragte er sich wirklich, ob diese junge Dame das bei jedem so macht oder nur gerade bei ihm, weil er womöglich kein Mitglied war. Sie klang zwar freundlich, aber dennoch genervt. Bevor er sich näher mit der zweifelhaften Stimmungslage der Empfangsdame befassen konnte, verschwand diese im Nu in einem Nebenraum, zu dem eine Tür hinter dem Tresen führte. Sie hatte ihm einfach die Chipkarte hingeknallt und auf dem Absatz kehrtgemacht.

„Tussi", murmelte Conrad, griff nach der Karte und tat das, was sie ihm gerade im Eiltempo erklärt hatte.

Am Ende des beschriebenen Weges gelangte er tatsächlich in einen sehr großen Raum. Zu einem Drittel bestand dieser aus einer gemütlichen Bar, die wie ein Pavillon aufgebaut war. In deren Mitte tobte sich der Barkeeper je nach Elan gastronomisch aus. Darum herum waren einige Stühle und Tische entsprechend dem Geschmack des Besitzers angeordnet worden, der einen Sinn für Symmetrie zu haben schien, wie es Conrad auffiel.

Von den Sitzmöglichkeiten aus konnten die Gäste der Bar den anderen beim Ackern zu sehen, während sie sich selbst zurücklehnten. Hier und da konnte man sich dann mehr oder weniger in Gespräche stürzten, sofern jemandem nach ausgiebiger Konversation zu Mute war.

Der ganze Rest des Raumes diente allein zur totalen Körperertüchtigung. Fitnessgeräte der unterschiedlichsten Art versammelten Einzelne oder ganze Grüppchen um sich und zogen diskussionswillige Helfer an, von denen jeder die bessere Methode zu kennen glaubte als der örtliche Fitnesstrainer selbst.

Langsam schlenderte Conrad zu den Tischen der Bar und setzte sich, nachdem er niemand Bekannten erblickte, an einen Tisch, der rechts von der Theke stand, genauso, dass er zum einen seinen Blick auf den Barbetrieb und zum anderen auf den restlichen Raum des Studios richten konnte.

Wohl fühlte er sich hier nicht. Doch ein kleines Weilchen wollte er hier schon noch warten. Nach einem kurzen Blick auf die Uhr war Conrad fast davon überzeugt, versetzt worden zu sein. 18.15 Uhr zeigten die Zeiger der Uhr an und hielten sich auch nicht lange an diesem Platz auf. Miria sollte eigentlich schon längst neben ihm am Tisch sitzen und nach Herzenslust plaudern, über sich, über jemand Anderen oder darüber, wie sie die Welt so sah und wie sie sich vorstellte in ihr weiter zu leben.

Aber sie war nicht hier.

Sollte er vielleicht in die Stadtbibliothek gehen? Nebenan? Es wäre nur ein Katzensprung, mehr nicht.

Wie kam er eigentlich darauf, dass Miria unbedingt hier anzutreffen sei? Wahrscheinlich, so vermutete er, hatte sein Gehirn durch den übermittelten und aufgefangenen Reiz seiner Augen nur eines assoziieren können, nämlich, dass diejenige, die eine solch attraktive Figur besaß, wie sie Miria nun mal hatte, eigentlich nur ins Fitness-Studio gehen musste. Folglich ist sie mit größter Wahrscheinlichkeit hier und nicht in der Bibliothek anzutreffen.

Außerdem, überlegte er weiter, hat sie doch den ganzen Tag mit Büchern zu tun, da liegt es wiederum nicht fern zu vermuten, dass sie am Abend eher den Ausgleich sucht, als sich weiter durch das Dickicht der Bücher zu schlagen. Auch wenn sie eine Büchernärrin wäre, so würde sie sich nach Feierabend nicht unnötig lange mit den Wälzern weiter herumquälen wollen.

„Schrecklich, diese Vorurteile", dachte Conrad.

Doch das schien ihm am plausibelsten zu sein.

Es dauerte nicht lange und der Barkeeper, gleichfalls Inhaber des Studios, kam auf ihn zugelaufen. Zusätzlich hielten noch zwei junge Schönheiten der weiblichen Spezies den Barbetrieb am Laufen. Möglicherweise waren sie beides – Fitnesstrainerinnen und Barkeeperinnen in einem. Conrad wäre es lieber gewesen, von einer der beiden Frauen bedient zu werden, doch gegen mancherlei Bestimmung des Schicksals war auch er machtlos.

Eher selten, aber bei neuen Gesichtern jederzeit dazu bereit, hörte man auch vom Studiobesitzer persönlich den Satz: „Hallo! Neu hier? Kann ich Ihnen etwas zu trinken bringen?" Durch diese zuvorkommende Geste bot sich Conrad gleich die Gelegenheit, ein Getränk zu bestellen. An diesem Getränk, wenn es denn irgendwann vor ihm auf dem Tisch stünde, könnte er sich so lange festhalten, bis Miria endlich eintreffen würde. Auch hatte er damit eine Beschäftigung für seine Hände, mit denen er sonst so seine Probleme hatte, weil er nicht wusste, wohin damit.

Conrad bestellte ein Radler und zusätzlich fragte er den Besitzer: „Ähm! Kennen Sie zufällig eine gewisse Miria? Ich ..."

„Miria!" fiel dem Studioboss gleich ein, „Miria Marck?" Conrad nickte zustimmend. „Miria, hmm. Miria war vorhin hier gewesen, glaube ich. Mit ein paar Freundinnen. Sie haben gefeiert und sind dann aber gegangen. Wollten jedoch wiederkommen. Wieso fragen Sie?"

„Nun ja, ich bin eigentlich mit ihr verabredet. So ca. 18.00 Uhr war ausgemacht", er tippte auf seine Uhr. „Wann wollte denn Miria beziehungsweise sie und ihre Freundinnen wieder zurückkommen?"

„Kann ich nicht genau sagen, sie hat etwas von später gefaselt, aber wann", er zuckte mit den Schultern, „hat sie nicht erwähnt. Aber du kannst ja mal ihren Freund, ihren Ex-Freund da drüben, den Udo, den da, den kannst du mal fragen. Der hat mit ihr vorhin noch am selben Tisch gesessen. Vielleicht weiß der mehr?"

Der Studiobesitzer zeigte auf einen monströsen Typ von Mann, der mehr Vorbau, mehr Brust sein Eigen nennen durfte als so manch normal entwickelte Frau in ihrem besten Alter. Natürlich alles Muskelgewebe. Er stemmte gerade an einer der vielen Fitnessbänke Gewichte in die Höhe und ließ sich von zwei ähnlich korpulenten Typen helfen. Er schniefte und schnaufte dabei wie jemand, der das dringende Bedürfnis besaß, endlich einen verklemmten Furz loszuwerden.

„Abnormal", dachte Conrad und sagte, als er Udo erblickte: „Na, lassen Sie mal. Ich warte lieber so lange. Trotzdem danke. Ich habe ja auch etwas Zeit mitgebracht."

Er rutschte auf dem Stuhl hin und her und machte es sich bequem.

Also wirklich! Das musste ja dann doch nicht sein, dass Conrad einen wildfremden Menschen anquatschte, der dazu noch der Ex-Freund einer jungen Dame war, mit der er sich gerade treffen wollte. Richtig geheuer war ihm der Muskelberg, so vom ersten Hinsehen, sowieso nicht. Außerdem war er ein, vielleicht auch zwei Köpfe größer als er. Um Gottes willen, lass das lieber sein, gab Conrads innere Stimme kund.

Daraufhin brach der Studioinhaber die Unterhaltung mit Conrad ab. Die kurze persönliche Betreuung durch den Chef des Fitness-Studios WeichEI endete im Nu. Als neues, unbekanntes Gesicht hätte Conrad durchaus dem Club beitreten können. Doch intuitiv merkte der Studioinhaber, dass sein Gast vor ihm kein potentielles und vielversprechendes, vor allem auch zahlendes Mitglied sein würde. Dicke und dünne Fitnesskühe und Bullen zum Melken, die sein kreditbelastetes Fitness-Studio nach und nach abbezahlen würden, sahen anders aus und hatten meist eine andere Art, sich vorzustellen.

Conrad war wohl eher der Typ von Gast, der hier maximal zwei oder drei Mal im Jahr reinschaut und sich dann nur auf einen billigen Drink hier niederlässt. So richtig wohl schien sich dieser neue Gast hier nicht zu fühlen, das bemerkte der Studioboss durchaus und bevor er sich von ihm abwandte, fragte er noch einmal: „Ein Radler war's. Stimmt's?"

„Genau", bestätigte Conrad und bot sich an, wenn auch nur ein klein wenig, gemolken zu werden.

Für jedermann, außer für Conrad, entfaltete sich hier im Studio eine ungewöhnlich gemütliche Atmosphäre, welche nicht zuletzt durch das schummerige Licht im Areal des Barbetriebs erzeugt wurde. Conrad verglich es mit einem Theater, wo die Akteure im Rampenlicht standen und das Publikum im Dunkeln verweilte.

Aber trotz des minimalen Schutzes der Dunkelheit und der gemütlichen Atmosphäre fühlte Conrad sich unwohl. In seiner Brust hatte sich innerhalb weniger Sekunden eine derartige Ablehnung, ein grässliches Unbehagen breit gemacht, welches sich darin äußerte, dass er sofort hätte wieder aufstehen können. Einfach weg von hier. Abhauen und die Fliege machen. Ein schnell vollzogener Raumwechsel würde mit größter Wahrscheinlichkeit heilende Wirkung haben und das ungute Gefühl würde sich im Nu verflüchtigen. Da er aber schon bestellt hatte, und er Miria zumindest eine kleine Chance geben wollte, ihn heute doch noch hier anzutreffen, blieb er am Tisch sitzen. Conrad fügte sich seinem Schicksal und begann, die Leute akribisch zu beobachten.

An einem Tisch etwas näher dem Eingang sah er, wie zwei Pärchen miteinander diskutierten. Einer der beiden Männer blickte schon ziemlich genervt in die Runde und gab, so wie es aussah, wahrscheinlich nur noch Standardantworten. Direkt vor Conrad saßen zwei junge Mädchen im Fitnessoutfit, vielleicht gerade mal 18 Jahre alt, die genüsslich zwei Power-Shakes tranken, um danach gleich weiter zu trainieren. Aber am interessantesten war der Blick zu den Mitmenschen an den Geräten. Was sich da abspielte, glich einer einzigen großen Show. Einer puren Exhibitionistenshow. Nicht alle, aber ein ganzes Dutzend der Männer präsentierten sich wie stolze Gockel auf der Balz. Die Fitnessarena symbolisierte den geliebten, aber auch verkackten Hühnerhof. An Hennen fehlte es nicht. Die waren zur Genüge anwesend, so dass es durchaus Sinn machte, sich darzustellen, wie MANN privat eigentlich gar nicht war. Conrad fiel auf, dass bei so manch stolzierendem Muskelgockel die Arme leicht vom Körper abstanden, eigentlich ganz normal bei einem richtigen Training, da die Muskeln ja auch während der Kontraktion anschwellen. Oder aber, es wurde seit längerer Zeit versäumt, diese zu dehnen, und durch Verkürzung der Muskelstränge kam dann eine solche Haltung heraus. Das dachte sich Conrad und glaubte, dies zu wissen. Er beobachtete weiter. Bei anderen wiederum war der Abstand viel zu weit. Es sah aus, als hätten sie Flügel und keine Arme. Nun gut, der Hühnerhof musste schon seine authentische Note erhalten.

„Die tragen doch Rasierklingen unter den Armen", scherzte man im Volksmund darüber. „Genau", dachte Conrad, „das Rasierklingensyndrom", so hieß es, so hieß dieser unnatürliche stolzierende Gang. „Hier muss es doch eigentlich nur so nach Achselschweiß stinken", dachte Conrad, so wie diese Typen hier mit ihren Armen herumflatterten. Obwohl ... obwohl der Geruch von Körperschweiß, ob nun aufdringlich oder dezent, zu einem Fitness-Studio nun mal dazugehörte.

Jeder dieser mit Muskeln vollgestopften Typen, mit oder ohne Anabolika, hielt sich für den Adonis höchst persönlich. Die Frauen machten da keine Ausnahme. Immer erpicht darauf, sich ins Bild zu setzen.

So mancher Ausschnitt hatte seine äußerste Grenze erreicht und die Sportkleidung war dermaßen enganliegend, damit auch jede vorstehende Rundung ihre Wirkung beim männlichen Geschlecht nicht verfehlte.

Andere, die gerade erst mit einem ausgetüftelten Fitnessprogramm begannen und für ihre Begriffe einige Kilo zu viel auf den Hüften hatten, trugen etwas legerere Kleidung, damit sie das überdecken konnten, was andere vorzüglich zeigten: Fettarme Beine, einen knackigen Po und den durchtrainierten Rest. Einige Frauen, zumindest einige besondere Exemplare, jene die wussten, dass sie supergut aussahen, taten dies mit einer unbeschreiblichen Freizügigkeit und

Arroganz. „Wenn es hier drinnen regnen würde", überlegte Conrad, „dann müsste ich jedem dieser Weibsbilder einen Regenschirm schenken, weil es sonst in all ihre Nasenlöcher hineinregnen würde, da sie ihre Nasen nur allzu hoch trugen. Kein bisschen Nasensekret, nur noch Regenwasser würde sich dann in ihren Nasenlöchern befinden." Er schmunzelte bei diesem Gedanken und sah sich schon mit einem Haufen Regenschirmen von Frau zu Frau springen, um sie vor gefährlicher Nasenüberschwemmung zu schützen.

Da kam auch schon der Studioboss mit dem bestellten Radler. Auf die Zigarette zum Bier verzichtete er, da er niemanden rauchen sah. Jedoch schmückten deformierte Tonschalen, die wie Zigarettenbecher aussahen, die Tische. Wer weiß, wozu die dort standen? Das hier geraucht werden konnte, hielt Conrad für unmöglich.

Begierig nahm er sein Radler entgegen und fuhr mit seinem Chip über eines der Kontrollgeräte, die am Gürtel jedes Mitarbeiters hingen, auch am Chef selbst, wenn er bediente. Daraufhin lehnte er sich zurück und der Inhaber des Studios zog zufrieden wieder von dannen.

Es kann nur einen «Hahn» geben

„Na ja", seufzte Conrad. Er sah sich weiterhin seine Mitmenschen an und machte sich seinen eigenen Reim auf so manche Gestalt, die ihm im Augenblick vor die Linse lief.

Conrad war schon immer, und das ist er auch heute noch, ein Beobachter. Einer, der alles sieht und alles erkennt. Ihm steht genügend Wissen und Erfahrung zur Verfügung, um zu erkennen, wie sich zum Beispiel der menschliche Körper und auch der Geist mancher Leute im Paarungsverhalten oder im alltäglichen Leben verhalten. Welche Gestik manche Menschen verwenden, um sich in den Vordergrund zu spielen, oder nur, um sich interessant zu machen. Er erahnt meistens sehr schnell und sieht schon Sekunden oder Minuten im Voraus, wie sich dieser oder diese, jener oder jene, verhalten wird. Ihm war bewusst, warum manche Menschen sich gerade so und nicht anders verhielten. Ja, das konnte er, Vorhersagungen treffen, ähnlich einem Orakel.

Conrad war nicht nur ein scharfer Beobachter, sondern ein äußerst exzellenter Kenner menschlicher Verhaltensmuster. Einer, der − wenn ihm nicht gerade wieder seine eigene Paranoia einen Strich durch die Rechnung machte −, sogar sehr detailliert beobachten konnte. Wie einst Sherlock Holmes analysierte er zuerst das, was er sah, und dann bastelte er seine eigene Theorie zusammen, die eher selten in die falsche Richtung deutete. Genau aus diesem Grund konnte er es selbst nicht leiden, wenn er beobachtet wurde. Er wusste ja selbst, wie er Menschen mit seinen Blicken auszuziehen vermochte, wie er sie durchleuchtete und dabei im Stande war, tief in ihr Innerstes vorzudringen. Aus dieser Erfahrung heraus wusste er, dass ein anderer fähiger Geist genau dasselbe mit ihm anstellen konnte. Somit war ihm bewusst, dass auch er durchleuchtet werden konnte und dadurch selbst sehr verletzlich war. Vor allem jetzt, in seiner anormalen Lebensphase, brauchte er eine solche Erfahrung, ein offenes Buch für jedermann zu sein, überhaupt nicht. Leider war es aber so, und genau diese Erkenntnis trug nicht gerade zur Dezimierung seiner Paranoia bei. Deshalb versuchte er, so gut es ging, sich mit allen möglichen Dingen abzulenken. Auch hier im Fitness-Studio WeichEl. Nur, um nicht daran zu denken und den Teufelskreislauf wiederholt ins Rollen zu bringen.

„Du bist also ihr neuer Macker!?" Conrad erschrak.

Er war so in Gedanken über die Regenschirmrettungsaktion versunken gewesen, dass er nicht bemerkte, wie dieser Kampfkoloss namens Udo auf ihn zugewandert kam.

„Wie? Neuer Macker?", fragte Conrad entgeistert und fühlte sich total überrumpelt. Er fühlte sich regelrecht in die Enge getrieben, da sich der Muskelberg, ohne zu fragen, neben ihn an den Tisch setzte.

„Na irgendwie siehst du genauso aus, wie der Typ, den Miria vorhin am Tisch ihren Weibsen beschrieben hatte und der da, mit den Getränken, der die Leute bedient, hat mir gesteckt, dass du nach ihr gefragt hast."

Der Studioboss lief gelangweilt und unbeeindruckt, dass von ihm gesprochen wurde, an ihrem Tisch vorbei.

Leicht gereizt von der nervenden Warterei, sagte Conrad zu seinem Luftballonarm am Tisch: „Von Diskretion hat der Herr Wirt wohl noch nichts gehört, was? Und wenn ich ehrlich bin, habe ich dich nicht darum gebeten, hier Platz zu nehmen. Mein Name ist übrigens Conrad und nicht Macker und wer bist du eigentlich, wenn das ‚Sie' quasi schon übersprungen wurde?"

Oh Mann. Hatte Conrad das wirklich gesagt? War er hier und jetzt plötzlich voll auf Konfrontationskurs gegangen? War er wirklich so arrogant, so stark und so hart, einem Typen gegenüber zu treten, der ihn um einiges an Gewicht, um nicht zu sagen, an Kampfgewicht überbot? Jawohl. Er hatte es getan. Es war ihm zwar nicht, mittels Atemstrom, so legendär cool über die Lippen gekommen, wie Udos „Du bist also ihr neuer Macker?", aber es konnte sich trotzdem hören lassen.

Außerdem wollte er diese blöde Anrede nicht auf sich sitzen lassen. Leicht nervös, ohne sich einen erneuten Schluck vom frischen Radler zu genehmigen, wartete er auf das Echo. In diesen wenigen Millisekunden musste Conrad an die Catcher im Fernsehen denken. Wenn sich Udo und Conrad genau jetzt in diesem Augenblick als Kontrahenten in einer Wrestlingarena gegenüber stehen müssten, dann würde Conrad nur zu einem einzigen Zweck herhalten müssen. Wahrscheinlich hätte ihn Udo, dieser aus den Nähten geplatzte Muskelprotz, wie ein Crashtest-Dummy von A nach B geschleudert und zum Schluss seinen gefürchteten Rückgratbrecher angesetzt.

Doch hier, ... hier musste oder wollte der Bär von einem Typ sich zusammenreißen. Es entstand kein Personenschaden.

Stattdessen plusterte sich Udo Kampfkoloss wie ein nass gewordener Gockel auf und begann zu schnattern wie eine Ente.

„Frech, Alter?", fragte er ihn mit einem kampfeslustigen Blick, bevor er begann, Luft zu holen, um weiter zu sprechen. Conrad spürte, wie ihn ein dämliches Grinsen überwältigte. Das nur, weil er sich sein Gegenüber als dickes muskelbepacktes Huhn vorstellte, natürlich nur bildlich gesehen. Zusätzlich versah er diese Phantasiegestalt noch mit einem Entenkopf, der karikaturistisch nur grob die Gesichtszüge von Udo aufwies. An den Seiten, jeweils rechts und links, befanden sich diese übermenschlich großen weit voneinander abstehenden Arme voll aufgepumpten Muskelfleisches. Demnach ein kunterbuntes Huhn mit dem typischen Anzeichen eines Rasierklingensyndroms.

„Was glaubst du eigentlich zu gewinnen? Kunde! Denkst du, Miria will so eine Durchschnittslusche wie dich? Denkst du, die lässt dich ran? Die steht auf Typen mit einer sportlichen Figur; mit Hirn", dabei zeigte er mit seinen Fingern auf sich. „Du kannst froh sein, dass ich mir niemanden, den sie kennt und wahrscheinlich auch mag, zur Brust nehme." Dabei schlug er mit der rechten geballten Faust in den linken Handteller. „Was kannst du ihr schon bieten, Fatzke? Glaubst du, du hast da irgendeine Chance?" Er lehnte sich arrogant zurück und wiederholte sich: „Was kannst du ihr schon bieten, Connychen? Und was grinst du überhaupt so dämlich? Was ist so lustig? Hmm!"

„Bravo", dachte Conrad, „meinen Namen konnte er sich jedenfalls merken." Aber was seine korrekte Aussprache betraf, stand Udo seinen alten Freunden in nichts nach. In dem Falle artikulierte dieser seinen Namen mit dem ungeliebten Anhängsel „...chen" genauso bescheuert wie sie. Nur ihnen nahm er diese Verhohnepipelung nicht übel.

„Elender Gockel", schimpfte Conrad innerlich, behielt aber trotzdem sein Grinsen bei. Er befand sich immer noch voll im Abstraktionswahn. Der bildliche Prozess der Entstehung eines männlichen Federviehs war fast abgeschlossen, da antwortet Conrad seinem Gegenüber mit einem „Ga-gack".

„Wie bitte?" Beide, aber wirklich beide staunten über Conrads unpassende Tierstimmenimitation. Conrad guckte dabei wesentlich verblüffter aus seiner Wäsche als Udo, dem dieser Zuruf schließlich galt. Locker flockig und nach kurzer Überlegung sagte Conrad vorsichtig: „Nun ja! Ga-gack bedeutet übersetzt nichts."

Udo glotze dümmlich. Daraufhin wiederholte Conrad sich. „Tja, ganz einfach. ... Nichts! Nitschewo. Nothing. Nada ...

127

Ich will damit verdeutlichen, dass ich ihr, ich meine hier – Miria, wahrscheinlich nichts bieten kann. Nichts von dem, was du ihr geboten hast. Ich habe bestimmt keine Chance, wenn ich es recht überlege." Seine Stimme wurde immer sarkastischer. „Was meine Chance betrifft, bin ich mir sowieso im Unklaren, ob ich da jemals eine hatte. Doch ehrlich gesagt, wenn du mich direkt so fragst, nun ja, dann ist es schon eine Überlegung wert, sich der Sache einmal anzunehmen: Ob ich denn überhaupt eine Chance hätte, ... hatte oder noch haben werde." Aus irgendeinem Grund ließ Conrad die Anwesenheit von Mirias Ex die ganze Umwelt vergessen, so dass er sich ohne Probleme ganz und gar auf ihn konzentrieren konnte und keine Scheu vor einer Konfrontation zeigte.

Conrad warf Udo noch ein paar Fremdwörter an den Kopf, wie zum Beispiel: „Ist doch alles nur reines Selektionsverfahren." Oder: „Dekadente, maskuline Dilettanten! Lamentable und chauvinistische Individuen, wie wir beide es sind, der eine explizit mehr, der andere explizit weniger, agieren exemplarisch demoralisierend und emotionsnegierend, also in einem höchsten Grade divergierend, auf die feminine Libido." Ein etwas komischer Satz, befand Conrad, aber er war sich sicher, dass ein gebildeter Mensch annähernd erahnen konnte, wovon er da sprach. Udo Kampfkoloss hingegen, der so schon etwas bescheuert dreinblickte, verstand Conrad nicht im Geringsten. Zumindest zeigte dies sein Gebaren. Auch wollte er ihn und sein Gelaber nicht verstehen.

Durch Conrads sinnlose und umständliche Ausdrucksweise, die alles und nichts zu sagen schien, veränderte sich seine Mimik, von dumm zu dümmer, über am dümmsten zu plus blöd und plus „leck mich doch am Arsch".

„Wenn ich dich so richtig, von oben bis unten, observiere und dich vor meinem geistig kontemplativen Auge visualisiere, dann kann ich durchaus paraphrasieren, in Latein versteht sich – Achtung, höre genau hin: MENS SANA IN CORPORE SANO[1] – und die Hälfte, mein Lieber, hast du ja schon." Dabei deutete Conrad mit seinem Zeigefinger auf Udos muskelbepackte Hülle und nicht auf dessen Kopf.

Nach Beendigung dieses Satzes sprang Udo auf und fing an, mit drohender Stimme auf Conrad einzuwirken.

„Rede gefälligst Deutsch mit mir und kein Englisch oder sonst irgendein Kauderwelsch!" Bevor er ihm aber völlig auf die Pelle rücken konnte, um seine männliche Großmacht zu demonstrieren, kam einer seiner Kameraden auf ihn zu und besänftigte den aufgebrachten Kampfkoloss.

„Lass ihn. Der spinnt doch. Übrigens, kommt da gerade Miria mit ihren Weibsen." Er deutete zum Eingang des Fitnessareals.

Der komplette Hühnerhof

Alle drei starrten in großer Erwartung und voneinander abgelenkt in diese Richtung. Von dort aus bahnte sich eine freudig kreischende Meute plärrender Frauen den Weg durch den Tische- und Stühlewald des Barbetriebs, geradezu auf die noch vor wenigen Sekunden in ein Streitgespräch verwickelten Kampfhähne.

---

[1] Übersetzung: Ein gesunder Geist in einem gesunden Körper (sagt der römische Schriftsteller Juvenal in seinen „Satiren" – 2. Jahrhundert)

Conrad erhob sich ebenfalls von seinem Stuhl. Er stand einfach so da und wusste nicht so recht, wie er sich verhalten sollte und wohin mit seinen Händen. Sein Getränk war noch über die Hälfte voll. Kurz, nur ganz kurz, hielten die meisten im Raum in ihrer sportlichen Tätigkeit inne, um das laute Kreischen von ungefähr zehn Frauen zu begutachten. Es machte den Eindruck, als ob keine von ihnen auch nur annähernd nüchtern war.

Nachdem die überwiegende Masse gaffender Sportler ihre Informationssucht befriedigt hatte, welches bekannte Gesicht zu den betrunkenen Hühnern wohl zählte, trat eine sehr stark taumelnde Grazie aus der Frauenmeute hervor. Es war niemand Anderes als Conrads Göttin Miria.

Das Klimpern der Sportgeräte begann wieder lauter zu werden, und nur noch wenige Außenstehende verfolgten das Geschehen rund um die beschwingte Ansammlung lustiger, betrunkener Weibsen.

„Duuuu? Cooonra?" Mirias Wörter klangen vom Alkoholkonsum arg gedehnt und teilweise ziemlich merkwürdig.

„Schööön, dasu da bischt." Sie begrüßte die erste männliche Gestalt, die ihre glasigen Augen am Tisch vor ihr wahrnahmen. Während die Hälfte der Frauenbewegung sich im Fitness-Studio aufzulösen begann, blieben nur noch zwei Freundinnen mit Miria am Tisch der Männer zurück. Eine der beiden hatte kurzes und blondes, die andere halblanges und brünettes, fast Miria ähnliches Haar. Beide waren enge, eigentlich die engsten Freundinnen von Miria und ebenfalls hübsch anzuschauen.

Wären sie nicht so stark betrunken gewesen, dann hätte ihr nüchternes natürliches Auftreten so manchen Mann beeindruckt. Die Damen wirkten in ihrer Betrunkenheit keinesfalls unattraktiver, nein, aber ihre Artikulation, wenn auch etwas besser als jene von Miria, stellte die holde Weiblichkeit irgendwie etwas lächerlich dar. Die beiden Freundinnen hatten jedoch ihr Verhalten noch einigermaßen gut unter Kontrolle, während Miria schon lange nicht mehr Herrin über ihre Artikulation, ihre Sinne und ihre Taten war. Sie hatte ihre Hemmung völlig verloren und benahm sich buchstäblich so, wie es ihr einfiel und offenkundig passte. Bei Miria zeigte sich diese Hemmungslosigkeit in einer Art, dass sie zum Beispiel ohne große Umschweife, während sie Conrad lautstark begrüßte, ihm regelrecht um den Hals fiel. Gleichzeitig, wie bei einen Kleinkind, fuhr sie mit ihrer ganzen flachen Rückhand über seine linke Gesichtshälfte, was nichts Anderes zu bedeuten hatte, als dass sie sich bei ihm für ihre Verspätung entschuldigen wollte, obwohl Conrad ihr deswegen überhaupt nicht böse war. Er hegte keinerlei Gram gegen sie. Miria lallte zwar lautstark, besaß aber trotzdem ein niedliches Grinsen, dem Conrad nie im Leben hätte richtig böse sein können. Ihm gefiel es. Es lockerte auch die ganze Stimmung am Tisch etwas auf. Er wusste jedoch nicht so recht, wie er darauf reagieren sollte.

„Iesch musch misch entschuuuulidigen", lallte seine Göttin. Ab und zu feixte sie unangebracht und hielt dabei etwas verlegen die Hand vor ihren schelmischen Grinsemund.

„Iesch hab diesch ier wartn lassn", sie holte noch einmal tief Luft und sagte es noch einmal, „... einfach wartn laaas...sen, mein Elt! Mein schüsser H...eld. Doch iesch hab doch Geburts...tach und da war'n wir eben feiern. Niesch...t, dass du jetz ein schle...tes Bileld von mir kriechst, Cooonraaa? ... Ohh ...!" Erst jetzt erkannte sie die anderen Männer neben

Conrad. „Ahhhh, wer iesch denn daaaa? Uuudooooooo!" Sie ließ von Conrad ab und fiel nun Udo um den Hals.

„Warte, Schüsser!", befahl sie Conrad. „Iesch komm gleich wieder. Ach übrig'ns, das sind Madleneeä und Katdrieen."

Katrin, die dunkelhaarige von beiden, befand, dass sich ihre beste Freundin Miria so ziemlich arg blamierte.

Obwohl sie, wie auch Madlene, ebenfalls betrunken war, schien sie sich noch soweit in der Gewalt zu haben, dass es nicht derart blamabel wirkte wie bei Miria.

Sie versuchten, ihre lallende Freundin mit kleinen Gesten darauf hinzuweisen, dass sie sich doch etwas mehr zusammenreißen sollte.

„Na Uuudooochen? Hast du dieeesch mit meinem Eld schon be...kann gemacht? Iesch der nich schüß? Der gefällt mi...er. Wie gehs eischentlich deiner neuen Zippeeeä?" Udo befreite sich erstmal aus der Umarmung, bevor er etwas zu ihr sagte. Conrad befürchtete schon, er würde Miria unsanft wegstoßen und sich unangebracht aufregen, doch er blieb unerwarteterweise ganz ruhig und meinte: „Kleeene! Ich ... aber sag mal, wie viel hast du eigentlich gebechert? Du hast ja einen Mundgulli, ... eine Fahne, die ist ja säuischst."

Miria, nun freistehend, das konnte sie schon noch, wenn sie auch etwas wackelig auf den Beinen stand, schlug dem Typen, der immer noch neben Udo stand, zur Begrüßung mit der Hand auf die rechte Brusthälfte. Es klatschte ein bisschen arg. Doch niemand kam dabei zu Schaden. „Haaaallooo! Grüeß auuuch du diesch, Muggimäeeenn." Danach taumelte sie zurück zu Conrad und beantwortete erst jetzt Udos Frage.

„Weiß niescht?"

„Was weißt du nicht?", fragte Conrad nachhakend.

„Weiß niescht, wieeeee viel iesch getrunken hab...e", antwortete sie. „Drei Whisssskie, ... zwei Bier, ... drei ... oder vier Badida de Coco und ‚n klei...n Feiling."

„Was war das Letzte?", wollte Conrad wissen.

„Nen Feiling. Kennst du woh...l niescht?" Conrad zog ein dümmliches Gesicht.

„Sie meint einen Feigling, so einen kleinen Flachmann", erklärte Katrin ihm.

„Ach so." Conrad verstand. Miria indes schlang sich wiederum um Conrads Hals und begann ihn auch prompt da abzuknutschen. Alle guckten etwas bedeppert und keiner wusste so recht, wie es nun weitergehen sollte. Da hielt Miria kurz inne und meinte: „Ach jaaaa, iesch muss euch ja noch vooorstell'n: Asso, das is Oudooo, mein Echss...freuind. Und Uudoooo! Das is ... oh, wie war doch glei...isch noch maaa dein Naaam...ä?"

„Conrad", antwortete er kurz und bündig, wusste jedoch abermals nicht, wohin mit seinen Händen, die noch etwas zögerlich frei herumschwebten und einen Radius aufrechterhielten, damit er Miria jederzeit auffangen konnte. Letztendlich entschloss er sich, mit seinen Händen ganz sanft Mirias Hüften zu tätscheln und sie zu balancieren. Genauso, dass sie nicht ihr Gleichgewicht verlor und frei von der Leber weg reden konnte.

„Nau", sie hickste einmal kurz, „je...nau. Das iescht Conny! ...", und rülpste anschließend damenhaft, „ ... Tschuldigung, Conraaaa." Sie hielt kurz inne und zeigte mit einem peinlich berührten Gesichtsausdruck, dass dieser Rülpser ihr außerordentlich unangenehm war. Doch schon nach einem kurzen Augenblick fing sie an zu kichern und begann wieder, an Conrads Hals knutschend herumzuknabbern. Conrad ärgerte sich und zog ein grimmiges Gesicht. Wieso wussten immer gleich alle, mit welchem Spottnamen man ihn auf die Palme bringen konnte? Miria blieb unbeeindruckt von seinem Gesichtsausdruck.

„Mensch Miria! Benimm dich doch ein wenig", flüsterte Katrin ihrer Freundin zu. „Hier sind noch andere Leute." Sie trat an Conrad heran und entschuldigte sich bei ihm für Mirias Benehmen. Dann fasste sie ihre Freundin am Arm und zog sie vorsichtig von Conrad weg.

„Geht schon, halb so wild", signalisierte Conrad und entließ die betrunkene Miria in die Arme ihrer beiden Freundinnen.

„Ist auch besser so", gab Udo seinen Senf dazu, „das konnte man ja nicht mehr mit ansehen." Er war schier eifersüchtig auf Conrad und hätte ihn gern ein paar Takte erzählt, mit den Fäusten versteht sich. Aber er beließ es bei einer verbalen Attacke und einem coolen Zucken beider stark ausgebildeten Brustmuskeln und des Bizeps. „Der Typ ist sowieso nichts für dich. Jeden Anderen kannst du von mir aus haben, aber den da, den ...", ihm fiel nicht gleich etwas Beleidigendes ein, was er Conrad an den Kopf werfen könnte, außer ihn einen „ ... Pisser und Dummschwätzer?" zu nennen.

„Auf dein Niveau muss ich mich nicht herablassen, ist mir irgendwie so was von unbegreiflich, wie so eine hübsche Frau wie Miria mit so einer aufgeblasenen Tigerente wie dir zusammen sein konnte."

„Jungs!!!", sagten alle drei Frauen energisch, in dessen Mitte sich Miria befand, die anschließend lauthals und gestützt von ihren Freundinnen hysterisch zu schreien begann: „Arschlöscher und Hirnviecher, ihr, ihr ... ach ...!" Sie winkte ab. Es dauerte einige Sekunden, ehe sie wieder das Wort ergriff. „Udo, du Sack! Das mit uns ist vorbei. Endgültig. Und mit wem ich meine Freizeit verbringe, das musst du schon mir überlassen."

Es war ein äußerst derber Ton, mit dem Miria ihren Ex-freund anfuhr. Komischerweise sprach sie in diesem Moment um einiges klarer als zuvor.

„Okay, okay", beschwor er, die Hände demonstrativ in einer Unschuldsgeste abweisend vor sich in Richtung Conrad haltend. Beide waren sich schon wieder gefährlich nahe gekommen. „Ich mach ja gar nichts. Geht mich nichts an. Ist okay, ist völlig okay. Ist trotzdem ein Fatzke, der Kerl da!"

Conrad blieb gelassen und sagte dazu nichts. Miria wurde allmählich die ganze hirnlose Konversation, die negative Stimmung, die sich breit machte und die nicht enden wollende Situation inmitten des Fitness-Studios, zu blöd, ihren Freundinnen erst recht.

„Ist das dein Radler?" Sie wendete sich fragend an Conrad, der nur nickte. „Darf iesch ein Schluck?"

Er nickte wieder und sagte: „Durchaus, aber ich weiß nicht, ob das ratsam ist, so für dich in deinem Zustand und ..."

„Das mussss,... auch du ... mir schon selbst überlaschen", fuhr sie auch ihn an, dann nahm sie einen großen Schluck aus dem Glas. Nachdem sie es nur kurz absetzte und dann erneut einen großen Hieb von dem Radler nehmen wollte, ergriff Madlene die Initiative und nahm ihr das Bierglas weg.

„Es reicht, Miria", befahl sie ihr. „Komm, lass uns jetzt gehen." Sie klang wie eine fürsorgliche Mutter, die ihr Kind vor übermäßigem Alkoholkonsum bewahren wollte.

„Ja klar, hascht eichentlich recht", stimmte Miria ihr zu.

„Kommst du mit, Conraaa", fragte sie ihren Held, „wir haben doch noch was zu besprechen?"

„Warum nicht?", antwortete er schmunzelnd und war erfreut, diesen Ort samt Miria und ihren Freundinnen verlassen zu können. „Ich trink noch schnell mein Radler aus, ihr könnt ja im Vorraum, bei dieser Empfangstussi da, auf mich warten."

„Kannst du's Bier nisch einpacken lassn und zu Hause weiter ... rinken?", fragte Miria und musste am Ende ihres Satzes, wie bei einem Schluckauf, erneut hicksen, was sie anschließend ziemlich bedeppert dreinschauen ließ. Über Conrads Gesicht, wie auch über das der zwei Fitnessbullen, breitete sich daraufhin ein Grinsen aus.

Er schüttelte belustigt den Kopf. Nicht unbedingt wegen der perplex dreinschauenden Miria, eher wegen ihrer dämlichen Frage. So entspannte sich die Situation ein wenig und Conrad entschloss sich, ganz auf das Radler zu verzichten. Udo indes vollführte, ohne noch einen Ton von sich zu geben, eine winkende Geste mit der Hand zu seinem Kumpan, die so viel heißen sollte wie „machen wir uns vom Acker" – und wandte sich von allen ab. Beide verschwanden sogleich im Getümmel der Sportfanatiker.

Die drei betrunkenen Frauen, an ihrer Spitze Miria, und auch Conrad begaben sich in die Empfangshalle des Fitness-Studios, wo Conrad seinen Chip zurückgab und bezahlte. Miria und ihre Freundinnen hingegen schienen eine Art Dauerchip zu besitzen, da sie ihren nicht abgaben, sondern nur über einen Scanner zogen, der dem Personal anzeigte, ob sie noch etwas nachzuzahlen hatten oder nicht. Draußen vor der Tür, an der frischen Luft, wurde Miria immer wackliger auf den Beinen, so dass Conrad sie von der einen und Madlene von der anderen Seite stützen mussten.

„Wahrscheinlich war es heute doch etwas zu viel gewesen, was sie getrunken hat", meinte Conrad Mitleid bekundend zu Madlene hinüber.

„Ja, war es, aber auch so verträgt sie nicht gerade viel und nachdem, was sie alles zu sich genommen hat, wird sie vielleicht noch ..."

„Ch hab nich viel getrunkn", machte sich Miria wieder lautstark und lallend bemerkbar. „Jeder kann doch ma nen bisschen Aljehol schu chich nehm. Oder niescht? Ihr cheid mir ja nen paar Moralische." Katrin schritt derweil vor den anderen her und zeigte den Trägern, vor allem Conrad, der sich mächtig ins Zeug legte, wo es langging.

Der Weg führte durch einige enge Gassen der Innenstadt und nach nicht ganz zwanzig Minuten standen sie vor einem sanierten Altbau. Außer den Erdgeschosswohnungen schienen alle anderen belegt zu sein.

Conrad fiel dies auf, während er sich in Gedanken alle möglichen Gründe ausmalte, warum das wohl so sei. Er übergab Katrin Mirias Hausschlüssel zum Aufschließen, den Miria schon eine Weile klimpernd in ihrer linken Hand gehalten hatte. Miria selbst hätte womöglich Minuten gebraucht, um das Schlüsselloch zu finden. Bevor sie jedoch mit ihren beiden Freundinnen im Hausflur verschwand, wollte sich Miria bei Conrad verabschieden und auch entschuldigen. Dabei fiel sie ihm erneut um den Hals.

„Machs gut, Schüsser! Wegen unserer Verabredung, ... entschuldige bitte, iesch ..." Sie begann wieder zu hicksen und Conrad übernahm das Wort.

„Wie wäre es mit morgen Abend? Bei mir oder bei dir? Ein Abendessen, ein ganz normales Abendessen", schlug er zur Überraschung Mirias vor und hoffte auf ihre Zustimmung.

„A...aabend...essn? Jaaa klar!" Sie überlegte und blickte dabei leicht getrübten Blickes an Conrads Kopf vorbei. „Bei dir? Doch bitte nicht gleiiiich mogen. Aber über...mogen würd ich jaaaa sagn?" Sie führte ihre rechte Hand mit ausgestrecktem Zeigefinger demonstrativ an ihren, trotz Trunkenheit, wunderhübschen Kopf und ließ ihre Hand mitsamt dem Finger ellipsenförmige Kreise vollführen. Damit wollte sie Conrad auf ihren momentanen Zustand hinweisen. Es bedeutete nichts Anderes, als dass sich die ganze Erde um sie herum oder auch nur sie allein im Begriff war, sich ständig um die Erde zu drehen. Unangenehm zu drehen. Aus diesem Grund würde morgen mit ihr, und das stand mit größter Wahrscheinlichkeit fest, nicht viel anzufangen sein. Erst recht kein leckeres Abendessen bei Conrad. Davon war sie überzeugt und Conrad wurde sich dessen bewusst, als er in ihre glasigen, aber wundervollen Augen blickte.

„Nein, okay, du hast schon recht. Das ist völlig in Ordnung!" Conrad war mit dieser Antwort mehr als zufrieden.

„Wie wäre es mit 20.00 Uhr?"

„20.00 Uhr? Jaaaa, das is g...ut. Deine Schhhstraße ist wee-elche? ..."

„... Sonnenhöhe 16."

„Madlene", befahl Miria sich zu ihr gewandt, „merk dir bitte diese Schhhhstraaaße!" Mit einem Nicken teilte Madlene ihrer Freundin mit, dass sie die Information abgespeichert und sicher verwahrt hatte. Conrad registrierte, wie Madlene sich konzentrierte und den Namen vor sich hinmurmelte. Immer und immer wieder sagte sie den Straßennamen auf, um ihn nicht zu vergessen, schließlich hatte auch sie etwas getrunken.

„Bis denne", sagte Miria und gab ihm einen Kuss auf die Wange. Flugs verschwand sie mit Katrin im Hausflur. Madlene jedoch kam noch einmal auf Conrad zumarschiert, gab ihm die Hand und sagte „Danke!".

„Wofür?"

„Für das Heimschaffen betrunkener Frauenzimmer. Ich glaube, allein hätten wir die größte Mühe gehabt, mit unserer wackligen Miria nach Hause zu gelangen."

„Ist doch Ehrensache." Conrad fühlte sich geschmeichelt.

„Übrigens", sie hielt ihn am Arm fest, denn er war schon drauf und dran wieder loszumarschieren, „dranbleiben! ... Miria scheint dich zu mögen. Sie hat den ganzen Tag nur von ... aber na ja, ... das wirst du ja bei eurem Date sicherlich merken."

Als Conrad das vernahm, schlug sein Herz gleich etwas schneller, seine Mundwinkel schnellten nach oben, und er zeigte sich verlegen, in höchstem Maße sogar. Er war außer Stande, Madlene darauf etwas zu erwidern.

Doch ehe es aus Conrads Sicht peinlich werden konnte, fragte ihn Madlene, bevor sie den anderen beiden folgte:

„Ähm ja, ich muss gehen. Wie war doch gleich noch mal deine Hausnummer?"

„16. Sonnenhöhe 16."

„Ach ja. Danke. Und tschüss." Auch sie verschwand im Hauseingang.

Nun stand Conrad mutterseelenallein vor dem Haus. Sein Befinden war von höchster Güte gepaart mit einem Glücksgefühl, wie es nur Verliebte innehatten.

Seine Paranoia war wie weggeblasen und auch so war der ganze Abend ohne wirklich große peinliche Vorfälle vonstattengegangen.

Mit der Erinnerung an einen bestimmten Spruch, den er mal gehört hatte: „Betrunkene und Kinder sagen die Wahrheit!", lief er gemütlichen Schrittes nach Hause und zündete sich für unterwegs eine Menthol-Zigarette an.

10. Kapitel

Rendezvous

Das Wohnzimmer war von einem flackernden Feuermeer aus Teelichtern erfüllt. Ein, zwei oder auch drei Kerzen mehr und Conrad hätte auch das Wohnzimmerlicht anknipsen können. Von der Helligkeit her hätte es wahrscheinlich keinen Unterschied gegeben. Die Romantik aber wäre dahin gewesen. So jedoch hielt sich die Lichteinstrahlung hart an der Grenze der Übertreibung. Vielleicht etwas zu dick aufgetragen, keine Frage, aber die Wirkung würde es auf keinen Fall verfehlen. Da war er sich sicher.

Eine ausgewählte Audiokassette mit ruhigen und entspannenden Meeresmelodien lag schon in der kleinen HiFi-Anlage bereit, so dass beim Ertönen der Wohnungsklingel nur noch ein Tastendruck genügte, um eine perfekte, gemütliche und einladende Atmosphäre zu erzeugen, die jede Frau in den siebenten Liebeshimmel katapultieren würde. So musste es einfach geschehen. Als Nostalgiker verglich er zudem die ausgesuchte Kassette mit einem alten Grammophon und dichtete diesem musikalischen Wiedergabeaccessoire im Zeitalter von CD und MP3 etwas faszinierendes Altertümliches, quasi eine eigene, ganz spezielle Art der Romantik an.

Conrad fühlte sich wie ein liebestoller Teenager, der vor seinem ersten Rendezvous stand. Seit der mündlichen Verabredung vor Mirias Haus konnte er an gar nichts Anderes mehr denken. Ständig grübelte er darüber nach, wie es wohl sei, wenn sie in ihrer vollendeten Schönheit über seine Türschwelle trat. Er überlegte die ganze Zeit, wie er sich womöglich verhalten, wie er sich fühlen und wie er alles zu ihrer und seiner vollsten Zufriedenheit hinbekommen würde. All das war ihm noch ein riesengroßes Rätsel. Ein Buch mit sieben Siegeln.

Irgendwie war er davon überzeugt gewesen, dass sich Miria am darauffolgenden Tag nicht mehr an den vereinbarten Termin erinnern würde. Ihr geistiger, ihr betrunkener Zustand an jenem Abend ließ ihm diese Vermutung für sehr realistisch erscheinen. Als sie ihn aber am nächsten Tag anrief und sich erkundigte, ob denn alles ausgemacht war und klar ginge, da stand es für Conrad endgültig fest, wann und wo beide wieder zueinanderfinden würden. Nämlich heute am Abend, hier bei ihm, in seinen eigenen vier Wänden, Punkt 20.00 Uhr.

Die Stunden zu diesem lang ersehnten Wiedersehen begannen daraufhin zu schrumpfen. Und jetzt? Jetzt waren es nur noch die Minuten, die immer weniger wurden und Conrad begann, immer hippeliger zu werden.

Seine Gedanken, seine Handlungen drehten sich nur noch um die eine Sache: Würde er auch alles richtig machen? Hatte er mit all dem Aufwand übertrieben? Die ganze Szenerie schien einer amerikanischen Liebesfilmschnulze Marke Hollywood entsprungen zu sein. Nicht nur die Kerzen und die Musik waren auf den perfekten Augenblick, auf die absolute Zusammenkunft zweier Individuen des menschlichen Geschlechts abgestimmt worden, sondern auch die komplette Zimmereinrichtung war den ganzen lieben langen Tag einem putzwütigen Mann ausgeliefert gewesen. Der Tisch in der Mitte des Zimmers war aufs Prächtigste geschmückt worden und das gute Silberbesteck lag akkurat neben den Tellern. Es musste nur noch serviert werden.

Was dann allein noch fehlte, das war – die Frau.

Die Spaghetti köchelten vor sich hin und Conrad hoffte, dass Miria dieses Mal pünktlich eintraf. Eine Kostprobe der Teigwaren zeigte, dass sie schon längst gut waren.

Nur noch zehn Minuten bis zwanzig Uhr, das zeigte das Ziffernblatt eines tickenden Kastens an der Küchenwand über dem Herd. Nicht mal mehr zehn. Die Minuten liefen ihm davon oder dem Treffen entgegen, je nachdem.

Conrad, dem Tausendfüßler, blieben nur noch diese paar Minuten zum Herumgrübeln. So richtig konnte er sich nicht entscheiden, wie er die Situation interpretieren sollte.

Sie. Ja, „Sie". Sie sah so wunderschön aus. In seinen Gedanken kreierte Conrad sich ein elegantes und aufreizendes Bild von Miria, seiner Traumfrau. Sie trug wieder dieses Kleid, jenes, das sie schon beim ersten Mal anhatte, als er sie aus dem Internetcafé heraus erblickte.

Seine ganzen vorhandenen Erinnerungen, sofern sie nicht mit der Zeit verblasst waren, zimmerten sich detailgetreu von jeder bisherigen Begegnung die schönsten Puzzleteile Mirias zusammen. Sie war einfach traumhaft.

Der Balkon bot ebenfalls, genau wie der Tisch in der Wohnstube, zwei Stühle als Sitzgelegenheit, auf die sie sich beide zu gegebener Zeit setzen konnten. Es waren zwei schlichte Campingstühle, liegeverstellbar, mit sehr bequemen Sitzpolstern und einer zusätzlichen Fußablage ausgestattet, die sich der jeweiligen Schräglage des Benutzers anpasste. Ein kleines Tischchen stand am Rande des Geländers. Dort konnten durchaus ein paar Rotweingläser abgestellt werden und für den nächsten genießerischen Schluck in greifbarer Nähe sein. Eine etwas ungewöhnliche Kerze befand sich ebenfalls darauf. Sie glich einem frisch aus der Straße entnommenen Pflasterstein. Hätte sie nicht einen Docht obendrauf, dann könnte Miria mitunter Conrad die Frage stellen: Was willst du denn mit diesem Stein hier, glaubst du, der Wind bläst das Tischchen hier weg? Oder sie würde Conrad etwas schräg ankucken und sich ihre eigenen Gedanken über diesen Stein machen, bestenfalls die Idee als Dekoration mit nach Hause nehmen.

Wie sich nun Conrad so umsah, schien er sehr zufrieden zu sein. Die ganze Wohnung war umgekrempelt und zurechtgemacht worden. Ein halbtrockener Sekt Marke Rotkäppchen stand neben einem französischen Rotwein Marke Bordeaux im Kühlschrank bereit, seinen Korken an die Decke befördern zu lassen und anschließend mitsamt dem Inhalt eine leicht-lockere Atmosphäre zwischen Miria und ihm zu schaffen.

An den Kühlschrank gelehnt stand Conrad wartend in der Küche, sah diesmal auf die Swatch-Uhr an seinem Handgelenk und beobachtete den Sekundenzeiger.

Aus irgendeinem dämlichen Gedanken heraus erfasste ihn wieder mal eine innerliche Unruhe. Er fragte sich, ob diese Unruhe wohl mit dem sonderbaren Kribbeln im Bauch zusammenhängt, oder ob seine alten Gewohnheiten, sein altes Ich, seine ständigen paranoiden Zustände, immer etwas falsch zu machen, erneut versuchten, die Oberhand zurückzugewinnen. Seit den letzten Tagen, mit der geistigen und auch ein wenig mit der körperlich erfahrenen Nähe Mirias, gelang es ihm, seine Melancholie sowie seinen ständigen Pessimismus fast ganz abzulegen. Euphorie und Neugier bahnten sich seither Wege durch seine gestressten neurotischen Nervenbahnen.

Das Ganze glich einer geistigen Metamorphose.

Conrad hatte das Gefühl, sich in einer Rekonvaleszenzphase seines Selbst zu befinden.

Nun aber schien dieses neue Gefühl wie weggeblasen zu sein. Seine Hand zitterte aufs Neue vor Erregung. Ein unnatürliches Zittern, wie er glaubte. „Och nein! Was ist das? Wie kann so etwas sein? Diese Dreckshand", fluchte er und schlug sie durch die Luft, so als könnte er damit die Nervosität, die sich an ihr bemerkbar machte und die sich wieder in ihm selbst anstaute, abschütteln.

„Beherrsch dich, Junge", damit versuchte er sich im Zaum zu halten, ging in der Küche auf und ab und entschloss sich nach einigen zurückgelegten Metern, die unter seinen Spaghetti-Kochkünsten gelittene Küche etwas auf Vordermann zu bringen. Hier und da standen benutzte Töpfe herum. Die Tomatensoße hatte sich auch ein wenig verselbständigt und dabei die Arbeitsfläche neben dem Herd mit roten Spritzern markiert.

Die Kochplatte sah ebenfalls nicht gerade appetitlich aus. Übergelaufenes und verdampftes Wasser hatte auch dort seine Spuren hinterlassen. Er wollte sich soeben an eine Aufräum- und Saubermachaktion machen und dadurch auch etwas Ablenkung finden, da klingelte es plötzlich an der Tür.

„Um Gottes Willen", kreischte er, rannte dabei wie ein aufgescheuchtes Huhn in der Küche herum.

„Oh Gott! ... Oh Gott-oh Gott-oh Gott. ... Sie ist da. ... Alter Verwalter. Jetzt nur ruhig bleiben. Tief durchatmen ... und ..." Er atmete tief durch. Trotzdem erhöhte sich sein Puls. Die Schürze, die er umgebunden hatte, um die Kleidung vor der übermütigen Tomatensoße zu schützen, band er hastig ab. Die Schleife, die er dabei zog, dröselte sich nicht wie gewohnt geschmeidig auf, sondern zog sich zu einem gewaltigen Knoten zusammen.

„Na, so eine Scheiße aber auch!" Genervt fummelte er nun daran herum und fing an zu beten. „Lieber Gott! Lass ihn aufgehen, ich schwöre auch immer artig zu sein. Bitte, bitte, bitte!"

Es klingelte ein zweites Mal. „Mach schon, du dämlicher Knoten. Geh auf!" Er lief langsam, sich am Knoten verausgabend, in Richtung Korridor hin zur Wohnungstür. „Na. Na! Na? ... Komm schon ... ahhh, jetzt. Gott sei Dank. Geschafft."

Welch ein Glück! Es war ihm vergönnt, sich nicht in dieser ollen Schürze an der Wohnungstür präsentieren zu müssen. Irgendjemand hatte ihm mal diesen Kittel, diesen Fetzen Stoff, geschenkt. Es sollte eher ein Gag sein. Denn nichts Anderes ließ sich aus der total unsinnigen Aufschrift auf der Schürze, die da hieß: „Mama kocht besser!", schlussfolgern.

In dieser Schürze vor Miria zu stehen und sie zu begrüßen, wäre für Conrad nur allzu peinlich gewesen. Auch wenn der Spruch die Wahrheit bedeutete und die Wahrheit bekanntlich ein gutes Fundament für eine Beziehung bereitete.

Aus der Küche tretend, warf er den Fetzen quer über die Schulter direkt in Richtung Küchentisch, worauf sich dieser, trotz des starken Wurfes, die Schürze mit der Lehne des einzig zurückgebliebenen Stuhles am Tisch teilte.

Die letzten Meter zur Tür rannte er. Roch währenddessen an seinen Achseln, links und rechts, um sicher zu gehen, dass er auf keinen Fall nach derbem Männerschweiß stank. Denn wenn er eines hasste, dann war es mieser Achselgeruch. Was er von seinen Mitmenschen, ob Mann oder Frau, erwartete oder gerade nicht erwartete, das wollte auch er nicht von sich geben. Penetranter Achselschweiß war einfach etwas Widerliches.

Bei ihm jedenfalls war alles okay. Sein Deodorant gab sich alle Mühe, den angenehmen, interessanten, männlichen und vor allem hochpheromonerotischen und exotischen Duft, wie die Werbung auf der Verpackung es versprach, auf unbestimmte Zeit aufrechtzuerhalten.

Nachdem er noch schnell seine Frisur beim Vorbeihuschen im Flurspiegel begutachtete und vollauf zufrieden war, rückte der Moment des Wiedersehens, das Öffnen der Tür, sozusagen – Vorhang auf und Bühne frei! – , in unmittelbare Nähe. Die Enträtselung, ob Mann und Frau, er und sie, zusammenfinden werden oder womöglich nicht, sollte nun endlich stattfinden.

Fast glaubte Conrad schon, dass nicht er, sondern eine fremde, eine unbekannte Macht seinen Arm samt der dazugehörigen Hand zur Türklinke führte und die Wohnungstür öffnete. Alles kam ihm so unwirklich vor. Conrad verspürte nicht den kleinsten Hauch von Realität. War es etwa ein Traum?

Prolog einer Nacht

„Hallo Miria", begrüßte er sie in einer ziemlich verweichlichten Tonlage und lugte verschmitzt hinter der Tür hervor.

„Hallo Conrad! Da bin ich", erwiderte Miria freudestrahlend, breitete die Arme zur Umarmung aus und trat in den kleinen Korridor von Conrads Wohnung, nachdem er „Komm doch rein!" gesagt hatte.

„Wundervoll, einfach wundervoll", dachte er, als er sie von oben bis unten musterte, während sie ihre Schuhe auszog.

Welch ein verführerischer Anblick. Sie bewegte sich in einem zarten, überaus eleganten, schwarzen Abendkleid durch seinen Flur. Sie sah so perfekt aus, dachte Conrad. Alles passte so wie die Faust aufs Auge, wie der Hammer auf den Nagelkopf, wie der Igel, der um die Drahtbürste einen großen Bogen macht und gleich zu seiner Igelin findet, wie ... wie ... tja, sie war die vom Himmel herabgestiegene Liebesgöttin in perfekter Menschengestalt. In diamanthellem Glanz leuchteten ihre Augen, so als hätte auch sie in jenem Moment den perfekten Augenblick ihres Lebens.

Conrad bot sich an, Miria die Tasche abzunehmen. Da sie aber keinen Mantel übergezogen hatte, bei dessen Entledigung die Tasche sie behindern würde, wirkte dieses Angebot etwas unpassend. Die Schuhe hatte sie ja bereits ausgezogen. Trotzdem bedankte sich Miria bei ihm und meinte: „Ist ja lieb gemeint, doch keine Angst, das schaff ich schon allein. Trotzdem Danke."

Conrad tänzelte um sie herum. Ja, sie war es. In seinen Augen war sie es, und nur sie allein: Miria! Sie war das wunderhübscheste weibliche Geschöpf auf Erden.

Und über jene Augen, die Miria leibhaftig vor sich stehen sahen, schickte er die ersten visualisierten Eindrücke weiter in Richtung komplexes Arbeitszentrum. Dieses, mit Namen Gehirn, war aufs Äußerste aktiviert worden.

Nur der Wind wusste noch, welche von den anderen zum Körper gehörenden und durch das Gehirn gesteuerten Rezeptoren sich im Laufe des Abends wahrscheinlich noch einschalten würden. Wenn diese nicht schon längst eingeschaltet waren.

Sich im ersten Moment einwandfrei zu artikulieren, gelang Conrad so gar nicht. Als steckte neuerlich ein Kloß von über-

148

dimensionaler Asteroidengröße in seinem Hals, fühlte er sich gehandikapt. Nur bruchstückhaft antwortete er mit einem verlegenen „Nun ja" auf das Kompliment: „Schöne Wohnung hast du hier. Ziemlich ordentlich für einen Mann."
Miria lächelte und ehe es Conrad peinlich werden konnte, weil er einfach keine Worte fand, sagte sie: „Hättest nicht extra aufräumen müssen. Ich glaube, es sah bestimmt auch so schon ordentlich genug hier aus."
Sie hatte ihn durchschaut, ebenso recht in ihrer Äußerung. Im Großen und Ganzen war Conrads Wohnung auch vorher schon ansehnlich genug gewesen.
Dem prüfenden Blick einer Frau, die das Okay unter das Zertifikat „Als Hausmann tauglich" vergab, hätte seine Wohnung auch schon am Morgen ausgesetzt werden können. Trotzdem empfand er jetzt seine eigenen vier Wände als wesentlich aufgeräumter und vorzeigewürdiger.
„Du weißt doch, der erste Eindruck ist ja bekanntlich ..."
„ ... der beste, ich weiß", ergänzte Miria und erklärte daraufhin: „Doch schocken hättest du mich nicht mehr können. Ehrlich. Dafür habe ich schon so manche Wohnung von anderen Männern wie auch von Frauen gesehen, wo man hätte denken können, dass da im tiefsten Russland gelebt wird. Irgendwo in der Taiga oder noch weiter von der Zivilisation entfernt, in irgend so einem abgewrackten Haus am A-Punkt der Welt, wenn du weißt, was ich meine?"
„Ja, ich denke schon", gab Conrad von sich.
„Oder aber, dass der Krieg nicht auf dem Balkan oder am Golf, sondern genau hier in einer jener Männerbuden stattgefunden hat. Hier dagegen, bei dir, Conrad, ist es ja wie im Kaufhaus Harrods. Es ist alles picobello, will ich mal sagen."

„Danke, danke. Nicht so viel des Lobes. Möchtest du dich setzen?" Er bot ihr einen Stuhl an.

„Ach nein, lass mal. Noch nicht." Sie lehnte ab und schlich, fast wie eine lautlose Katze auf Beutefang, durch die Wohnung. „Weißt du, Conrad? Ich bin immer ein bisschen neugierig. Ich darf doch neugierig sein oder?"

„Ja klar."

„Es ist so meine Eigenart, neugierig zu sein und eine unbekannte Wohnung zu erkunden. Sag mal, dürfte ich mich mal ein klein wenig umsehen?"

„Schnüffeln meinst du, nicht umsehen." Er lächelte sie an und sagte ohne Bedenken: „Aber klar. Wenn du jedoch irgendetwas Peinliches entdeckst, dann sieh darüber hinweg oder melde dich, damit ich es gleich deinen ...", er hielt kurz inne und überlegte, ob er es so sagen kann. Er tat es einfach: „... deinen süßen Augen entziehen kann. Außerdem werde ich dann dein Gedächtnis mit Hypnose bearbeiten müssen, so dass du dich nicht mehr daran erinnern kannst, was du eigentlich gerade erschnüffelt hast. Ist das okay?" Miria nahm das Kompliment mit einem verlegenen Lächeln gern an, meinte aber:

„Kommt gar nicht in Frage! Ich will alles sehen, alles erkunden. Ein bisschen Detektivin spielen. Schließlich sagt jedes noch so kleine Detail irgendetwas, meistens sogar etwas ganz Bestimmtes über eine Person aus. Ich erfahre mehr über dich und über deinen Charakter."

Conrad gefielen diese Worte nicht sonderlich, ließ Miria aber weiterhin gewähren, schaute etwas grimmig drein und dachte dabei an seine dreckige Küche. Miria fiel sein Gesichtsausdruck auf, schaute von der Schrankwand aus zu ihm und beruhigte Conrad in einem revidierenden Ton.

„Keine Angst, die Schubladen werde ich schon nicht öffnen und den Papierkorb werde ich auch nicht auf dem gerade frisch gesaugten Teppich ausbreiten. Es ist halt ... halt nur so ein bisschen kucken."

„Im Grunde genommen ist mir das auch egal", erwiderte Conrad unglaubhaft, „aber darf ich dich kurz allein lassen? Du weißt schon, das Essen in der Küche. Die Spaghetti sollten aus dem Wasser ..."

„Oh schön. Es gibt Spaghetti. Geh ruhig. Ich komm schon klar." Conrad lief schnurstracks in die Küche. Unterwegs, im Korridor, erhob er die Hände gen Himmel, eigentlich gen Zimmerdecke, frei nach dem Motto: Lieber Gott! Lass mich bei der Frau keinen Mist bauen. Während er die Spaghetti in ein Sieb umgoss, sie abschreckte und anschließend in eine riesige Schüssel Meißner Porzellans umfüllte, die zu diesem Anlass extra dafür herhalten musste, hatte sich Miria längst sattgesehen und kam ihm in die Küche nach.

„Kann ich dir irgendwie helfen?", fragte sie ihn etwas schüchtern und Conrad antwortete daraufhin, dass er schon lügen müsste, wenn er es verneinen würde.

Er bat sie, die Soße noch ein wenig umzurühren, da die Kochplatte noch immer heiß war. Ganz nebenbei ließ er unbemerkt die Schürze, die immer noch zwischen Küchentisch und Stuhl hing, in einem der Küchenschieber verschwinden.

Beide, Conrad und Miria, unterhielten sich über Gott und die Welt, über dies und das, vorwiegend über die Dinge des Alltags, vor allem weil sie durch die letzten Handgriffe in der Küche, die sie gerade zusammen verrichteten, den besten Bezug dazu hatten. Die Unterhaltung wurde immer ungezwungener und Conrad lenkte seine Gedanken, die normalerweise für seine Nervosität und seine abnormalen Verhaltensweisen verantwortlich waren, derart ab, dass sie ihn kein bisschen mehr behinderten. Mit etwas Kichern und ab und an kleinen Neckereien, während jeder dem anderen seine Gewohnheiten mitteilte, gelangten sie anschließend zum festlich geschmückten Tisch im Wohnzimmer. Dort führten sie ihre angeregte Unterhaltung fort.

Nach einer ganzen Weile aber, bei diesem „... vortrefflichen Spaghettischmaus ..." wie Miria Conrads Kochkünste lobte, gelangten Conrads störende Gedanken irgendwie wieder in den Vordergrund. Von Sekunde zu Sekunde begann er, sie mehr und mehr zuzulassen.

Deswegen hasste er sie immer mehr und sich selbst gleich mit. Am Wohnzimmertisch, genau dort, wo er ruhig sitzen, wo er langsam mit der Kelle oder mit der Gabel hantieren musste, bemerkte Conrad, dass seine Nervosität bei weitem nicht verschwunden war. Erst recht nicht hatte sie sich, wie er glaubte, in Luft aufgelöst.

Jeder oder diejenige Person, die ihm jetzt gegenüber saß, konnte bei genauerem Hinsehen erkennen, wie seine Hand, in einer ganz bestimmten Haltung seines Armes, merklich zu zittern begann. Fast so stark wie bei einem Alkoholiker, der sich vor lauter Aufregung den nächstbesten Fusel schnappt, ihn sich in einem Ruck hinter die Binde kippt, um daraufhin die erhoffte Erlösung von der Unruhe zu finden.

Miria bemerkte diese Art von Conrads Nervosität, doch schien ihr das nicht weiter wichtig. Es war ihr sogar völlig egal. Sie sah es als ein Zeichen von Emotionalität und verliebter Aufregung. Das jedoch wusste Conrad aber nicht. Bei ihr zitterten zwar keine ihrer beiden Hände, dagegen schlug das Herz über alle Maßen schnell und wollte keine einzige Ruhephase mehr einlegen.

Ihr wirklich nur sehr kurzer und umschweifender Blick auf Conrads Hand fiel ihm natürlich gleich wieder auf. Die Angst, dadurch alles verspielt zu haben, die Angst, diese unnatürliche, von ihm nicht kontrollierbare Geste könnte ihn nun in ein schlechtes Licht rücken, ließ ihn von einer vornehmlich stolzen in eine plumpe, eine enttäuschte Haltung zusammensinken. Daraufhin neigte er den Kopf leicht nach unten, versuchte, sich zu lockern, atmete tief durch und faltete die Hände vor dem Oberkörper zusammen. Aber es wurde nicht besser. Bevor Miria etwas sagen oder gar fragen konnte, bedeutete er plötzlich mit todernster und gleichzeitig leidvoller Stimme:

„Miria. ... Miria, ich muss dir was sagen!"

Im selben Moment verlor auch Miria urplötzlich im Gesicht die Züge ihrer freudigen, unbekümmerten Ausstrahlung. Sie spürte, dass etwas mit Conrad nicht stimmte.

Das Geständnis

„Ja, was ist?" Sie hielt mit dem Essen inne und ließ die letzten zusammengerollten Spaghetti, die sie zu einem großen Haufen um die Gabel gewickelt hatte auf dem Teller liegen und wartete auf seine Erklärung.

„Miria", wiederholte Conrad, „ich ... ich. Nun ja. Das ist eigentlich nicht das, was ich dir sagen wollte. Das ist nur meine erste Frage: Dürfte ich, während ich dir etwas beichte, während ich dir etwas erzählen werde, eine Zigarette rauchen?"

„Nur zu", Miria wurde traurig und setzte eine ernste Miene auf. Sie erwartete all das, was einen schönen Abend im Nu zunichtemachen konnte. Hatte er etwa noch eine Freundin? Verheiratet war er nicht, glaubte sie jedenfalls, schien auch nicht den Anschein zu machen. Hatte er eine schlimme Krankheit? Eine ansteckende, vielleicht Aids? War Conrad im Knast gewesen? Weswegen? Vielleicht wollte er ihr auch nur mitteilen, dass er mit ihr einen schönen Abend verbringen wollte und mehr nicht. Nur so. Nur ein bisschen quatschen. Oder sollte es ein Abend werden, der nur auf eines hinauslief. Auf Sex. Und dann war es das auch schon. Nur ein One-Night-Stand. Wollte er ihr das gestehen?

Was war es, was er ihr mitteilen wollte? Es wäre schon in hohem Maße enttäuschend für sie, wenn nichts von dem in ihm war, was sie in ihrem Inneren trug. Nichts von dem, was sie in seiner Gegenwart fühlte. Wenn nichts von all dem, was ihren Körper überflutete und den Geist in eine harmonisch, aber trotzdem aufregende Lage brachte, in ihm wäre. Nichts von dem, dass man sich gegenseitig von oben bis unten musterte und dabei die Phantasie spielen ließ, was wohl er oder sie gern tun würde, wenn ... plus dem Gefühl, das alle bisherigen erfahrenen Gefühle toppen würde?

Was war es, was er ihr gleich offenbaren würde?

Miria saß wie angewurzelt auf ihrem Platz, während Conrad aus einer Vitrine die Zigaretten samt Feuerzeug und einen Aschenbecher hervorholte. Er beeilte sich.

Doch das hielt Miria nicht davon ab, dass ihr während dieser Zeit alle möglichen und unmöglichen Gedanken durch den Kopf schwirrten, solange bis Conrad wieder zurückkam und sich an den Tisch setzte.

„Was ist mit dir? Was ist dein Problem", fragte sie ihn ernsthaft und erwartete eine klare Antwort. Innerlich hoffte sie,
dass Conrad offen und ehrlich zu ihr sprach und dass die
Wahrheit, was auch immer er sagen würde, sich als angenehme, als eine banale Wahrheit entpuppen würde.

Conrad griff in die Zigarettenschachtel und holte eine der
Menthol-Zigaretten heraus. Mit einem silbernen Feuerzeug
zündete er sich die Zigarette an. Miria faltete indes ihre
Hände zum Zuhören bereit ineinander und wartete gespannt. Nach einem kräftigen Zug fing Conrad an zu erzählen.

„Das ist die Letzte", er deutete auf seinen Glimmstängel in
der Hand. Miria lächelte ihn ungläubig an, so als hätte sie
den Satz erst vor wenigen Minuten von jemand Anderem
gehört. Von jemandem, von dem sie wusste, dass es nicht
der Wahrheit entsprach. Conrads Stimme besaß nun, nach
seinen ersten Zügen an der Zigarette, etwas Beruhigendes,
etwas Warmes. Dies machte es auch Miria leichter, sich zu
entspannen und sich von den vielen abstrusen Gedanken zu
lösen, die ihr im Kopf herumspukten. Ihr kam es vor, als sei
es Conrad gerade gelungen, über eine hohe Mauer zu klet-
tern, so als wäre er dahinter weich und sicher gelandet,
direkt auf einer wild wachsenden, wunderschönen Wiese,
die ihm die nötige Kraft gab, damit sich sein ängstliches
Innere ohne Gegenwehr nach außen stülpte und sich paral-
lel dazu befreite.

Jetzt würde er sich offenbaren. Er würde sich so geben und
gebärden, wie er eigentlich in natura war, ohne dass er
dabei ein schlechtes Gewissen bekam beziehungsweise dass
schlechte Gedanken in ihm aufkeimten, die ihm dann wie
jedes Mal alles, aber auch alles zunichtemachten. Damit war

nun Schluss! Er würde sich selbst und seiner Zukunft nicht mehr im Wege stehen wollen. Ehrlichkeit und Vertrauen waren in jenem Augenblick für Conrad die Basis allen Neuanfangs, erst recht in der Gegenwart Mirias. Zwar begleitete ihn bei seinen Worten auch ein wenig Unsicherheit, aber es war nur jene, die sich kurzfristig aus einer spontanen Entscheidung heraus einstellte, die sich aber, wie schon erwähnt, auch kurzfristig schon nach wenigen Sätzen verflüchtigte.

Mit „Ehrlich, Miria!" begann er schließlich auch sein Rauchen zu rechtfertigen. „Ich rauche eigentlich gar nicht richtig. Ich meine, die Masse ist es nicht. Klar, wenn ich in einer Kneipe sitze und quatsche, dann kann es schon mal passieren, dass ich mehr als eine am Tag rauche. Ansonsten ist es jedoch nicht der Rede wert. Glaube mir."

Miria lehnte sich nach hinten und folgte seinen Worten. „Dass diese Schachtel da ...", Conrad deutete mit dem kleinen Finger der rechten Hand auf die vor ihm liegende Zigarettenschachtel, während er zwischen Daumen und Zeigefinger den Glimmstängel hielt, „... dass diese Schachtel da, sonst in meiner Hosentasche und der Inhalt, leider Gottes, in meiner Lunge ihr Unwesen treibt, ist sowieso ein schlechter Umstand meines jetzigen Lebens."

„Dann lass es", sagte Miria und begann, sich die Haare zu tätscheln, und überlegte, ob sie sich auch eine anzünden sollte.

„Ach weißt du", sprach er weiter, ohne darauf einzugehen, „es ist im Moment so eine Sache ... mit mir, meine ich. Oder besser gesagt ... Also, pass auf! Zurzeit geht es mir irgendwie nicht gerade berauschend. Es ist so deprimierend, so destruktiv."

„Was denn?", wollte Miria genau wissen.

„Ich meine meinen Zustand. Ich habe das Gefühl, ... so..., solange sich die richtungweisende und diktierende Welt dreht, laufe ich auf der Stelle. Alle anderen dagegen bewegen sich vorwärts. Sie bewegen sich mit dieser Welt, die ihren eigenen Rhythmus hat. Diese Welt hat ihre eigene Bestimmungen, ihre eigenen Regeln. Und diese lauten: Sich in einem Jahr 365 Tage zu drehen. Nur ich? Ich laufe dabei auf der Stelle. Komme einfach nicht vom Fleck. Extrem gesehen entferne ich mich sogar von ihr. Von der Welt und auch von der Gesellschaft ... weil ich ... weil ich ...“

„Weil du in die andere Richtung gehst", ergänzte Miria.

Conrad nickte. Er zog nachdenklich an seiner Zigarette.

„Diese Gesellschaft, meine Umwelt, sie drängt mich momentan, wie ein sturer Esel, in diese ... in diese andere Richtung. Obwohl ich gar nicht in diese Richtung gehen möchte. Doch sie lässt mir keine andere Wahl."

„Ich weiß zwar jetzt nicht, worauf du genau hinaus willst, doch warum wehrst du dich nicht? Warum läufst du in diese andere Richtung?", fragte Miria ihn.

„Nun ja, würde ich mit dem Strom schwimmen, wäre ich nicht mehr ich selbst. Klein beigeben, sich dafür und nicht dagegen zu entscheiden, wäre für mich ein unbefriedigendes Leben. Es würde mir auf der Stelle, jetzt und hier, das ... mein Herz zerreißen. Ich bin schon immer meinen eigenen Weg gegangen, ich bin noch nie mit dem Strom geschwommen. Ich habe es versucht, nach den Regeln der Spießbürger zu leben. Es ihnen recht zu machen, aber das war noch viel schlimmer. Aber auf der anderen Seite komme ich mit meiner rebellischen Haltung und Lebensweise auch nicht immer klar. Vor allem mit meinem derzeitigen Leben, mit meiner jetzigen Einstellung zu ihm. Es scheint alles irgendwie in einer Sackgasse zu enden. Es reibt, es spannt, es zerrt an meinen Nerven, an meiner Person. An meiner Individualität."

Miria staunte über das, was Conrad ihr erzählte. Ohne zu fragen, griff sie nach der Zigarettenschachtel und nahm sich nun doch einen Glimmstängel heraus und Conrad, ganz Gentleman, zündete ihr diesen an.

„So, liebe Miria, genauso fühle ich mich in meinem Inneren, bei meiner jetzigen Lebensweise", gestand er ihr. „Weißt du? Ich bin ein Mensch, der die Welt sehen möchte, sie erleben, sie erfassen möchte. Am eigenen Leib spüren will ich sie. Ich möchte mich durch nichts einengen lassen. Gern schlüpfe ich dabei in die Rolle eines objektiven Betrachters. Sozusagen stehe ich über den Dingen und betrachte sie aus der Vogelperspektive und doch will ich mit ihnen, mit der Welt, mit den Menschen, mit dieser Gesellschaft sein. Aber das funktioniert nicht. Es ist paradox! Ich bin so fest in allen Dingen, in dieser gesellschaftlichen Leistungsmaschinerie verwurzelt, dass es schon einem genialen Schachzug gleicht, sich zu erheben und dabei relativ objektiv und individuell sein zu können. Und doch versuche ich stets, nach meinen Idealen zu leben."

Es entstand eine kurze Pause. Beide starrten nachdenklich auf die noch auf den Tellern verbliebenen Spaghetti.

„Die Natur ...", Conrad zog ein weiteres Mal an seiner Zigarette, „... die möchte ich erleben. Den Sonnenuntergang, den Regen, den Frühling, die Tiere, die Luft. Die Natur, die jeden Tag und an jedem Platz anders schmeckt. In dieser Hinsicht bin ich so lebensgeil, dass ich schon fast glaube, nur allein davon existieren zu können. Ohne Geld. Nur von Luft und Liebe. Ohne all das, was mich hier umgibt. Ohne die Gesellschaft mit ihren oktroyierten Konventionen von gesellschaftsfähigen Abschlüssen, von Miete zahlen und den vielen andern Fußgeißeln des Alltags. Ich könnte es auch ... auch ..."

„Ohne Geld leben?" Miria stutzte.

„Nein, so meine ich das nicht wortwörtlich, das mit dem Geld. ... Ähm, ich könnte es auch situations- und beobachtungsgeil nennen, wollte ich weiterhin sagen. Ohne Geld leben ...", Conrad schenkte ihr ein wissendes Lächeln, „... das geht nicht. Auf diese Erkenntnis bin ich auch schon gekommen. ... Aber ein Leben für den Augenblick, das wünsche ich mir. Ihn genießen, ihn fühlen, ... sozusagen das Mark des Lebens in mich aufsaugen. So heißt es doch beim `Der Club der toten Dichter` – das Mark des Lebens in sich aufsaugen. Oder war das ein anderer Film?" Miria zuckte unwissend mit den Achseln.

„Egal ... Mit allem eins sein, dazu gehören und nicht mehr so allein. Nicht mehr so einsam, so verlassen, wie ich mich in letzter Zeit fühle. Meine Einstellung, meine innere Rebellion gegen alles und nichts hat mich in diese Einsamkeit gedrängt."

Er runzelte die Stirn, beobachtete dabei die glimmende Spitze seiner Zigarette, wie sie nach und nach abbrannte.

Miria sagte nichts. Ihre Zigarette paffte sie nur und dachte über das von Conrad Gesagte nach. Nach einer Weile sprach Conrad weiter. „In der Natur, Miria, gehörst du dazu. Sie bringt dich hervor und sie nimmt dich auch wieder in sich auf. In der Gesellschaft dagegen bist du überall allein. Alles andere ist eine trügerische Illusion. Na, sagen wir, fast immer. Fast immer bist du auf dich allein gestellt. Allein mit deinen Ängsten, deinen Gedanken. Du fühlst dich jeden Tag durch irgendetwas, durch irgendwen neu bedroht. Nehmen die Bedrohungen und Ängste zu, dann kommt die Krise und sie nimmt dir jeglichen Lebenssinn, wenn sie dauerhaft ist. Und die Gefahr der Krise sitzt hier drin ..." Conrad, der seiner Zigarette kaum mehr Beachtung geschenkt hatte, außer sie ständig abzuaschen, pochte zweimal symbolisch mit der geballten Faust auf die eigene Brust. Nach dem letzten Schlag erfasste er mit seiner Hand, zwar selbst etwas aufgewühlt von seinen Worten, zaghaft aber ruhig und zugleich zärtlich die Hand von Miria. Zuvor trennte er sich noch von seiner qualmenden Zigarette, die er im Aschenbecher ausdrückte. Dann zog er sogleich Mirias Hand zu sich herüber und positionierte diese zusammen mit seinen beiden Händen auf der eigenen linken Herzseite. Dabei drückte er Mirias Hand fest an sich und fragte: „Spürst du, wie es klopft. Spürst du das? So voller Angst, ganz allein. So wie deines und viele, viele andere Herzen. Es ist jeden Tag immer wieder neu gefährdet, auf dieser schönen Welt zu versagen, indem es sich zu Tode klopft. Nicht im Takt der Natur, sondern im Takt der Gesellschaft." Conrad ließ ihre Hand wieder los und Miria führte sie zurück in ihren eigenen Aktionsradius.

Zwar fühlte sie selbst mit der Welt nicht ganz in jener Art wie Conrad es empfand, wie er sich ihr offenbarte und versuchte, es zu erklären. Nein, das nicht. Sie war auch nicht negativ überrascht von dem, was er ihr mitteilte. Auch das nicht. Nein, sie fühlte einfach nur mit und fand seine Ausführungen interessant. Auch kam sie ihm dadurch sehr nahe und blickte tief in seine Seele. Es war auch nicht so, dass sie es nicht gewollt hätte, dass sie es nicht genossen hätte, die spontane Berührung, seine Berührung. Im Gegenteil, sie hatte sich nicht dagegen gewehrt und empfand diese Geste als nur allzu menschlich und vor allem liebenswert.

„Weißt du, Miria", sprach er weiter, ohne sie zu Wort kommen zu lassen, „all das, diese Weltsicht, meine Weltsicht, meine derzeitige Verfassung, all das macht sich bei mir in den unterschiedlichsten Situationen, in verschiedensten Dingen bemerkbar. Ich habe das Gefühl meinen Körper nicht mehr unter Kontrolle zu haben. Körperfunktionen spielen verrückt. Herzklopfen, Schweißausbrüche, Hitzewallungen, die ganze Palette, wenn der Mensch mit Angst, mit Scham, mit Verzweiflung zu kämpfen hat. Es droht aus mir einen anderen Menschen zu machen. Ehrlich! Manchmal, eigentlich ziemlich oft, glaube ich sogar, verrückt zu werden. Sobald ich mit Menschen in Kontakt komme, bin ich nicht mehr gelassen genug, so wie es früher einmal war. Ich bin nicht mehr – ich selbst. Ich versage regelrecht. Ich bin dann einer, der sich nicht durchsetzen kann, und würde am liebsten fliehen. Meistens tu ich das dann auch, sobald sich die Möglichkeit für eine Flucht bietet. Dann bin ich natürlich erst einmal weg und pflege meine Wunden." Er schluckte und schaute nun tief betrübt drein. „Ich denke, ich bin nicht mal mehr richtig gesellschaftsfähig. Die Ursache liegt in vielem: in der Einsamkeit, in den Gedanken, in der Lebenseinstellung. Ich weiß, dass ich mich in vergangener Zeit sehr verändert habe. Nicht gerade positiv, will ich meinen. Aber jetzt, Miria! Jetzt ist da irgendetwas Anderes, etwas Neues, etwas Unbeschreibliches und es hat mit dir zu tun. Ich fühle mich glücklich in deiner Gegenwart, ich fühle mich nicht mehr so einsam, so verletzlich. Damit dies nicht zerstört wird, damit ich dieses Gefühl bewahren kann, muss ich dir dies alles erzählen, nenne es von mir aus auch beichten. Ansonsten würde ich mich doch nur wieder selbst und zusätzlich auch dich belügen, Miria."

„Conrad", sagte sie zögerlich. Doch bevor sie ihre Meinung aussprechen konnte, fiel er ihr ein letztes Mal ins Wort.

„Entschuldigung, wenn ich dich jetzt unterbreche, Miria. Du darfst mir gleich alles sagen. Alles! Alles, was du willst, kannst du mir an den Kopf werfen, doch lass mich vorher noch eines sagen. Er schaute ihr tief in die Augen, senkte aber dann seinen Blick verlegen auf seine am Tellerrand nestelnde Hand. „Liebe Miria. Ich muss gestehen, auch wenn ich momentan nicht mit mir und der Gesellschaft im Reinen bin, ich mit der Gesellschaft quasi nicht auskomme, mich nicht richtig mir ihr arrangieren kann, mit ihr nicht mal kommunizieren will, mir dabei die kleinsten Dinge Probleme bereiten und diese mich in die sonderlichsten und zum Teil auch deprimierendsten Situationen bringen, – die irgendwie krank zu sein scheinen –, so kann ich eines gewiss sagen: dass du der Mensch bist, der mich vorerst aus dieser Sackgasse befreit hat." Er hielt kurz inne.

„Nicht nur befreit, nein, auch das Wichtigste wieder in mir hast auflodern lassen, was die Welt zu bieten hat und was ich der Gesellschaft schon längst abgesprochen hatte, nämlich ... mich in dich zu verlieben!"

Conrad wurde über beide Ohren rot, seine Wangen glühten und sein Herz schlug in voller Leidenschaft.

Miria blieb dies nicht verborgen. „Mit dir, Miria, möchte ich reden, richtig reden. Ich möchte mich nicht vor dir verstellen oder jemanden spielen, der ich gar nicht bin. Ich möchte dich näher, noch näher kennenlernen. Ohne, dass ich Angst haben muss, irgendetwas falsch zu machen. Ich möchte

162

einfach nicht, dass das, was mich momentan beschäftigt, was mir Probleme bereitet, dass das zwischen uns steht." Sein Blick ging wieder nach oben direkt in ihre Augen. „Am liebsten wäre es mir, wir würden so dermaßen verblümt wie zwei Teenager, die dem Rest der Welt eine Absage erteilt haben, über den Dingen stehen. Es soll dabei nur eines zählen und wirklich wichtig sein, nämlich wir beide, hier und jetzt."

Damit war er am Ende seiner Beichte und lehnte sich erleichtert, aber auch ein wenig unsicher in Bezug auf Mirias Reaktion, zurück. Dabei machte er es sich auf dem verhältnismäßig harten Polster des Stuhls so bequem, wie es nur ging.

Miria, die ihm aufmerksam in Gedanken gefolgt war, geriet ebenfalls ein wenig in Verlegenheit, vor allem wegen seiner letzten Worte, die er an sie gerichtet hatte.

Sie war bei weitem nicht so geschockt, wenn sie das überhaupt war, wie es Conrad vermutete. Eher noch fühlte sie sich jetzt, nach seinen Worten, noch mehr zu ihm hingezogen. Sie war sichtlich erleichtert und froh, dass sie nun den Conrad vor sich sitzen hatte, der er auch wirklich war, und nicht so einen aufgedrehten Yuppie, der seinen wahren Charakter hinter einer Allgemeinfassade zu verstecken versucht. In ihrem Gesichtsausdruck spiegelte sich Dankbarkeit wider, vor allem weil Conrad so ehrlich aus sich herausgegangen war, und sie sah ihm an, wie schwer es ihm gefallen war, all das zu erzählen. Schließlich bestand ja auch die Gefahr, dass sie auch ganz anders hätte reagieren können, als sie es von diesem Augenblick an tat. Sie ergriff das Wort und stellte Conrad in einem liebevollen Ton die Frage: „Tun wir das denn nicht?"

Conrad glotzte verdutzt in ihr schönes Gesicht.

„Wie? Was ... meinst du ... was tun wir?"

„Na, der Welt eine Absage erteilen. Indem wir hier sitzen und den dritten oder vierten Schritt einer Romanze, unserer Romanze, einfach leben." Auch Miria lehnte sich entspannt zurück und blickte Conrad tief in die Augen.

Daraufhin lächelten sich beide zaghaft in einer liebevollen Art und Weise zu, so als hätte es keine Unterbrechung der anfänglichen Heiterkeit, so als hätte es Conrads beichtendes Plädoyer nicht gegeben.

„Möchtest du nicht weiteressen?" fragte Conrad Miria.

„Ähm, ...", Miria zögerte etwas mit der Antwort.

„Kannst es ruhig sagen, wenn du nicht mehr möchtest. Es wäre kein Weltuntergang, aber ... aber ich würde mich in meiner Kochkunst gekränkt fühlen", Conrad machte ein beleidigtes, aber zugleich charmantes Gesicht, „..., ach Quatsch, es ist nur Spaß. Wirklich! Du musst dir nichts hineinzwingen. Mir jedenfalls ist der Appetit ein wenig abhandengekommen."

Miria neigte den Kopf entschuldigend etwas nach unten und schaute Conrad verlegen in die Augen. „Mir auch. Schlimm?"

„Nein, Gott bewahre", grinste Conrad, „meinst du, die Spaghetti sind mir wichtiger als ... Miria Marck?"

Wie ein Ansager im Zirkus streckte er die Hände aus und zeigte scherzhaft auf sie.

„Weiß nicht", stieg Miria darauf ein, „es soll ja solche Leute geben."

„Ach was. Quatsch mit Soße ...", entgegnete Conrad und fragte Miria: „Was hältst du davon? Lass uns doch eine etwas bequemere Sitzmöglichkeit in Betracht ziehen. Zum

Beispiel das Sofa da?" Er zeigte in Richtung des bunt ge-
scheckten und zur Bequemlichkeit einladenden Sofas.

„Sehr viel, Conrad. Ich glaube, das tut meinem Po ganz gut,
der ist wahrscheinlich bei weitem nicht mehr so geformt,
wie ich ihn den ganzen Tag für diese Verabredung zu Recht
geknetet habe. Deine Stühle sind ganz schön hart im Sitzen."
Sie erhob sich.

„Das glaubst du vielleicht", erwiderte Conrad, „ich denke,
dein Po ist immer noch sehr ... na ja ..."

„Na, was?"

„Na, du weißt schon." Die Bewegung, die Conrad mit seiner
rechten Hand vollführte, er zeigte mit dem Daumen nach
oben, signalisierte Miria mehr als überdeutlich, dass Conrad
nichts an ihrem Hinterteil auszusetzen hatte.

Die Dunkelheit, die nun etwas weniger vom Kerzenmeer und
einer kleinen Lampe in der Ecke, wo das Sofa stand, durch-
strahlt wurde, schien eine einmalige romantisch-erotische
Atmosphäre zu erschaffen. Beide hatten sich spontan vom
Esstisch erhoben und wie vereinbart auf dem Sofa Platz
genommen, um dort die Unterhaltung auf dem gemütlichen
Polster fortzuführen.

Dabei berührten und spürten beide schon beim Hinsetzen
die Aura ihres Gegenübers. Es knisterte regelrecht.

Anschließend köpften beide eine Flasche Rotwein, die sie
dazu bewog, ohne große, künstlich hervorgerufene Zierde
noch näher zusammenzurücken.

Anfänglich erzählte Conrad viel von seiner Jugend, von seinem Studium und seinen Missgeschicken, Miria natürlich
einiges aus ihrem Leben. Auch von ihrem Ex-Freund Udo
war die Rede. Sie blieben aber nicht lange bei diesem Thema
und beide amüsierten sich über ihre vergangenen Eskapa-

den in Sachen Liebesleben und diverser Fehltritte, was andere Partnerschaften anging.

Der Abend nahm für beide einen mehr als angenehmen Verlauf.

Im Universum zusammen

Die Zeiger der großen Wanduhr drehten ihre Radien und aus zwei Stunden wurden schnell drei. Aus dreien vier und aus zwei Erwachsenen wurden zwei kleine sich neckende Kinder.

„Du bist doch der Schriftsteller. Lass dir was einfallen", meinte Miria.

„Was? Was soll ich mir denn einfallen lassen?", fragte Conrad.

„Na, wie du mich küssen wirst."

„Wie ich dich küssen werde?" Conrad verdrehte die Augen, machte ein angestrengtes Gesicht und begann in einer typischen Denkerpose, wie man es von manchen Schriftstellern auf Bildern erblicken konnte, zu überlegen. Seine eingenommene Haltung machte seinem Berufsbild alle Ehre. Natürlich nur gespielt.

„Los. Küss mich!", forderte Miria ihn auf. Sie saß auf der einen Seite des Sofas und Conrad auf der anderen.

Ihre Füße berührten sich gegenseitig. Sie wartete gespannt auf seine Annäherung.

„Du hast gesagt, ich soll mir was überlegen, was Gutes. Das braucht eben Zeit." Conrad grinste spitzbübisch und machte keine Anstalten, Miria näher zu kommen.

„Denke nur nicht zu lang nach, sonst überlege ich es mir vielleicht gleich wieder anders. Schließlich gibt es noch genügend andere Männer auf dieser Welt, die mich, ohne lange überlegen zu müssen, küssen würden."

Von ihrer Sofaecke aus krabbelte sie hinunter direkt auf den Teppich. Dort hielt sie kurz inne und das auf allen Vieren. Lasziv lugte sie zu Conrad. Dann stolzierte sie auf Händen und Knien, wie eine Katze an ihm vorbei. Dabei wölbte sich ihr Po verführerisch aus dem Kleid. Mit einer leichten Kopfneigung konnte Conrad beide Brüste Mirias von vorn durch ihren Ausschnitt erspähen. Cool und unbeeindruckt schaute er diesem Spiel zu, dem Spiel einer mit allen Reizen auftrumpfenden, durchtriebenen und gefährlichen Katze, einer obszönen Raubkatze. Er wollte sie zappeln lassen, aber nur so lange, bis sie augenblicklich sagte: „Nun gut. Dann werde ich mich mal aus dem Wohnzimmer schleichen, vielleicht hat sich ja in deinem Kühlschrank ein williger Mann versteckt, der mich nicht abweist, sondern leidenschaftlich küssen will."

„Den müsstest du erst auftauen", riet Conrad ihr.

„Das geht schneller, als du denkst. Ich kenn euch Männer doch! Da fehlt nicht viel dazu und ihr seid im Nu Feuer und Flamme. Du jedenfalls ... hast leider verspielt."

Wie ein wilder Tiger, der nur darauf gewartet hat, dass sich sein Opfer widerspenstig sträuben würde, damit er sich seine Belohnung hart erkämpfen kann, sprang Conrad in einem Satz vom Sofa. Das war seine eigentliche Natur. Er wollte nicht gefüttert werden wie die Raubtiere vom Pfleger im Zoo. Nein. Er wollte die Beute selbst erobern. Ansonsten, so glaubte auch Conrad, würde aus einem ehrfurchtsvollen Löwen, dem König der Tiere, nur eine lahme Katze werden.

Ohne großes Federlesen schmiss er sich an sein auserkorenes Opfer heran. Letzten Endes hatte Miria nichts Anderes als diese Reaktion hervorrufen wollen.

Durch ihren, bei Frauen sehr geübten und besonders zelebrierten, Augenaufschlag und durch das Zurschaustellen all ihrer körperlichen Reize gelang ihr dieser Schachzug blendend. Das Bild einer wunderschönen und hocherotischen jungen Dame, wie es Miria vor Conrad leibhaftig verkörperte, vermochte jeden Mann zu elektrisieren und in leidenschaftliche Rage zu versetzen.

So auch Conrad, er war bereit.

Beide tummelten sich daraufhin spielerisch auf dem Teppich. Miria blieb weiterhin ein sich sträubender Charakter und Conrad glaubte fast wirklich, dass er eine gefährliche Katze mit überaus scharfen Krallen vor sich hatte.

„Bist du dir sicher, dass du das willst?" Fragend wehrte sie ihn ab. Conrad sagte nur: „Ja, ja und nochmals ja!"

„Hast ja lange gebraucht."

„Was lange währt, wird gut", meinte er und versuchte zärtlich, aber direkt in die Nähe ihres Mundes zu gelangen. Bei dem Spiel erhitzten sich beide Gemüter derart, dass sie ihr Begehren nun endgültig auch körperlich entdeckten und nach und nach immer mehr zuließen, bis Conrad Miria mit einem Mal etwas derber, aber nicht zu grob, festhielt und sie nicht mehr aus seiner Umklammerung losließ. Zuerst begann er, sie vorsichtig, dann aber heftig und leidenschaftlich zu küssen.

Die Eroberung war geglückt. Das Opfer, in dem Falle Miria, wurde gleichermaßen zum Täter. Nachdem die orale Verschmelzung und der Austausch von Speichel soweit fortgeschritten war, dass man fast hätte behaupten können, er wäre genetisch nicht mehr voneinander zu unterscheiden gewesen, war das Eis vollends gebrochen worden. Womöglich hatte sich sogar ein neuartiger Speichel-Gen-Code gebildet, denn so heftig war die Umarmung beider Zungen.

Hemmungslose Gier nach dem jeweils anderen erfasste die Liebenden. Sie genossen gleichzeitig den Geruch, die Wärme und die Lustzentren des anderen.

Nahezu animalisch trieben es beide bis zum nicht weit entfernten Höhepunkt. Während Conrad Mirias Brüste am Anfang nur zärtlich berührte und sanft streichelte und in seiner aufwallenden Erregung nur sehr leicht drückte, so fuhr er schon bald überaus wild mit der ganzen Hand über ihren ganzen Körper. Anschließend knetete er Mirias Brüste besitzergreifend und im höchsten Liebestaumel. Miria, die sich ihm vorher nur zaghaft mit der Hand genähert hatte, umschloss nun so kurz vor dem Ende umso stärker und mit der ganzen Kraft ihrer Öffnung Conrads Phallus. Dabei ließ sie ihren Körper lustvoll und fast unbändig über den geschlechtlichen Antipoden herrschen.

11. Kapitel

Tragische Verwirrungen

Es war kurz vor Mitternacht, als Miria und Conrad ineinander verkuschelt und glücklich auf dem Sofa lagen. Die Kerzen benötigten nur noch wenig Sauerstoff, bis sie auf den letzten Krümel Docht abgebrannt waren. Auch die Kassette mit der ruhigen Meeresmusik war schon längst verklungen und völlige, entspannte Ruhe umgab die beiden.

„Wenn du möchtest, kannst du bei mir schlafen?", bot Conrad Miria an. „Ich kann dich aber auch, wenn es dir lieber ist, nach Hause fahren. Kein Problem."

„Mal sehen", antwortete sie ihm und seufzte zufrieden in sich hinein, „mal sehen, wie du dich noch so führst. Hast du es überhaupt verdient, dass ich bei dir übernachte?" Miria fing wieder an, etwas vergnüglich zu sticheln.

„Und ob", gab Conrad überzeugt von sich.

„Was meinst du? Aus welchem Grund sollte ich davon überzeugt sein, bei dir zu bleiben?" Conrad zuckte unwissend mit den Schultern und schaute Miria voller Wohlbehagen an. Er blieb ihr die Antwort schuldig, drückte sie dafür ein wenig an sich heran und starrte mit ihr zusammen in das fast lautlose Wohnzimmer.

Miria war etwas verwundert. Sie wartete auf etwas Bekanntes. Sie wartete auf einen ganz bestimmten Satz.

Doch Conrad war nicht einer jener Typen, die nach dem Sex unbedingt danach fragen mussten: „Na? Wie war's?" oder „Wie war ich?" Er beließ es dabei und hoffte, dass es ihr genauso viel Spaß bereitet hatte wie ihm. Von ihrem Ex-Freund hatte Miria diese Frage immer und immer wieder nach dem Liebesspiel auf dem Tablett serviert bekommen. Jedes Mal. Kurz danach. Nicht, dass Udo schlecht gewesen wäre und sie ihm etwas vorgaukeln musste, nein, das nicht, aber es nervte ungemein, gleich im Anschluss diese Frage zu Gehör zu bekommen.

Es nervte sie sogar so sehr, dass sie ihm einmal beinahe gesagt hätte: „Wenn du mich so fragst, total Scheiße! Völlig langweilig und abtörnend. Bei weitem nicht so gut wie …"

Sie wusste natürlich, dass nicht jeder Sex gleich ist. Nicht so fantastisch, so romantisch, so leidenschaftlich, wie es der heutige mit Conrad gewesen war. Ihr war durchaus bewusst, dass es, wie gute und schlechte Tage, auch guten und schlechten Sex gab. Sogar in einer Beziehung konnte man das nicht ausschließen.

Jedoch anders als damals hätte sie es sich gerade jetzt so sehr gewünscht, dass Conrad ihr diese eine bestimmte, diese doch verhasste Frage gestellt hätte, dass Conrad sie einfach fragen würde: „Wie war ich?" oder „Wie war es?"

Denn dieses Mal würde sie es gern aussprechen wollen, es regelrecht ausposaunen, ohne mit der Wimper zu zucken. Sie würde Conrad liebend gern mitteilen, dass es für sie einmalig toll, wunderwunderschön, einfach gigantisch gewesen war. Ja. So war es. Gigantisch. Er solle sie doch fragen, damit sie ihn dieselbe Frage stellen konnte. Jedoch blieb es bei den kuscheligen Gesten, die mehr zu sagen schienen als alle lobenden Worte der Welt. Sie schmiegte sich beglückt an ihn und er nahm sie behutsam bei sich auf.

Beide machten es sich auf dem Sofa so bequem, wie es nur ging. Eine leichte Sommerdecke lag über ihnen.

Nach einiger Zeit der Ruhe und Entspannung führten Miria und Conrad ihre Unterhaltung über dieses und auch jenes

Thema lebhaft fort. Zuvor jedoch schlemmten sie, so als Bonus für den gelungenen Abend, noch ein leckeres Eis. Das mit dem Eis war allein Conrads Idee gewesen. Zusammen waren beide in Richtung Küche geschlendert, wo sie das Frostfach des Kühlschranks plünderten, in dem sich übrigens kein zusätzlicher Mann befand, der zum Küssen bereit stand, wie Miria scherzhaft feststellte. Halb nackt machten sie es sich wieder auf dem Sofa gemütlich. Miria nun im Slip, schließlich hatte sie ja nur ihr Kleid darüber gehabt, und Conrad in seinen Shorts.

Sicherlich hätte es eine ganze Weile gebraucht, bevor beide wieder aufgestanden wären, wenn nicht, ja wenn nicht ... die Klingel an der Wohnungstür die angenehme Unterhaltung gestört hätte.

„Wer kann das sein?", fragte sich Conrad überrascht.

Miria machte ein unkundiges Gesicht und zuckte nichts ahnend mit den Schultern.

„Willst du nachschauen?", wollte sie wissen.

„Ja", antwortete er und zupfte sich die Shorts zu Recht. „Es könnte ja auch Mirko sein, der mir noch einen ganzen Batzen Geld schuldet. Mit einem ganzen Batzen meine ich wirklich, dass es nicht gerade wenig ist. Außerdem ist es schon eine verdammt lange Zeit her, als ich ihm es geborgt habe. Er wollte es mir unbedingt diese Woche vorbeibringen. Und glaube mir, dabei ist es ihm völlig schnurz, wie spät es ist. Hauptsache, er ist seine Schulden los."

„Meinst du wirklich, dass einer deiner Freunde so spät ..." Conrad entfernte sich von ihr und lief zur Wohnungstür.

„Hmm? Vielleicht ist auch etwas Schlimmes passiert oder ... Hallo?" Er betätigte, als er an der Wohnungstür ankam, die Gegensprechanlage, doch niemand antwortete ihm. „Oder vielleicht ist auch etwas mit Alexandra ...", dachte er laut. Da klingelte es erneut. Viel zu schrill, viel zu laut und viel zu nah. Conrad zuckte zusammen. Wenn man, wie er, direkt im Korridor stand und sich die Ohren schon an die Stille der Nacht gewöhnt hatten, dann war das Klingelsignal wie ein kurzer Schockmoment in der Wahrnehmung des Hörens.

Von unten jedenfalls kam das Signal nicht.

Conrad bemerkte, dass diejenige Person, die hier läutete, schon vor der Wohnungstür stehen musste. Da ihm kein Türspion in der Tür zur Verfügung stand, musste Conrad wohl oder übel die Tür aufmachen, um zu wissen, wer sich dahinter verbarg. Vorsichtig lugte er hinter der Wohnungstür hervor und konnte seinen Augen nicht trauen. Da stand doch tatsächlich die Person auf dem Fußabstreicher, die er jetzt am wenigsten erwartet hatte und vor allem auch noch gebrauchen konnte.

- Anita Sherrow -

„Ach du große Scheiße! Die hatte ich ja ganz vergessen", schimpfte Conrad in Gedanken zu sich selbst.

„Die Adresse, die Telefonnummer, oh, du dämlicher Sack. Wie bekloppt muss einer sein? Vor allem auch noch aufzumachen. Um diese Uhrzeit und gerade jetzt, wo Miria da ist. Hmm."

„Hallo Conrad – mein Süßer! Willst du mich nicht hereinlassen?", erkundigte sich Anita und stand über alle Maßen anstößig provozierend im Treppenhaus.

„Hallo Anita. Ich, äh, ich ... ist es nicht ein bisschen spät?"

„Wieso spät? Du hast doch gesagt, dass ich jederzeit ..."

„Ja schon. Aber ... gesagt habe ich das, stimmt. Doch dachte ich, du rufst mich wenigstens vorher an."

Conrad wusste nicht, wie er sie ohne große Worte und Trara abwimmeln konnte. Anita ließ sich nicht so schnell vor den Kopf stoßen. Er kannte sie sehr genau, wenn es darauf ankäme, würde sie zu einer Hydra werden. Ausfallend, beleidigend, verletzend und dazu noch eifersüchtig.

Sie war schon damals, als Conrad mit ihr einige Zeit liiert war, auf jede nur erdenkliche Frau eifersüchtig gewesen, die ihm auch nur im Geringsten ein Lächeln geschenkt hatte. Zwar ein völlig unbedeutendes Lächeln, aber Anita war daraufhin nicht mehr wiederzuerkennen.

Sie konnte im Nu ein riesiges Affentheater aufführen, welches der beste Regisseur in seiner ganzen filmischen Laufbahn nicht kreieren konnte, wenn es nicht nach Anitas Kopf beziehungsweise ihrer Gemütslage ging.

Vor allem jetzt, da sich Miria bei ihm aufhielt, war es mehr als unpassend, so etwas zu erleben. Deshalb bat er Anita auch nicht herein. Irgendwie, ohne großes Aufsehen zu erregen und möglichst schnell, musste Conrad sie wieder loswerden. Doch wie, fragte er sich. Und welcher Idiot hatte eigentlich die Haustür unten offen stehen lassen?

„Du, Anita. Ich ...", stammelte er.

„Was ist nun?", forderte sie herrisch und beschloss, die Antwort erst gar nicht abzuwarten, sondern drängelte sich einfach an ihm vorbei, das Überraschungsmoment ausnutzend, hinein in seine Wohnung.

Regelrecht unsanft zur Seite stieß sie ihn und gab sich lautstark zu erkennen. Conrad musste unweigerlich an Hausfriedensbruch denken. Doch das half ihm kein bisschen weiter.

174

„Aber", rief er ihr hinterher und betonte nachdrücklich, „ich habe dich nicht herein gebeten!"

„Hab dich nicht so", erwiderte sie forsch. „Wirst doch wohl noch Zeit für eine gute alte Freundin haben ...". Plötzlich hielt sie erstaunt inne. Denn ihr entgegen trat niemand Anderes als Miria, die sich in der Zwischenzeit das Kleid wieder übergezogen hatte. Die Haare zum Dutt steckend trat sie auf die Schwelle zwischen Wohnzimmer und Korridor.

„Wer ist denn das, Conrad?", war Mirias letzter freundlicher Satz, der ihr über die Lippen kam. Denn was Anita plötzlich von sich gab, verfinsterte ihre Miene zusehends.

„Hast wohl wieder so eine Schlampe aufgerissen, die schnell flachzulegen war, was?", sprudelte es nach zwei, drei Sekunden aus Anita heraus. Dabei grinste sie perfide und genoss Mirias Reaktion.

„Wie bitte?" Miria klappte vor Verblüffung die Kinnlade nach unten, obwohl sie dem Vernommenen nicht unbedingt Glauben schenkte. Noch nicht.

Ganz und gar aus der Spur gesprungen und weit entfernt, eine gute alte Freundin zu sein und sich der Situation angemessen zu benehmen, trieb Anita ihr Spiel noch weiter voran. Conrad sah, wie sich die Rädchen in ihrem Kopf drehten und nichts Gutes dabei ausbrüteten.

Anitas Gesichtsausdruck verwandelte sich unsäglich zu dem einer wirklich arglistigen Hexe mit bösen und intriganten Absichten. Genau diese Verwandlung hatte Conrad vorausgeahnt und befürchtet, doch er konnte ihr ad hoc nichts entgegensetzen. Aus Anita war von einem Moment zum anderen jemand ganz Anderes geworden.

Sie witterte ihre Chance und fasste die Gelegenheit beim Schopfe, es Conrad endlich heimzuzahlen. Dafür, dass er sie damals verlassen hatte und natürlich, dass nicht ihr, sondern Miria ein solcher Abend mit ihm in seiner Wohnung vergönnt war. Sie giftete Conrad angewidert und ordinär entgegen: „Wolltest du eigentlich heute Abend nicht mit mir einen Fick machen? Anstatt mit dieser Schickse hier?" Sie zeigte verächtlich auf Miria und setzte sich übertrieben affektiert auf die kleine Kommode im Korridor.

„Sag mal, hast du sie nicht mehr alle?" Pure Fassungslosigkeit und zutiefste Verärgerung, beides zugleich, war in Conrads Mimik abzulesen. Krampfhaft hielt er sich an der offenen Wohnungstür fest. Er überlegte, mit welchen Mitteln er Anitas Sprüche entkräften konnte. Doch es verschlug ihm von Sekunde zu Sekunde mehr und mehr die Sprache. Außerdem stand er als einziger fast nackt, nur mit den Shorts bekleidet, vor den Frauen. Ein sehr unangenehmes Gefühl.

„Ich? Meinst du mich?" Anita verschränkte die Arme ineinander und wirkte dadurch um einiges affektierter als zuvor. „Was sagst du da? Ich, … und nicht mehr alle haben? Kannst diesem Flittchen ruhig erzählen, dass sie nicht die Einzige ist, mit der du fickst." Sie wandte sich daraufhin direkt an Miria: „Mich hat dieser Typ hier erst vor einigen Tagen flachgelegt. Gerammelt haben wir wie die Karnickel. Und es war höllisch geeeeil! Wie war es bei dir?"

Anita schien jetzt alles egal zu sein. Sie wollte sich nur noch auf Conrads Kosten amüsieren und der Augenblick für eine Racheaktion schien wirklich supergünstig zu sein. Sie erkannte, dass sie mit jedem Wort, was sie von sich gab, Conrad einen Dolchstoß mitten ins Herz versetzte. Erneut und mit einer diabolischen Genugtuung sprach sie zu Miria: „Sag mal? Du glaubst doch nicht ernsthaft, dass er dich liebt?"

Mirias Miene verdüsterte sich immer mehr. „Eine Nacht, Süße, und das war's. In zwei Tagen bist du nicht mehr aktuell. Nur noch ein Strich auf der Liste gebumster Weiber, abgehakt und an die Wand gehangen. Glaube mir, ich weiß es nur allzu gut."

Conrad, der nach so einem Abend eigentlich nicht so schnell auf hundertachtzig zu bringen war, sah in diesen Urteilssprüchen das ganze Kartenhaus der Liebe zwischen Miria und ihm zusammenfallen. Er beschloss, seine Zukunft nicht weiter Anitas ordinärer und lügnerischer Wortwahl zu überlassen. Auf keinen Fall sollte sie die Chance erhalten, sein ganzes neu errungenes Glück zu zerstören und ihm eine dauerhaft ruinierte Liebeslandschaft um Miria herum zu hinterlassen.

Er musste schnellstens handeln.

„Raus. Raus hier!", brüllte er aus voller Kehle.

„Mach, dass du sofort hier wegkommst, dir haben sie wohl ins Gehirn geschissen, was? Verschwinde!" Er verlor fast endgültig die Fassung und zog die Tür sperrangelweit auf, an der er sich zuvor noch krampfhaft festgehalten hatte.

„Mach keinen Stress, mein kleiner Liebesengel", säuselte Anita provozierend und erhob sich in Zeitlupe von der flachen Kommode im Korridor.

„Sag, dass das nicht wahr ist, Conrad?", flehte Miria ihn an.

„Was?" Conrad war verwirrt. „Dass was nicht wahr ist?" Wie ein geschlagener Hund blickte er zu Miria und die Frage, mit der sie ihn konfrontierte, bereitete ihm arge Bauchschmerzen.

„Oh doch, Tussi-Schätzchen, oh doch. Es ist wahr, es ist ..."
Anita fand das alles außerordentlich amüsant.

„Halt's Maul! Dich habe ich nicht gefragt", fauchte Miria. Dabei funkelte sie Anita böse und warnend an.

Für Anita, die Intrigenspinnerin, kam der Ausbruch völlig unerwartet. Sogleich verstummte sie und nahm mit verschränkten Armen eine abwartende Haltung ein. Den Teufel würde sie tun, dachte sie. Von wegen auf dem Absatz kehrtmachen und unüberlegt verschwinden, wie Conrad es ihr wütend gebot.

„Was ist nun, Conrad, stimmt das?" Miria hakte nach.

„Was meinst du, Miria?" Conrad war immer noch völlig durch den Wind. Er konnte nicht richtig denken, ihm fiel keine diplomatische Antwort ein, die ihm vorerst etwas Zeit verschaffen würde. Sein Kopf war leer.

Er rechnete in diesem Moment überhaupt nicht mit der Vehemenz von Miria, eine Antwort zu bekommen. „Na, das du vor kurzem mit ihr geschlafen hast, obwohl wir beide ... und dann diese Vorwürfe. Stimmt das alles, was diese olle Pute hier von sich gibt?"

„Pute? Sag mal, wie nennst du mich eigentlich ...", brüskierte sich Anita, die aber gleich wieder abgewürgt wurde.

„Halt's Maul, hab ich zu dir gesagt." Miria verlor erneut ihre Beherrschtheit, aber in einer etwas ruhigeren Stimmlage blickte sie tief in die Augen des einzigen Mannes im Korridor und fragte weiter. „Was ist nun, Conrad?"

„Ich ... nun ja ... also, ich meine ja ... und nein. Ich ...", Conrad befand sich in der Zwickmühle. Hinzu kam noch, dass sich die ganze Situation zwischen Tür und Angel abspielte. Wenn das Trara hier jemand im Haus mitbekam, war er geliefert. Am besten noch die Grunert, dann wüsste es bald die ganze Stadt, was bei ihm des Nachts los war. „Wann verschwindest du eigentlich, Anita?", zischte er wütend. Er wollte sie endlich forthaben, sie loswerden. Sie sollte schnellstens abhauen, damit Miria ihm noch einmal in aller Ruhe die Gelegenheit dazu gab, sich wahrheitsgemäß und vor allem hinter verschlossener Tür zu den Vorwürfen zu äußern. Er würde ihr alles erklären und die Dinge richtig stellen. Doch Miria ...

„Lenke nicht ab! Hast du nun ... oder nicht", fragte Miria ernst und ebenso bissig im Auftreten; ähnlich wie Anita zu Beginn des ganzen Korridorkonfliktes.

Da Conrad sie nicht belügen wollte, weil er ja wusste, dass so etwas alles nur noch schlimmer machen konnte, zumindest im Nachhinein, wenn es später doch herauskam, sagte er ohne Umschweife: „Ja, aber das war doch vor dir, das war doch ...“

„Ich will nichts mehr hören", fiel ihm Miria sehr enttäuscht ins Wort und Conrad bekam nicht die allerkleinste Chance, sich zu erklären.

Die Intrigantin indes verfolgte dies mit offenkundiger Zufriedenheit. Ihr diabolisches Lächeln konnte und wollte sie nicht verbergen. Hinterhältig dachte sie bei sich: „Wenn ich ihn nicht wiederhaben kann, dann soll ihn diese Trute erst recht nicht bekommen.“

„Miria?!?" Conrad erschrak. „Lass mich doch ausreden. Bitte, Miria. Bleib hier." Miria fing an, ihre Tasche zu suchen, während Conrad ihr flehend hinterherlief.

„Ich will dir doch alles erklären. Nun warte doch. Die Wahrheit ist ganz anders. Ich bin unschuldig.“

„Ach so! Wirklich?“

„Ja, verdammt noch mal. Diese Vorwürfe stimmen überhaupt nicht." Conrad bemühte sich, Miria zu beruhigen und am Gehen zu hindern, aber seine Worte erzielten nur wenig Wirkung, Miria zum Bleiben zu bringen. Als sie ihre Tasche gefunden hatte, stellte er sich ihr in den Weg, ohne sie unsanft zu berühren.

„Sie stimmen also nicht?" Fragend blieb sie vor ihm stehen.

„Wie erklärst du mir dann jetzt diese Frau, diese ... diese ... dieses plappernde Miststück hier?" Sie zeigte stocksauer auf Anita. „Glaubst du, sie lügt das Blaue vom Himmel?"

„Ja und nein. Mehr ja als nein."

„Was denn nun?"

„Ja, sie lügt!" Seine Stimme wurde barscher.

„Du hast aber gerade ja gesagt, du hast mir ihr geschlafen."

„Ja, aber ... acchhh...", Conrad schlug entnervt die Hände über dem Kopf zusammen und rief eher zu sich selbst als zu Miria: „Mein Gott! Das ist mir alles echt zu blöd hier."

„Für dich schon", lachte Anita und gab ihren Senf dazu, „... aber für deine Matratze hier ist das ..."

„Du bist ruhig, du falsche Schlange!" Mit einem stark muskulär geladenen Arm und ausgestreckten Zeigefinger zeigte er Anita wütend und recht deutlich, in welche Richtung sie sich bewegen sollte. „Warum bist du überhaupt noch hier, hab ich nicht gesagt, dass du verschwinden sollst?!"

Ungeachtet, dass plötzlich auch noch Alexandra die Treppen von unten heraufkam, wollte Conrad Miria endlich die ganze Wahrheit sagen. Miria wartete immer noch auf eine Erklärung von ihm. Alexandra hingegen, die dem Krach im Hausflur nachgehen wollte, traute ihren Augen nicht. Sie erblickte Conrad, um diese Uhrzeit halb nackt und streitend mit zwei Frauenzimmern, vor der offenen Wohnungstür. Zur

Hälfte stand er im Korridor, zur anderen im Hausflur. Die eine, die eine kannte sie doch. War das nicht diese blöde Sherrow?

Sie stieg die Treppen weiter herauf. Doch ihr unerwartetes Auftauchen brachte Conrad keine zusätzlichen Pluspunkte, was Miria anging. Im Gegenteil, seine Lage schien sich dadurch nur noch zu verschlimmern. Denn sofort und ohne Skrupel fiel Anita ein passender Spruch dazu ein, der bei der zähneknirschenden Miria das Fass zum Überlaufen brachte.

„Und das da ...", Anita brachte ihre Worte mit einer überzeugenden, mit einer schauspielerischen Meisterleistung an die Ohren ihres Opfers heran, „... das da, Süße, das ist seine beste Freundin. Die klingelt ab und zu mal bei ihm." Mit einem gekonnt mitleidigen Blick schaute sie gespielt tief in Mirias Augen. „Weswegen? Nun ja, das brauche ich dir ja wohl nicht noch näher zu erläutern." Sie fügte außerdem noch hinzu. „Ihr ist es übrigens scheißegal, mit wem er sich nebenbei noch abgibt. Sie ist pure Polygamistin, wer weiß, was man sich da einfängt?"

Die letzten Stufen erklomm Alexandra eher vorsichtig. Ganz langsam und mit einem verdutzten Gesicht trat sie an Conrad heran. Dieser schäumte vor Wut fast über und hatte arge Mühe, sich im Zaum zu halten, um Anita gegenüber nicht richtig ausfällig zu werden. Er kämpfte schier um seine Beherrschung. Miria, einstweilen äußerst verwirrt, stand der Mund abermals halb offen. Anita blieb weiterhin erheiterte Beobachterin der Szene.

„Hi Conrad! Was ist denn hier los?", wollte Alexandra wissen und umarmte ihn freundschaftlich.

Dann gab es einen Schmatz auf die rechte und linke Wangenseite, so wie sie es immer zur Begrüßung zelebrierte. Von Conrad jedoch kam dieses Mal keiner zurück.

Miria holte merklich ganz tief Luft. Eigentlich, wenn man genau hinschaute, deuteten die Küsse auf genügend Distanz zwischen beiden ihn und konnten im Grunde nicht falsch interpretiert werden. Aber in Mirias Augen und in dieser unpassenden Situation reichte es vollkommen aus, eine Fehlinterpretation zu erstellen.

Das Einzige, was ihr jetzt nur noch im Kopf herumspukte, war die Gewissheit, dass Anitas Worte eine alleinige Wahrheit besitzen mussten. Conrad war nicht mehr zu trauen.

„Das reicht", verurteilte Miria Conrad und setzte eine bitter enttäuschte Miene auf. Sie schob sich an ihm vorbei und verschwand auf dem schnellstmöglichen Weg, ohne sich zu verabschieden. Conrad war entsetzt.

Alle möglichen Gefühle vereinten sich in seiner Brust, viele gegensätzliche Gefühle, die ihn irgendwie handlungsunfähig machten. Er wusste sogleich, dass es sinnlos war, Miria hinterherzurennen. Sie würde sich nicht aufhalten lassen, nicht mit dieser Miene, nicht nach dieser Szenerie.

Alexandra begriff langsam, aber sicher, was sich hier abspielte beziehungsweise abgespielt hatte. Aus den letzten vernommenen Sätzen und Wortfetzen reimte sie sich die ganze missliche Situation zusammen, in der Conrad steckte.

Anita lachte laut und abgeschmackt. Ganz langsam und als alleiniger Sieger schritt sie vom Schlachtfeld Korridor – Hausflur, dicht an Conrad vorbei. Just in diesem Moment hätte er sich fast vergessen. Wenn Alexandra ihn nicht zurückgehalten und zu ihm beschwichtigend gesagt hätte: „Lass diese blöde Ziege in Ruhe. Lass sie einfach gehen, das bringt dir nichts. Wenn du sie jetzt angreifst", sie hielt ihn am Arm fest, „machst du dir nur die Finger schmutzig. Wir werden das schon irgendwie alles wieder auf die Reihe kriegen." Conrad hätte Anita liebend gern eine gescheuert.

„Na dann, viel Glück beim Wieder-auf-die-Reihe-Kriegen", spottete Anita, grinste dabei außerordentlich fies und stieg wie der Star des Abends die Treppen hinab.

Ebenso schnell verschwand sie, wie sie gekommen war. Alexandra schob Conrad, der Anita mit wutentbrannten Augen immer noch fokussierte, zurück in die Wohnung. Dabei hatte Alexandra große Mühe, ihn auf den rechten Weg zu bringen. Er sträubte sich, ihr nachzugeben und sich von ihr bis in die Küche schieben zu lassen. Doch als Alexandra die Wohnungstür hintern sich schloss, erwachte Conrad leicht aus seinem wütenden Zustand und taumelte in ihrer Begleitung, mit den Nerven fix und fertig, hin zum nächstgreifbaren Stuhl.

„Diese Mistpute von einer Frau", fluchte Conrad, als er sich niederließ. Er stützte seinen Kopf in die rechte Hand, die wiederum mit dem dazugehörigen Arm auf der Tischkante festen Halt bekam. Er war hin- und hergerissen. Ein Art leichtes Delirium erfasste ihn. Er war kurz davor, abzuklappen oder richtig auszurasten. Eins von beidem. Er konnte sich nur nicht entscheiden.

„Wirst schon sehen", versuchte Alexandra ihn zu beruhigen, „das lässt sich alles wieder klären. Was ist überhaupt hier abgelaufen? Ich kann mir zwar denken, was passiert ist, aber ich glaube, ich bin mir nur der Hälfte oder sogar noch weniger bewusst, was hier wirklich los war." Sie lehnte sich an einen der Küchenschränke. „Willst du es mir erzählen?"

„Das lässt sich klären. Tssss." Conrads Worte erklangen ohne jeglichen Schimmer von Hoffnung. „Hast du eine Ahnung, was Miria jetzt von mir denken muss? Nach all dem."

„Miria? War das diejenige, die als Erste verschwunden ist?"

„Ja", antwortete er patzig. „Wer denn sonst? Anita kennst du doch, oder?"

Alexandra nickte zustimmend. Es blieb für eine Weile still, dann sagte sie: „Anita – diese Schlampe! Ich habe dir schon immer gesagt, dass sie falsch ist. Diese olle Schrapnelle, diese …, diese Dreck …, diese …, na, … diese … du weißt schon …"

„Diese Drecksmuschi!", ergänzte Conrad.

„Ja genau, zum Beispiel. Ich wollte es nur nicht so direkt …"

„Schon gut. Hab ich's halt gesagt."

„Weißt du Conrad? Diese Schlampe war schon immer so ein fieses Miststück, doch du wolltest ja nie auf mich …"

Conrad fiel ihr ins Wort. „… Willst du mir jetzt auch noch eine Standpauke halten? Es reicht doch. Ja? Es reicht mir heute völlig." Er fuhr sich heftig durchs Haar. „Was hier abgelaufen ist. Mensch, Alex! Das war echt schon die Hölle, da musst du mir nicht zusätzlich noch mehr Butter aufs Brot schmieren."

„Gott bewahre, nein", gab Alexandra zum Ausdruck. „Ich meine ja bloß …", sie überlegte, doch sie kam immer nur auf dieselbe Aussage, „… dass sie eben eine falsche Schlange ist."

„Na, das hab ich ja gerade am eigenen Leib erfahren", und Conrad fing an, Alexandra die ganze Geschichte aufzurollen, fast bis ins kleinste Detail. Nach der ganzen Story sagte sie zu Conrad, um seine geknickte Stimmung einzudämmen: „Hey. Zerbrich dir jetzt nicht noch mehr den Kopf. War doch fast alles erstunken und erlogen, was diese Schrapnelle von sich gegeben hat. Außer das eine Mal mit ihr, in diesem Club. ... Also dafür kannst du ja nun wirklich nichts." Alexandra versuchte, ihm argumentativ beizustehen. „Schließlich hast du ja Miria vorher noch nicht gekannt. Solltest du deswegen wie ein Mönch leben? Und wer weiß? Vielleicht hat sie zu genau dieser Zeit selbst, ... vorher oder nachher, ... mit ihrem Ex-Freund ... im Bett? ...“

„... Bitte was? ... Hör bloß auf. Dieser minderbemittelte Kampfkoloss ...“

„... Oder halt mit jemandem Anderen", räumte Alexandra noch ein.

„Ach, lass das. Am besten mit gar niemandem. Das will ich gar nicht wissen." Conrad winkte ab und erhob sich vom Stuhl, um sich erneut sinnlos aufzuregen und zu Tode frustriert in der Küche umherzulaufen.

„Pass auf", schlug Alexandra vor. „Ich rate dir, erst einmal eine Nacht darüber zu schlafen, wie sie es wahrscheinlich auch tut, ähm, wie hieß sie gleich noch mal? ... Ach ja, Miria! Wie es Miria womöglich auch tun wird und auch tun sollte." Alexandra fasste Conrad, der an ihr vorbeilief, an die Schulter.

„Und dann?"

„Dann wirst du weitersehen. Du gehst in ein oder in zwei Tagen zu ihr, beziehungsweise rufst sie an, erklärst ihr alles und alles ist wieder im Lot. Zusätzlich kannst du ja noch überprüfen, wie stur sie sein kann, wenn sie nicht zurückrufen sollte."

„Nach so einem Desaster würde ich aber auch nicht zurückrufen", stellte Conrad fest.

„Ach probier es", meinte Alexandra mit einem sanften, aber doch bestimmten Ton.

„So lange warten? Zwei Tage." Conrad winselte vor Kummer.

„Ja. Ich denke schon. Alles andere ist zu früh."

„Und wenn sie mich bis dahin vergessen hat? Wenn sie bis dahin anderweitig ...?"

„Ach Quatsch! Eine Frau vergisst nie eine solche Begegnung, nicht so schnell. Schon gar nicht so einen Abend mit ..., nun ja ... Glaube mir, ich weiß, wovon ich rede, schließlich bin ich selbst eine. Ich nehme es zumindest mal an, ... schau her." Sie fasste sich an den Busen und rollte lustig mit den Augen. Conrad verzog daraufhin die Mundwinkel und lächelte etwas gequält.

„Weißt du, Conrad?", sprach sie weiter. „Ich glaube, wenn es nur ein wenig Gerechtigkeit, nur ein klitzeklein wenig Gerechtigkeit auf dieser Welt gibt, dann bekommst du deine Miria zurück, davon bin ich überzeugt."

„Warten, nun ja, wenn du meinst?" Conrad brummte ungläubig und setzte sich wieder an den Küchentisch, nicht ohne vorher aus dem Kühlschrank eine angebrochene Flasche Rotwein zu holen. Er entkorkte sie, nahm einen kräftigen Schluck und hielt sich missmutig am Flaschenhals fest: „Na dann. Also warte ich. Hier, nimm auch einen Schluck."

Teil III

12. Kapitel

Die Wahrheit, ... die Wahrheit ist eine Illusion

Natürlich sollte es im Leben immer weitergehen. Mit einem unerschrockenen, ungetrübten Blick in die Zukunft geradeaus und immer vorwärts. Doch das ist leichter gesagt als getan und Conrad war weit entfernt von einer solch positiven Denkweise. Deshalb wäre er an diesem Morgen am liebsten im Bett geblieben und hätte der Welt oder all seinen Verpflichtungen oder am besten gleich beidem, der Welt und seinen Verpflichtungen, den Rücken zugekehrt.

„Ja, so ist es", dachte Conrad und starrte ausdruckslos auf seinem Bett liegend zur Zimmerdecke.

Sich einfach noch einmal umdrehen, ging es ihm durch den Kopf. Dabei „Ach nö" oder „Ach ja" von sich geben und erneut der Realität entfliehen; ja, das wäre wirklich das Beste. Davon war er überzeugt und es wäre wahrscheinlich das alleinig Richtige gewesen, sich gemütlich an das Kopfkissen zu schmiegen. Die bereits eingelegene Kuhle der Matratze weiter zu bekuscheln und die Bettdecke als Schutzpanzer gegen alles Unangenehme dieser Welt zu verwenden. Doch irgendetwas oder irgendwer zog ihn aus dem Bett. Wie verwunschen und unter Hypnose geleitet oder von irgendeiner Macht beherrscht, hatte Conrad sich erhoben und war sich keineswegs mehr sicher, welches Hier und welches Heute eigentlich zur Debatte stand. Genauso war er sich unsicher, welche Aufgaben er an diesem Tag als Erstes angehen sollte. Er stand einfach auf.

Der Morgen, der plötzlich vor ihm lag, wirkte irgendwie bedrohlich. Er fühlte es tief in seinem Inneren und so rann ihm ein kalter Schauer den Rücken hinunter.

Es war Gefahr im Verzug. Gefahr!

Gefahr? Eine Gefahr? Woher nur? Noch war nichts von ihr zu spüren. Bedrückt, aber trotzdem guter Dinge, absolvierte Conrad seine Morgentoilette. Jetzt erst, vor dem Spiegel, wurde ihm die ganze Tragweite der gestrigen Nacht bewusst und eine mörderisch schlechte Erinnerung erfasste ihn. Aber nicht nur diese schlechte Erinnerung aus der vergangenen Nacht allein war es, die ihn ereilte. Nein. Auch eine schöne und überaus angenehme Erinnerung durchströmte Conrad.

Es war ein angenehmes Gefühl. Es war ein Gefühl von vielen Gefühlen. Himmelhochjauchzende, frohlockende, entzückende, einfach die besten Gefühle, die man sich vorstellen konnte. Sie durchströmten seinen Geist wie auch seinen Körper. Es waren Gefühle, die einer mystischen Kraft entsprungen zu sein schienen, die womöglich schon Millionen und Abermillionen von Jahren alt war. Solcherlei wundersame Gefühle, die noch immer genügend Energien besaßen, dass auch noch in einer weiteren Million von Jahren Menschen davon zehren dürften, wenn es sie denn noch geben sollte, die Menschen natürlich – die Geschlechter.

Trotzdem, irgendwas oder irgendwer war nicht real. Irgendetwas war falsch, trügerisch oder besser gesagt:

Conrad wusste nicht, ob das Ganze, was er erlebt hatte, nicht einem wunderschönen, aber schlecht endenden Traum entsprungen war. Denn an einen geträumten Traum als solchen konnte er sich nicht mehr erinnern.

War es ein Albtraum gewesen? Oder war es keiner?

Nur eine Geschichte? Eine jener Sorte von Geschichten, die anfänglich einen guten Verlauf nahmen, dann aber im Chaos, in einer Tragödie endeten? Er wusste es nicht. Er wollte es auch nicht wissen. Nichts wollte er wissen. Nichts von dem, was sich noch ereignen sollte. Nichts von dem, was noch vor ihm lag. Nämlich das Ende der Geschichte, seiner Geschichte. Das Ende dieser speziellen Geschichte. Nichts von all dem sollte ihn, auch kein kleines bisschen mehr, beschäftigen – vorläufig.

Im Moment wusste er nur eines und das war, dass sein Magen rebellierte. Nicht, weil ihm schlecht war, sondern weil er Hunger, unbändigen Hunger verspürte.

So bereitete er in aller Ruhe sein Frühstück vor, schnitt Scheiben vom Brot, beschmierte sie und räumte zwischendurch, während er aß, mit diesem oder jenem Handgriff die Wohnung auf, um sich anschließend geradewegs in die Innenstadt zu begeben.

Mit einem ganz bestimmten Ziel vor Augen machte er sich auf die Socken. Ungewöhnlich schnell, eigentlich viel zu schnell, näherte er sich seinem Ziel, so schnell, als hätte er nur einen einzigen Schritt getan, als hätte er Sieben-Meilen-Stiefel angehabt. Alles geschah viel zu rasant. Der Spaziergang kam ihm wie ein Rausch vor. Gerade hatte er noch die Tür hinter sich zugezogen, die Hand war noch gar nicht richtig vom Knauf gelöst, da rutschte auch schon der Schlüsselbund in die Hosentasche und im gleichen Atemzug war Conrad nicht mehr weit von einem ganz bestimmten Punkt entfernt, so als hätte es einen übereifrigen, aber professionellen Cutter gegeben, der einen schnellen Szenenwechsel völlig unverhofft geschehen ließ, bevor der Zuschauer auch nur annähernd bis drei zählen konnte.

„Irgendwie nicht nachvollziehbar", dachte Conrad, nahm es aber als gegeben hin.

Langsam schlenderte er durch die Stadt. Obwohl es so aussah, als laufe er sinnlos, aus schierer Langeweile, nur so zum Spaß in der Gegend herum. Das war es aber nicht. Ein ganz bestimmter Punkt war es, der ihn nahezu magisch anzog: Es war die Buchhandlung.

Mit jedem Schritt Richtung Buchhandlung brach er zusehends seinen eigenen Schwur und ignorierte Alexandras Ratschlag, ihm und Miria eine kleine Atempause zwischen der gestrigen Nacht und dem nächsten Treffen einzulegen. Genügend Zeit, damit sich hoffentlich alles wieder wie von selbst einrenken konnte. Mindestens ein ganzer Tag. Doch je weiter er voranschritt, umso mehr verschwamm dieses Vorhaben.

Was sollte er ihr nur sagen? Sollte er einfach stur vorbeigehen, ohne nach ihr zu schauen? Nein. Er würde jetzt da hineingehen und all seinen Mut zusammennehmen. Wenn es nötig wäre, würde er sogar für Miria auf die Knie fallen und ihr alles erklären.

Wäre zusätzlich irgendeine ihrer Kolleginnen anwesend und gleich noch ein paar Kunden dazu, so würde er diese von der Zeremonie nicht ausschließen. Sollte ihre Chefin ebenso zu den Gästen zählen, dann wäre das Publikum für die absolut peinlichste, aber auch nötige Vorstellung komplett. Er würde sich für Miria echt zum Obst machen. Zum Fallobst.

Er malte es sich in Gedanken aus, wie es wohl sei, vor ihr einherzukriechen, so auf dem Fußboden, unschuldigerweise und reuevoll in die Knie gezwungen. Weich und kuschelig wäre es bestimmt nicht auf dem harten Bodenbelag der Buchhandlung.

Dann noch die Erklärung. Wie sollte sie am besten sein? Wie sollte er sie passend formulieren? Wahrscheinlich nüchtern. Ja schon. Nüchtern und sachlich müsste sie sein. Ohne jegliche Gemütsschwankungen, ohne den Ton provozierend zu erheben, wenn sie ihren erheben würde, womöglich aus Wut, aus Unverständnis.

Wie auch immer? Er musste alles einsetzen, alles was er jemals bei der Konversation mit dem anderen Geschlecht gelernt hatte. Wirklich alles, was in seiner Macht stand, um das Blatt zu seinen Gunsten zu wenden.

„Ja. So mache ich es", spornte er sich innerlich an und ballte die Faust, wie ein Mensch, der sich eine Aufgabe gestellt und nun ein Ziel vor Augen hatte, das er erreichen wollte.

Irgendwie fühlte es sich an, als liefe er auf Rosen. Rosig warm und weich, wie auf einem Meer von Rosenblüten, um genau zu sein. Einfach gemütlich, empfand Conrad. Federleicht fühlte es sich an und er begann halb zu schweben. Er glitt über all die Rosen hinweg, die ihm zu Füßen lagen.

Rosen? „Ach Quatsch", sagte er. „Was bist du nur für ein Tagträumer." Seine Wahrnehmungen schienen ihn regelrecht hinters Licht zu führen. War er nicht eben auf Rosen gelaufen? Oder war es nur seine eigene unwirkliche Empfindung, dass es sich nur so anfühlte, wie auf Rosen zu laufen? Womöglich spielte seine Phantasie ihm wieder einen üblen Streich? Egal, dachte sich Conrad, denn irgendwie wurde er mit einem Mal sorgloser und vergaß fast alles um sich herum. Auch Miria.

Miria? Ja, auch sie. Denn je näher er der Buchhandlung kam, desto mehr entzog sie sich seinen Erinnerungen. Immer mehr entschwand sie ihm. Immer näher, immer weniger von ihr – von Miria.

So als würde man einen Buchstaben ihres kompletten Namens nach dem anderen, der auf einer grünen Schultafel mit Kreide geschrieben stand, alle paar Meter mit einem Schwamm wegwischen. Weg und fort mit ihm. Ausgelöscht ... für immer. Und dann? Was würde dann übrig bleiben?

Von weitem konnte Conrad sie schon sehen, die Buchhandlung. Gegenüber das Internetcafé, von wo aus er Miria zum ersten Mal erblickt hatte. Er kam ihr immer näher und bevor er seinen Lauf des Vergessens ganz vollendete und die süße Miria womöglich völlig aus seinem Gedächtnis ausradiert wurde, kam er durch ein sehr lautes Geräusch in nicht allzu weiter Entfernung wieder zur Besinnung. Auf diese Weise gerieten ihm die Erinnerungen an die Frau, die er liebte, nicht in Vergessenheit.

„Miria", murmelte Conrad und ihr Antlitz zeigte sich wieder komplett vor seinem geistigen Auge. Sie war noch da, tief in seinen Erinnerungen, tief in seinem Herzen.

Ein Mercedes war es, ein großer, einer von der oberen Klasse, der nun seine Aufmerksamkeit auf sich zog. Von ihm kam das laute Geräusch. Mit einem ungeheuren Tempo, in einem schier unglaublichen Affenzahn raste dieser durch die Innenstadt, so dass kein Zweifel an einer Verkehrsstraftat bestand. Haarscharf brauste der Mercedes direkt an ihm vorbei, obwohl nur Schrittgeschwindigkeit erlaubt war. Conrad spürte den Windzug ganz deutlich und lauschte dem gequälten Geräusch des Motors, der durchgehend hochtourig von seinem Besitzer gefahren wurde. Sonderbarerweise empfand Conrad gegenüber dem Fahrer des Mercedes Dankbarkeit, denn durch ihn wurde er wieder wachgerüttelt. Sein Gang des Vergessens, was Miria betraf, war durch ihn gestoppt worden. Sie war wieder da; Miria.

In seinem Herzen und in seinem Geist nahm sie wieder die alte, für sie zugewiesene Stelle ein. Der Fahrer des Luxusschlittens brachte demzufolge Conrads Herzallerliebste wieder zurück, wenn auch vorerst nur geistig; als ein wunderschönes Bild in seinen Erinnerungen.

„Er gehört auf einen Sockel gehoben, der Fahrer", dachte Conrad und kam nicht umhin, an das Schicksal zu denken: Alles hatte seinen Sinn.

Mit einer bizarren Wahrnehmung kam Conrad der Buchhandlung immer näher. Sein Bewusstsein weigerte sich aber dennoch, sein Fortkommen als normal anzusehen. Sein Spaziergang, seine Bewegungen, alles fühlte sich nicht so an, wie es sich im Normalfall anfühlen sollte. Die Zeit schien nicht mehr dieselbe zu sein, als gebe es eine Zeitverzögerung, so als würde Conrad in Zeitlupe laufen und Zeit an sich keine Rolle spielen.

Auch seine Umwelt bewegte sich in der gleichen eigenartigen Geschwindigkeit. Nur sein Geist, der schien irgendwie schneller als alles andere zu arbeiten. Conrad kam es vor, als könne er viele Dinge gleichzeitig und in kürzestem Zeitraum verarbeiten. Wie konnte das geschehen? Was lief da verkehrt? Irgendetwas ging hier nicht mit rechten Dingen zu.

Seine Schritte, die er einen nach dem anderen setzte, die ihm zuvor noch ganz normal zu sein schienen, brachten ihn kaum vorwärts, als ob er auf der Stelle treten würde. Ob dies an dem Mercedes lag, der an ihm vorbeigerast war? Er wusste es nicht. Aber das Gefühl am Fleck zu kleben, verstärkte sich, je näher er dem Ort seiner Liebsten, der Buchhandlung, kam. Je näher er dieser entgegenschritt, desto klarer und nachvollziehbarer wurde für Conrad all das, was nun folgen sollte. Mit jeder Sekunde, die verstrich, manifestierte sich diese merkwürdige Zeitlupe. Die Menschen, die Spatzen, die Autos, alle Bewegungen, die das Leben ausmachten, ja sogar seine eigenen Schritte, seine Mimik, seine Armbewegungen ... alles um ihn herum verlangsamte sich auf ein Minimum an Geschwindigkeit. Alles bewegte sich derart langsam, dass man hätte glauben können, die ganze Szenerie würde einem Film entspringen, der in einem alten Videorecorder vor sich hin surrte und auf der niedrigsten Wiedergabestufe ablief.

Was er sah, machte ihn zuerst neugierig, dann machte es ihn stutzig und zu guter Letzt sehr nervös. Denn das, was seine Augen erblickten, konnte er nicht für wahr erachten.

Sein Blick folgte geradewegs dem Mercedes hinterher.

Irgendjemand, es war eine junge Frau, trat aus der Buchhandlung heraus. Conrad konnte nicht genau sehen, wer diese junge Frau war, doch sie sah aus wie ...

Zur gleichen Zeit, nur noch einige wenige Meter entfernt, preschte der Mercedes geradewegs die Gasse herunter, ohne das Tempo zu verringern. Die Töne, die das Auto von sich gab, die Conrad deutlich hören konnte, verzehrten sich in seinem Gehör. Es klang fürchterlich, ähnlich einer alten gequälten Kassette in einem halbdefekten Kassettendeck. Es leierte und war nicht zum Aushalten.

Ohne nach rechts oder nach links zu sehen, begab sich die Frau über die Straße. Ihre Füße berührten die Pflastersteine der historischen Altstadt und trugen sie weiter. Zur gleichen Zeit befand sich auch der Mercedes im Begriff, genau denselben Platz auf der Straße in Besitz zu nehmen. Dabei hatte sich die Geschwindigkeit des Wagens kein bisschen verringert.

„Um Gottes Willen!", ging es Conrad durch den Kopf. Er ahnte schon von weitem, was passieren würde. Vor seinem geistigen Auge zeichnete sich durch die zeitliche Verzögerung schon in diesem Augenblick die nahende Katastrophe ab. Ein Schritt der jungen Frau, der zweite Schritt folgte. „Sie muss blind sein", sprach er laut vor sich her.

14 Meter, 10 Meter.

„Der Fahrer spinnt doch. Das muss er doch sehen!" Noch ein Schritt und der nächste, nur zur Hälfte. „Jetzt erst schaut sie nach links?"

6 Meter.

Der Mercedes bremst. Er versucht es zumindest. „Jetzt erst? Jetzt erst bremst er? Das ist doch viel zu spät!!!"

Drei, zwei, eins und null.

NULL! Null Meter. Nix mehr, kein Platz. Zu spät.

Viel zu spät für einen guten Ausgang der Geschichte. Es wirkte die reine Physik. Physikalische Gesetze in ihrer ureigensten Macht.

Wo ein Körper ist, kann kein anderer sein!

Der Aufprall klang dumpf.

„Verdammt noch mal", tobte Conrad, „das darf doch nicht wahr sein!" Er versuchte zu rennen, um schnellstens zum Unglücksort zu gelangen. Doch die Verlangsamung der Realität, die vorhandene Zeitlupe, war immer noch existent. So war sein Vorwärtskommen, auch wenn er jetzt rannte, keineswegs von größerem Erfolg gekrönt als zuvor. Mit all seiner Kraft versuchte er, so schnell wie möglich voranzukommen. Conrad wollte zur Buchhandlung. Warum ging es nicht schneller?

Er musste, er wollte dahin! Dahin, wo sich vor dem Bruchteil einer Sekunde die Katastrophe ereignet hatte.

In diesem grotesken Zustand rannte er dem Unfallort entgegen. Völlig entsetzt war er, wie so etwas passieren konnte. Er benahm sich wie einer, der sich aufregen wollte, wie einer, der helfen wollte, wie einer, der wissen wollte, was passiert war, und der wissen wollte, ob Hilfe noch möglich oder alles schon zu spät war. Er schwang seine Hufe. Er kam dem Ort zwar näher, aber nicht sonderlich schnell.

„Es musste doch geholfen werden. Irgendwem? Wenn überhaupt noch jemandem zu helfen war?", sprach Conrad nuschelnd zu sich selbst.

Wem konnte denn noch geholfen werden? Wem von beiden? Dem Fahrer, der Frau? Frau, Fahrer? Beiden? Der Frau. Wie geht es ihr? Was ist mit ihr geschehen? War sie nicht etwas zu heftig auf das Kopfsteinpflaster gefallen? Nicht gefallen. Eher geflogen. Ja, geflogen war sie. Und dann ... aufgeschlagen. Wie schrecklich! Wie ein Vogel war sie geflogen. Wie einer, der von seiner Mutter aus dem heimischen Nest gestoßen wurde, um das Fliegen zu erlernen. Aber es war ein Strauß, der das Fliegen lernen sollte.

Der Aufprall? Nun, der konnte nun wirklich nicht mit einem vorsichtigen Schubser verglichen werden. Um derart unfreiwillig durch die Luft zu fliegen, brauchte es mehr als eine Vogelmutter, die gerade noch hinter ihrem Früchtchen gestanden hatte und nun die anfänglichen Flugversuche ihres Jungen mit Stolz beobachtete. Nein.

Es brauchte ein Auto. Ein großes, ein sehr schnelles. Eines wie dieser Mercedes. Jener, der viel zu schnell fuhr.

Ja, dieses Ungetüm von einem Vehikel passte da schon eher ins Bild.

Die Rücksichtslosigkeit des Fahrers, aber auch die wenigen Sekunden der Unaufmerksamkeit der nun am Boden liegenden jungen Frau hatten ausgereicht, um die Unfallstatistik weiter zu erhöhen. Jene furchtbare Statistik, die den Flugzeugangsthasen vorgesetzt und daraufhin behauptet wird, dass man doch eher im Auto anstatt im Flugzeug das Zeitliche segnen wird.

Conrad rannte immer noch. Obwohl seine Wahrnehmung ihm unmissverständlich signalisierte, dass er wahrscheinlich nie am Unfallort angelangen würde.

Zwar hatte er unbewusst die ersten Konturen jener jungen Frau, die ihres Gesichtes, immer deutlicher erkennen können und er stellte auch fest, dass er unbewusst einige Meter bewältigt hatte, doch im Gefühl kam es ihm vor, bisher noch keinen einzigen Millimeter vorwärtsgekommen zu sein. Je näher er kam, umso unsicherer wurde er, ob er denn wirklich dahin wollte. Denn je mehr die Szenerie von sich preisgab und das Gesicht der Frau immer mehr Ähnlichkeiten mit einer ganz bestimmten Person annahm, umso mehr bestätigte sich Conrads innere Vermutung, dass sie ... es auch sein könnte.

Miria!

Sein Herz schlug heftig. War sie es oder war sie es nicht? War es eine Kundin gewesen? Oder? ... Sie war es.

Um Gottes Willen, sie war es wirklich. Sie! Miria. Seine Liebste. Seine ... Ganze neun Meter von der Unglücksstelle entfernt, lag sie da. Ihre Körperhaltung hatte nicht einen annähernd normalen Anblick zu bieten. Ihr Bein war verbogen. Es zeigte in die falsche Richtung. Ihr Gesicht war durch einen großen Riss am Haaransatz nunmehr von Unmengen von rotem Make-up bedeckt.

Die Augen besaßen kein bisschen mehr von jenem bekannten Leuchten, das von einem Menschen ausging, in dem der

Kreislauf des Lebens pulsierte. Ihre Augen waren starr und stumm. Genauso wie der Wagen, dessen Motor nicht mehr lief. Auch er, der Wagen, besaß etwas von beraubter Energie, von Unbeweglichkeit, von stummer Starrheit, etwas rein Endgültiges, etwas ... von Tod.

Regungslos lag sie da. Viel zu viele Schürfwunden bedeckten ihren fraulichen Körper. Die Farbe Rot dominierte.

Das sah jeder. Rot, überall sah Conrad Rot. Es war die Farbe des Lebens, die da hervorquoll und zwischen den Pflastersteinen versiegte. Es war die Farbe, die entsetzlichen Schrecken verursachte, wenn sie in dieser Art zum Vorschein kam ... aber ... aber es war auch die der Liebe. Rot war auch die Farbe der Liebe.

Jetzt jedoch, just in diesem Augenblick, war es die Farbe des Schreckens; des Sieges der Dunkelheit über das Licht.

Absurde, irgendwie surreale Empfindungen gewannen in Conrads Brust die Oberhand. Sie ließen ihn zweifeln, ob das hier wirklich der Realität entsprach.

Nur zu deutlich war sein fortwährendes Nachdenken über diese Situation nunmehr auch aus seinem Gesichtsausdruck abzulesen. Er lief nicht mehr, er rannte jetzt.

Blitzartig, mit einem Mal, wurde er unerwartet aus seinem Zeitlupensprint entlassen. Wie von einer Dimension in eine andere gesprungen beziehungsweise übergetreten und eine dünne unsichtbare Wand durchquerend, war er kurz vor Miria herauskatapultiert worden und zum Stehen gekommen.

Conrads Wahrnehmung schien wieder normal zu funktionieren. Alles um ihn herum ließ ihn wieder jede seiner Bewegungen, jeden einzelnen Atemzug, einfach alles in einem normalen Zustand erleben. So näherte er sich, für den Augenblick des Übergangs in der Empfindung von einer Wirklichkeit zur anderen, leicht irritiert, nur sehr zögerlich dem leblosen Körper, der direkt vor ihm in Sichtweite lag. Fassungslos lief Conrad ein, zwei, ... drei Meter auf ihn zu. Jetzt wiederum ging ihm alles viel zu schnell. Die normale Raum-Zeit-Wahrnehmung fühlte sich an wie der schlimmste Horrortrip eines Drogenjunkies, der sich gerade auf Entzug befand. Zu viel, viel zu viel des Schreckens bohrte sich in sein Bewusstsein. Seine Augen fokussierten Mirias Gesicht.

Regelrecht erstarrt waren seine Augäpfel und konnten sich nicht so ohne Weiteres von jenem grausamen Anblick lösen. Ein klitzekleines Quäntchen Hoffnung keimte trotzdem noch in seiner Brust. Denn es wird ja immer gesagt: Sieht schlimmer aus als es ist.

Als er sich zu ihr niederknien wollte, brüllte jemand die Leute beiseite, die sich schon zu einem fast undurchdringbaren Ring um das Geschehen versammelt hatten. „Ich bin Arzt, ich bin Arzt! Lassen Sie mich durch!", rief ein Stimme. Fast zeitgleich beugte sich Conrad mit dem herangeeilten Arzt über ...?

Ja, über wen denn nun? Oder sollte er fragen, über was? Etwa über Miria oder schon über eine Leiche?

Wen oder was sah er denn jetzt vor sich liegen? War Miria schon eine Hülle, ein Ding, ein ... ein toter Körper?

Ein Körper, der Mirias lieblicher Seele seit ihrer Geburt eine Behausung geschenkt hatte, die nun aber schon seit einigen Minuten aus ihm entwichen war? Fortgeflogen. Weit weg, in andere Sphären.

„Oh Gott! Oh mein Gott!", lamentierte der gut gekleidete Mann, der sich als Arzt ausgab, aber überhaupt nicht danach aussah. Gerade als er den Satz „So eine Sch ...!" sagen woll-

200

te, bemerkte er den neben sich knienden Mann. Der Arzt wusste nicht, ob er ein Angehöriger war oder nur jemand wie er, der helfen wollte. Deshalb hielt er sich mit seinen Äußerungen zurück.

Währenddessen starrte Conrad immer noch wie hypnotisiert in das noch frische, hübsche, aber versteinerte Gesicht von Miria.

„Kennen Sie diese Frau?", fragte der Arzt. „Sind Sie ihr Mann? Ihr Freund? Ist es Ihre ... sind Sie ein Angehöriger?"

Conrad blieb die Antwort im Halse stecken. Er schluckte und meinte dann, nicht einmal ahnend, was er überhaupt von sich gab: „Ich? Ja, ich ... ich, ähm, ... ich bin nichts."

Noch ehe er etwas Anderes hätte sagen konnte, schob ihn der Arzt zurück in die Menge, wie ein alter Bauer, der seine willige Kuh zu ihrem Futtertrog führte.

„Nichts mehr, ich bin nichts mehr ...", waren die einzigen Worte, die Conrad durch seine schmalen Lippen immer wieder murmelte und dabei unablässig auf Miria starrte.

„Wenn Sie ,NIEMAND' sind, dann gehen Sie bitte. Sie haben hier nichts mehr verloren. Würde es Ihnen vielleicht gefallen, wenn Sie so angegafft werden würden, wenn Sie so tot wären wie diese Person hier?", fragte der Arzt.

„Tot!? Was? Sie ist ... was? Aber das ist doch ...", Conrad erhob nur kurz seine Hand und zeigte mit dem Finger in Richtung Miria, der tödlich verunglückten Miria.

„Nun gehen Sie schon", forderte der Arzt Conrad erneut, aber behutsam auf.

Eine ältere Frau mit einem altmodischen Kopftuch ergriff für Conrad Partei und mischte sich in den Wortwechsel ein. In beiden Händen trug sie zwei randvolle Einkaufstüten.

„Mensch! Sehen Sie denn nicht, dass der junge Mann unter Schock steht?"

„Das mag sein", entgegnete ihr der Arzt, „doch das hilft der jungen Frau auch nicht mehr, das behindert nur ..."

„Hilft denn überhaupt noch etwas?", rief fragend einer der Passanten.

„Nein. Sieht aus wie ein Genickbruch", warf ein anderer der Gaffer in die Mitte der Menschenansammlung.

„Stimmt doch, Herr Doktor, oder irre ich mich da?"

„Gehen Sie, gehen Sie!" Der Arzt scheuchte die Leute auseinander und versuchte, das Unfallgeschehen zu koordinieren.

„Hat denn niemand hier ein Laken oder eine Decke, irgendetwas zum Zudecken? Hey, Sie da! Besorgen Sie bitte etwas davon. Und Sie. Treten Sie bitte zurück. Nun machen Sie schon!"

„Ja, ja. Geht schon los." Einige der Passanten murrten etwas herum, machten dann aber bereitwillig Platz.

„Ich habe eine Decke im Kofferraum", meldete sich der Fahrer des Todeswagens zu Wort, der ausgestiegen und ebenfalls mitten im Geschehen stand. Er machte jedoch keine Anstalten, diese zu holen. Er stand wie angewurzelt da und blickte ebenfalls unter Schock stehend auf das vor ihm liegende Unfallopfer.

„Na, dann holen Sie sie", befahl der Arzt und wurde fast wütend über die Gaffer. „Mensch! Machen Sie die Straße frei für den Notarzt. Nun hauen Sie schon ab!"

Eine riesige Traube aus Anwohnern, Einkaufsfanatikern, Touristen und anderen Leuten, die nun zu Gaffern wurden, hatte sich rund um den Unfallort gebildet.

Der Arzt als Einzelner konnte ihnen allen zusammen nichts Wirksames entgegensetzen. Ein Gaffer nach dem anderen kam hinzu oder ging wieder weiter. Die neuen Zuschauer mussten erst wieder von ihrer Unsitte überzeugt werden. Doch die meisten von ihnen blieben stehen. Rückte die eine Seite zurück, weil der sich aufopfernde Arzt eines seiner grimmigsten Gesichter aufsetzte, so drang die andere Seite wieder einen Schritt in Richtung des Opfers nach vorn. Es war die pure Realität, die sich hier den Leuten bot und die sie fasziniert fesselte.

Echtes Blut und echte Leichen. Auch wenn es in diesem Fall nur ein einziger Leichnam war, so zog die Menschen das Glück oder Unglück anderer nun einmal magisch an.

Hier war es das Unglück und selbst befand man sich Gott sei Dank auf der sicheren Seite. Diese krankhafte Sucht nach dem Extremen war und ist kein Einzelfall, auch hier nicht. Schließlich zeigte sich in diesem Unfall das wahre Leben. Hier konnte man es erblicken, wenn man nahe genug heran kam. Hier konnte das Leben in seiner härtesten Erscheinung wahrgenommen werden: dem Tod.

Außerdem war man noch live dabei. Man spielte zwar keine Hauptrolle, aber zumindest eine kleine Statistenrolle. Schaffte man es, sich in den Vordergrund zu drängen, dann hatte man vielleicht Glück und ergatterte zu guter Letzt eine der vielen unterschiedlichen Nebenrollen dieser Szenerie.

Keiner der anwesenden Leute schien zutiefst schockiert und daran interessiert zu sein, dass alles reibungslos vonstattenging. Keiner wollte gehen und wenn doch, dann machten sie nur unfreiwillig Platz. Nur der Hinweis: „Ich kann Sie alle dafür haftbar machen! Das ist Behinderung in einem Notfall", verschaffte dem Arzt den nötigen Respekt. Damit konnte er einige Passanten dazu bewegen, weiterzugehen oder endlich so weit zurückzutreten, wie er es für nötig hielt.

Ein anderer, einer der Unbeugsamen, meinte zynisch und offenkundig unberührt kaltherzig: „Behinderung? Für wen denn? Die ist doch tot."

Das war Conrad zu viel. Aus seinem Schockzustand leicht erwacht, drehte er sich abrupt um und brüllte von der vordersten Front der Gaffer nach hinten:

„Mach, dass du vom Acker kommst!!! Das da ist meine Freundin. War ... meine Freundin. Ich möchte mal dich sehen, wie es dir ergeht, wenn die Person, die dir am nächsten steht, von so einem wie dir angegafft wird." Er drohte ihm sichtlich mit der Faust. „Und deine dämlichen Kommentare kannst du stecken lassen. Hau ab, sonst vergesse ich mich!"

Über alle Maßen erschrocken, zuckte der Dummschätzer zusammen, drehte sich mit einem verzogenen Gesichtsausdruck um hundertachtzig Grad und verschwand in Windeseile durch die letzten Reihen des Tumults. Conrad jedoch blieb wie angewurzelt, wie in Trance stehen. Er hatte außerdem das Wort Freundin benutzt. War sie denn schon seine Freundin gewesen? Conrad wusste es nicht. Er wusste nur, dass da jemand von ihm gegangen war, den er liebte.

„Ach", wunderte sich der Arzt. „Sie sind ihr Freund?", fragte er vorsichtig, „ähm ... hätten Sie mir das gleich gesagt, dann ..." Der Mediziner hätte sich bestimmt sofort bei Conrad entschuldigt und sein Beileid ausgedrückt, doch dies war nicht der richtige Zeitpunkt für beschwichtigende Worte, das wussten beide.

Traumwelten

Conrad war wieder allein. Allein mit seinen Gedanken, mit seiner Trauer. Er hielt mit dem Spülen des Geschirrs inne. Der Teller in seinen Händen glitt wieder zurück in die mit anderen Tellern und Abwaschwasser gefüllte Spüle. Den Lappen in der rechten Hand haltend stützte er nun beide Arme auf der Kante der Spüle ab und krümmte sich. Das Ergebnis war ein hässlicher Buckel. Dabei ließ er den Kopf lustlos und entmutigt über dem Abwaschwasser hängen. Pustete all seine in den Lungen befindliche Luft aus sich heraus und atmete ruckhaft wieder ein. Das machte er drei Mal und dachte anschließend angestrengt nach. Da waren doch Bilder? Irgendwelche Bilder? Bekannte Bilder? Nur passten sie einfach nicht in den Verlauf seines Bewusstseins. Nicht in den Verlauf, den der Tag letztendlich genommen hatte. Irgendwie seltsam, befand Conrad. Da war doch was? Da war ... Miria.

Erneut fing er an zu heulen.

Ja, da war sie. Miria, das Unfallgesicht. Und da, da war sie auch wieder. Auf der einen Seite das freundliche und lachende, auf der anderen Seite das entstellte und leblose Gesicht. Jene Gesichter und die wenigen Erinnerungen, die er von ihr hatte, ja, das war alles, was Conrad übrig geblieben war. Von ihr, von Miria.

Conrad ergab sich seinem Kummer. Er heulte wie ein kleines Kind. Er schluchzte unkontrolliert und ohne Hemmungen. Das Gesicht war grimassenhaft verzerrt.

Die Arten zu weinen wechselten sich ständig ab, er heulte wie ein Mann, er heulte wie eine Frau. Zuerst still und leise, die Tränen liefen ihm über die Wangen, das Gesicht unberührt durch jegliche Verzerrung der Gesichtsmuskulatur, dann wieder leicht quäkend und volltönend schluchzend, ähnlich wie bei einer Frau. Zu guter Letzt heulte er wieder wie ein Mann; tief atmend und erhaben im Tränenfluss. Er ergoss seine salzigen Tränen über der Spüle und versuchte, den tiefen Schmerz des Verlustes und das klaffende Loch in seinem Herzen, welches Miria bei ihm zurückließ, durch den Verlust von Tränenwasser zu lindern. Dies gelang ihm nur minimal.

Mit dem rechten Handrücken wischte er sich die Nässe von den Wangen und dabei spürte er gleichzeitig den pitschnassen Waschlappen, den er immer noch in seiner Hand hielt, im Gesicht. Etwas ineffektiv, die Wischerei auf seinen Wangen. Sie blieben trotzdem feucht. Ein Mix aus Spülmittel, Abwaschwasser und Tränensekret.

„Warum? Warum nur?" Immer und immer wieder stellte er sich dieselbe Frage. Gelegentlich murmelte er sie auch vor sich hin. Jetzt bekam diese Frage eine noch viel größere Bedeutung als damals. Als er im Auftrag einer modernen Zeitschrift einen Aufsatz über diese Warum-Warum-Frage verfassen sollte. Ganze fünf Seiten wurden als Essay gedruckt. Vorher jedoch zerbrach er sich endlos lange Zeit den Kopf und fand ewig keinen Anfang. Er wäre beinahe in Verzug geraten und im Nachhinein gab es einen Heidenstress mit dem verantwortlichen Chefredakteur. Schuld daran war ein Urheberrechtsstreit um das Pressefoto von einem jugendlichen Skateboarder, der mitsamt seinem Brett von einer riesigen Mauer sprang und auf dessen T-Shirt ganz groß „Tell me why?" zu lesen war.

Conrad hätte jetzt auch so ein T-Shirt nötig gehabt.

Lustlos tauchte er die Hände wieder in das Abwaschwasser und holte einen neuen Teller heraus. Da er keinen Schlaf finden konnte, hat er sich spät in der Nacht dazu durchgerungen, den verbliebenen Abwasch der letzten Tage und der letzten Nacht zu eliminieren.

Mit dieser äußerst spontanen Beschäftigung erhoffte er, seiner verletzten Seele ein wenig Ablenkung zu verschaffen.

Doch ein Abwasch als Ablenkung war ja nun wirklich kein Heilmittel für eine solch erfahrene Tragödie des Todes und des Verlustes eines geliebten Menschen. Der absolute Untergang einer aufkeimenden Liebe konnte dadurch nicht verleugnet werden. Bestenfalls die Zeit konnte Wunden heilen und nicht mal sie war darin ein Meister.

Mitsamt dem Teller richtete Conrad sich wieder auf, wischte erneut die Tränen aus seinem Gesicht und machte da weiter, wo er aufgehört hatte. Er produzierte wieder sauberes Geschirr. Aber anstatt wirklich anzufangen, starrte er apathisch auf das Abwaschwasser und der Teller glitt ihm erneut aus der Hand. Nachdem der Teller Grund und Boden gefunden hatte, ragte er wie eine einsame Insel im Abwaschwassermeer aus der Wasseroberfläche heraus. Ein nunmehr einsames, geschirrterranes Auffanglager für Ameisen, wenn sich denn solche in die Falle mit dreckigem, marmeladebeschmiertem Geschirr und nachfolgender Sintflut in der Spüle verirrt hätten. Eine Insel für den letzten Halt.

Leer. Ja, völlig leer fühlte sich Conrad. Lustlos und kraftlos war er. Die Stille, die ihn umgab, schien nicht real zu sein. Nicht für ihn. Denn sie besaß plötzlich einen unbekannten und seltsamen Säuselton.

Conrad vernahm diesen erst, als es für einige Sekunden völlig still war. Lautlos. Kein Geschirr klapperte, kein Wasser plätscherte und kein Conrad heulte. Erst dann begann die Stille ein unheimliches und erdrückendes Säuseln freizugeben, das nach einer Weile auch verbale Phrasen, Wortgruppen und Sätze zu erkennen gab. Komischerweise schienen sie auch noch einen Sinn zu ergeben, wenn man genau hinhörte. Einen Sinn für den, der in ihren Bann geriet und sie vernahm. Es waren keine wahllosen Aneinanderreihungen. Nein. Conrad verstand haargenau, was das Säuseln ihm erzählen wollte, doch er ignorierte es. Die ganze Sache kam ihm mysteriös und unheimlich vor. Er fühlte sich regelrecht bedroht von dieser unsichtbaren säuselnden Stimme.

Kopfschüttelnd erklärte er sich selbst für völlig verrückt, versuchte, sich von der Stimme zu lösen, und widmete sich wieder dem verbliebenen Abwasch in der Spüle, der bis dahin nur zur Hälfte erledigt war.

Er tauchte die Hände wieder ins Wasser und ergriff den Teller, der das einzige Eiland im riesigen Abwaschwassermeer bildete, und just in diesem Moment wurde das Säuseln lauter. Jetzt war es auch bei normaler Geräuschkulisse, beim Klappern des Geschirrs, zu hören.

Conrad stutzte, die Hände im Wasser lassend verharrte er blitzartig starr in seiner Bewegung, die er gerade ausführen wollte. Irritiert horchte er auf. Mit einem Mal und bei erneuter Einkehr völliger Stille im Raum verstummte das Säuseln.

„Komisch!", gab er von sich und fragte in den Raum hinein: „Was soll das?" Eine kurze Weile verstrich.

Conrad verharrte weiterhin in seiner Stellung, die Hände immer noch unter der Wasseroberfläche befindlich, und es blieb ruhig. Den Blick auf das Abwaschwasser gerichtet, wurde es ihm auf einmal schummrig. „Was ist mit mir?", fragte er panisch. Denn was er erlebte und sah, ließ ihm den

Atem stocken. Seine Hände begannen, sich im Wasser aufzulösen. Ähnlich wie Wasserfarben auf einem bemalten Blatt Papier, welches von einem ständigen Strahl lauwarmen Wassers getroffen wurde. Genauso verschwammen die Umrisse seiner Hände unter der Wasseroberfläche. Ohne irgendeinen Selbsterhaltungstrieb, die Hände herauszuziehen und zu retten, schaute er gebannt dem Auflösungsprozess zu. Sie lösten sich einfach auf. Unausweichlich. Ebenso folgte seinen Händen das ganze Bild der Spüle. Alles verschwand. Die Teller, das Abwaschwasser, das Besteck, der Waschlappen, der Geschirrreiniger auf der Ablage. Alles. Conrads Geist konnte oder wollte nicht darauf reagieren. Er war dem Geschehen ganz und gar ausgeliefert und wartete nur noch ab, was als Nächstes passieren würde.

Wie die langsam einsetzende Verzerrung einer im Film selten benutzten Blende, um den Übergang effektvoll zu unterstützen, wurde Conrad die Sicht genommen.

Sein Bewusstsein endete im Nichts.

Während des ganzen Szenarios, dem Auflösen seiner Hände im Spülbecken, bemerkte er einen sehr unangenehmen Nebeneffekt. Das Abwaschwasser wurde zunehmend heißer, so dass es fast schon am Kochen, am Verdampfen war. Eine Menge Dunst entstand und das Wasser hätte womöglich seine restliche Haut verbrannt, wenn ... ja, wenn Conrad nicht aufgewacht wäre.

Ja, er erwachte. Er glitt zurück in die Realität, bevor ihn das mächtige Nichts und die entstandene Dunkelheit in seinem Bewusstsein, welche dem Grotesken gefolgt wären, ganz und gar erfasst hätten. Abrupt kehrte er den abstrusen Bilderfolgen endgültig den Rücken, bevor er das definitive Ergebnis seiner Hände und seiner Erlebnisse zu Tode betrübt hätte betrachten können ... ja, Conrad wachte tatsächlich auf!

13. Kapitel

Willkommen in der Wirklichkeit

Schweißgebadet und kerzengerade lag Conrads Körper steif wie ein Brett im Bett. Der Morgen dämmerte schon. Hauchdünne Lichtstrahlen spähten durch die Ritzen der Jalousie und erhellten das Schlafzimmer.

Viele winzige tanzende Staubteilchen wurden dadurch sichtbar. Langsam öffnete Conrad, der auf dem Rücken lag, die Augen und lugte irritiert zur Zimmerdecke, die sich nach und nach zu erkennen gab.

„Wo bin ich jetzt", fragte er sich und war aufs Höchste verwirrt. Er überlegte angestrengt und wartete auf seine Erinnerungen. „Wo denn nun? Zu Hause? Ja. Im Bett? Ja. Träume ich oder wache ich? Ich bin wach. Das nehme ich mal an. Ja. Wach. Ich bin wach."

Im Besitz dieser Erkenntnis begann Conrad, vorsichtig seine vor Angst steif gewordenen und unmerklich fühlenden Glieder zu bewegen. Erst ganz zaghaft, dann etwas stärker. Das tat er solange, bis er die völlige Kontrolle über seinen vom Albtraum verängstigten Körper zurückerlangte. Dann richtete er sich auf, grabschte an sein Schlaf-T-Shirt und empfand es als zu nass. Die Tür zur Wohnstube stand sperrangelweit offen, so dass sein Blick direkt hineingelangte. Der Tisch, die Kerzen, das Geschirr, einfach alles okkupierte noch den alten Platz des gestrigen Abends. Alles stand noch genauso da, wie es verlassen wurde. Das Letzte, was er getan hatte, war das Zuschließen der Wohnungstür und das Verabschieden von Alexandra, um anschließend mit einem miesen Gefühl unter der Bettdecke zu verschwinden.

Kein Traum mehr! Er war wirklich wach. Nach und nach nahm das Befinden seiner Person wieder altgewohnte Normalität an. Einige seiner Gedankengänge hatten sich nun vollkommen wieder gesammelt und resümierten noch einmal die Vergangenheit.

„Erstens: Ich bin wach. Also, kein Traum. Zweitens: Es ist morgens und das Geschirr, die romantische Aufmachung, einfach alles steht noch immer da, wie es zurückgelassen wurde, wie ... ach ja ... wie nach dem Riesenspektakel, welches sich in meinem Korridor und an meiner Wohnungstür abgespielt hatte. Drittens: Diese surreale Geschichte, die im Gedächtnis meines Gehirns abgespeichert ist, scheint ein Traum gewesen zu sein. Folglich: Miria ist nicht tot! ... Nicht tot? ... Dann lebt sie. ... Sie lebt! Gott sei Dank, sie lebt. Was bedeutet: Ihr geht es gut. Na ja, sagen wir den Umständen entsprechend. Und mir? Mir muss es demzufolge auch gut gehen. Wenn auch nur vorläufig. Zumindest nur so lange, bis ich ihr wieder vor die Augen trete. Bevor ich wieder in diese blicken darf, um diese widerliche Geschichte aus der Welt zu schaffen und ins rechte Licht der Wahrheit zu rücken. Hmm. ... ITA EST."

Er tätschelte sich den Kopf, massierte sich selbst den Nacken und bevor er sich vom Bett erhob, fluchte er gen Decke: „Schöne Scheiße aber auch. Da hast du ja noch viel vor heute."

Sein morgendlicher Gang sah schwerfällig aus. Er sah nicht nur so aus: Er war es auch. Als hätte Conrad persönlich den Angriff der Alliierten auf die Strände der Normandie geführt, als wären Tausende von Granaten neben ihm explodiert, gerade so als hätte nur er das ganze Gepäck einer stürmenden Kompanie tragen müssen. Zusätzlich noch dem ständi-

gen nervenaufreibenden Stress ausgesetzt, dem Todes-
angststress eines kampfwütigen Soldaten. Geplagt von der
Monotonie des Aufstehens, des Laufens und des Hinlegens.
Aufstehen! Die nächsten paar Meter laufen. Laufen, laufen.
Und schließlich wieder hinlegen und ducken. Genauso fühlte
sich Conrad und watschelte dementsprechend in Richtung
Bad, um seinen morgendlichen Verpflichtungen der Hygiene
nachzugehen.
Was für ein Tag? Er begann ja wirklich perfekt.

Nächtliche Ereignisse

„Ein langweiliger Abend war das", sinnierte Conrad. Auch
wenn er mehr als sonst von seinem neuen Kriminalroman
auf das digitale Papier gebracht hatte, war dieser nicht gerade ereignisreich und für das Gemüt belebend gewesen.
Nicht so, wie es zum Beispiel bei einer Party der Fall gewesen wäre. Zwar produktiv und voller Phantasie, wer wohl
wen und wie um die Ecke bringt, aber dennoch eintönig und
einsam. Eine Recherche folgte der nächsten, damit der Leser
des Kriminalromans auch ohne Bedenken glauben konnte,
wovon der Hauptkommissar da faselte. Zwischendurch verlor sich Conrad viele Male in Gedanken an Miria und es
entstanden einige längere Pausen. Anstatt weiterzuarbei-
ten, gönnte er sich dann lieber eine Tasse Tee oder eine
kleine Leckerei für seinen Magen, den er den ganzen Tag
über etwas vernachlässigt hatte.
Wenn Conrad sich erst einmal von seinem Arbeitsplatz erhoben hatte und durch die Wohnung wanderte, passierte es
nicht selten, dass er glaubte, er müsse jetzt unbedingt die
Blumen gießen, Staubwischen oder andere Dinge tun. Put-

zen, organisieren, sortieren und vieles mehr. Sogar komplette Schränke aufzuräumen, kam ihm in den Sinn. Er war wirklich nicht allzu weit davon entfernt, den gesamten Inhalt eines seiner Mobiliarutensilien aus der Chaosform wieder in den sortierten Normalzustand zu befördern. Doch er verwarf dieses Vorhaben wieder, vorläufig. Es blieb bei einem kurzen Gedanken daran. Er sortierte die Dinge im Kopf nach Priorität und besann sich erneuter Motivation.

Denn all die anderen Dinge hielten ihn von seiner eigentlichen Arbeit ab, nämlich ernstlich seinen Kriminalroman zu beenden. Die Zeit, eher der Verleger, hing ihm wieder einmal förmlich im Nacken. Gerade jetzt hätte er liebend gern den Staubwedel mit der Tastatur getauscht und etwas Sauberkeit in die Wohnung gebracht, vor allem in den Ecken, wo es sich schon wieder erste Staubteilchen gemütlich machten und er in mehreren Tagen ganze Armeen dieser Spezies dort erwarten konnte.

Immer dann, wenn er unter Zeitdruck etwas Wichtiges zu erledigen oder zu beenden hatte, fielen Conrad all diese Dinge ein, die noch unerledigt waren, die ansonsten ständig unendlich weit auf die lange Bank geschoben werden.

Ja, sogar an Sport dachte Conrad und hatte am frühen Abend regelrecht Lust auf eine kleine Joggingrunde gehabt. Wenn er auch sonst immer in Sachen Sport ganz muffelig war und davon nichts wissen wollte, wenn es darum ging, die Muskelstränge Säure fressen zu lassen, so war er an jenem Abend kurz davor gewesen, sich etwas Bequemes anzuziehen und das volle Fitnessprogramm zu durchlaufen. Beim Joggen angefangen bis hin zum übereifrigen Liegestütz und Klimmziehen an den Wäschestangen auf der Wiese hinter den Häusern. Muskelkater natürlich inbegriffen. Ja, er war überzeugt, dass sein Körper wieder etwas gestählt werden sollte. Von der ewigen Schreiberei konnte er ja nur einen schlaffen Körper bekommen, statt einem, der wenigstens in groben Zügen dem Adonis glich. Aber fast schneller, als er den Gedanken aufgriff und in der Lage war, es wahr werden zu lassen, verwarf er diese Idee genauso schnell wieder wie den gewollten Wohnungsputz.

An einem der Schränke hatte sich Conrad aber dennoch versucht und schaffte es, sich für gewisse Zeit vom Stoff der Kriminalgeschichte und dem Stoff der Geschichte, der etwas mit der Beziehung zwischen Mann und Frau zu tun hat, zwischen Miria und ihm, ein wenig zu lösen. Seine Euphorie hielt sich aber in Grenzen.

Gerade mal eine halbe Stunde hielt der Versuch an, in einen der Schränke Ordnung zu bringen. Als ihn die Lust verließ, wurde all das, was dann noch unordentlich herumlag, auf das nunmehr Geordnete draufgepackt.

Mit einem immerhin halbaufgeräumten Schrank flog die Tür zu. Anschließend bekamen die Blumen noch ihr lang ersehntes Wasser und auch der Magen Conrads gelangte zu einer erträglichen Befriedigung. So oder ähnlich vollzog sich der ganze Abend; bis kurz vor 1 Uhr.

Der Schriftsteller Conrad Wipp hatte nun schon fast vier geschlagene Stunden durchweg an seinem Text gearbeitet, ohne auch nur einmal über eine Pause nachgedacht zu haben, als plötzlich und völlig unerwartet das Telefon klingelte. Erschrocken fuhr Conrad zusammen und das nicht ohne Grund. Er schrieb gerade an einer kniffligen und überaus Furcht einflößenden Szene, die ihn nicht nur in seiner Phantasie, sondern auch in der Realität einen kalten Schauer über den Rücken wandern ließ. Deshalb hörte sich das zu diesem Zeitpunkt klingelnde Telefon auf dem Wohnzimmertisch äußerst bedrohlich an. Gerade hatte der Serienmörder in seinem Kriminalroman wieder mit außerordentlicher Brutalität zugeschlagen und ein junges unschuldiges Pärchen musste daran glauben. Bestialisch quälte der Mörder beide Opfer, Mann und Frau, bevor er sie auf seine kranke Art und Weise umbrachte und sie dann ... weiter wollte oder konnte Conrad jetzt nicht denken, obgleich sich schon die nächsten Bilder seines Romanmörders in seinem Gehirn zusammenfügten.

Die Vorstellung, dass ein solch gefährlicher und unberechenbarer Charakter hier in seiner Heimatstadt sein Unwesen treiben würde, ließ auch ihn nicht ganz kalt. Nicht um diese Uhrzeit. Nicht um 1 Uhr nachts. Nicht allein vor dem eigenen PC, vor dem er als Schöpfer der gruseligen Szene mitten drin im Geschehen seines Romans verweilte. Er wusste, durch diverse Medienberichte und Zeitungen, zusätzlich auch durch die Recherche im Internet, dass es genügend kranke Typen in der Wirklichkeit da draußen gab, die jederzeit ihr bösartiges Potential freilegen und zur Anwendung bringen konnten. Es gab sie. Es gab jene, die sich in nichts von seiner Phantasiegestalt unterschieden. Die Welt war nun mal mit genügend Menschen vollgestopft. Milliarden von Menschen. So dass sich dieser oder jener ausgedachte Charakter jederzeit in eine sehr ernstzunehmende und reale Bedrohung auf Erden verwandeln konnte. Seelische Höhen und Tiefen, die oftmals Auslöser einer kranken und unvermuteten Handlung waren, gab es zur Genüge. Ebenso äußere Einflüsse auf den Einzelnen, den Schwachen, der nicht stark genug war, all diese Dinge vernünftig zu kompensieren. Das ständige Bombardement von Problemen, Reizen und Niederschlägen brachte so manchen in seinen Idealen zu Fall und dies veränderte unweigerlich die eigene Seele, oftmals zum Negativen. Die Transformation von Gut in Böse, vom unschuldigen Kind zum abgedrehten und verdorbenen Erwachsenen oder ausgeflippten Jugendlichen war nicht mehr aufzuhalten. Derjenige, der sich nicht helfen lassen wollte, schritt unweigerlich in eine Sackgasse. Von niemandem anderen konnte er dann noch Heilung erfahren als durch sich selbst. Schon gar nicht von Conrad, der mit seinen eigenen spezifischen Problemen zu kämpfen hatte.

Somit war seine Angst vor dem unbekannten Psychopathen, da draußen auf der Straße, durchaus berechtigt. Zumal das Fernsehen von den grausamsten und kuriosesten Fällen und Tragödien tagtäglich Bericht erstattete. Dies war nun wirklich keine Fiktion, nein, sondern pure Realität.

„Ja bitte?" Conrad hielt das schnurlose Telefon an sein Ohr und lief vom Wohnzimmer in den Korridor. Dort lief er auf und ab.

„Conrad? Conrad bist du es?" Eine ängstlich zittrige Frauenstimme meldete sich am anderen Ende der Leitung.

„Ja? Ich bin es."

„Und ich bin es auch, Alexandra!"

„Alex? Du? Was ist los? Warum rufst du so spät noch an?" Conrad war leicht irritiert und machte sich Sorgen. „Es wird doch wohl nichts passiert sein?"

Sie zögerte, ehe sie antwortete: „Nein. Ich ... Ja, ... nicht wirklich. Also ich ... beziehungsweise wir, wir brauchen deine Hilfe. Dringend! Hier geht etwas Merkwürdiges vor sich. Ehrlich! Hier ..." Das hörte sich nicht gerade wie Friede, Freude, Eierkuchen an.

„Wie? ...Was? Wo bist du denn?", wollte er wissen.

„Bei meiner Freundin, Isabel Brunn, am Heinrichsgarten. Herderstraße 41. Komm doch bitte schnell vorbei! Wir ..." Conrad fiel ihr erneut ins Wort.

„... Wart erst mal! Hole tief Luft und dann erzählst du langsam, was eigentlich los ist? Du klingst ja wie ... wie völlig durch den Wind."

Que pasa?

„Also, noch mal von vorn." Ihre Stimme beruhigte sich etwas und sie begann durchs Telefon zu erzählen.

„Ich wollte endlich mal wieder einen gemütlichen Abend bei meiner Freundin Isabel verbringen. So zum Tratschen, verstehst du?"

„Hmm, ja, klar."

„Doch seit einer Stunde werden wir, oder vielleicht auch nur Isabel, belästigt. Aber aufs Schlimmste, sage ich dir. Es ist richtig unheimlich."

„Von wem?", hakte Conrad nach.

„Das wissen wir nicht. Irgendein Typ oder vielleicht sind es auch zwei?"

„Also, ich glaube, es ist nur einer", meldete sich eine andere Stimme aus dem Hintergrund zu Wort. Sie klang etwas gedämpfter. Es war die Stimme von Isabel, die direkt neben Alexandra am Telefon stand und mithörte.

„Wir haben furchtbare Angst, Conrad", gab Alexandra beängstigt zu und es hörte sich so an, als befände sie sich kurz vor einem hysterischen Anfall. Die Ruhe vor dem Sturm. „Du musst unbedingt vorbeikommen! Da ist bestimmt so ein Irrer unterwegs. Der klingelt hier ständig. Immer und immer wieder. Schon seit einer geschlagenen Stunde und wir wissen nicht, ob er unten vor der Haustür oder schon im Treppenhaus steht. Wir wissen auch nicht, ob er sich in einer der leer stehenden Wohnungen versteckt, die hier momentan saniert werden."

„Ja genau", ertönte es wieder aus dem Hintergrund, „die Türen zu den Wohnungen sind Tag und Nacht offen."

„Conrad, wir vermuten sogar, dass er vor wenigen Minuten vor unserer Wohnungstür gestanden hat", flüsterte Alexandra in den Hörer.

„Habt ihr mal durch die Tür geschaut?"

„Hä? Durch was?"

„Durch so ein Okular? Mensch, wie heißt das noch mal richtig? Ich meine, wo ihr sehen könnt, wer draußen steht."

„Isabel hat kein Okular in der Tür."

„Ah, Türspion meine ich."

„Nein, sie hat keinen."

„Schlecht."

„Aber die Wohnungstür schließt nicht komplett mit dem Boden ab. Ein ganz minimaler Schlitz wirft seichtes Licht aus dem Treppenhaus in den Korridor, wenn er dunkel ist. Und da haben wir, glauben wir zumindest, eine Person stehen sehen", erklärte Alexandra sehr überzeugend.

„Zwei Schatten, zwei Beine!", meldete sich im Normalton auch Isabel zu Wort, indem sie sich vorbeugte und direkt in den Hörer sprach.

„Wie viele Wohnungen sind denn leerstehend?", erkundigte sich Conrad und bekam selbst ein ungutes Gefühl. Alexandras Beschreibung der Situation klang nicht gerade berauschend. Etwas infiziert von der Hysterie der beiden Frauen blickte Conrad sich in seinen eigenen vier Wänden um. Nur so, auf Nummer sicher gehend, was natürlich Schwachsinn war, aber einem natürlichen Reflex entsprach. Zumindest bei ihm.

„Eigentlich fast alle Wohnungen. Es sind nur drei bewohnt. In einer, glaube ich, wohnt eine alte Frau. In der anderen Wohnung befindet sich eine 2er-WG. Stimmt's?" Alexandra holte sich die Bestätigung bei Isabel und Conrad vernahm durch den Hörer: „Ja, sind zwei junge Weibsen."

„Conrad, hörst du noch?", fragte Alexandra ängstlich.

„Ja. Ich bin noch dran", bestätigte er.

„Und in dieser hier, da wohnt Isabel. Die übrigen sieben Wohnungen sind alle leer, stehen aber, wie gesagt, offen."

Isabel erklärte weiterführend: „Die Bauarbeiter, die das Haus sanieren, arbeiten immer ziemlich lange und sind morgens beizeiten wieder da, so dass sie es wahrscheinlich nicht für nötig halten abzuschließen. Wer weiß, wer da alles Unterschlupf findet?"

„Habt ihr mal bei der alten Frau geklingelt?", schlug Conrad vor.

„Gott bewahre!" Bei der Vorstellung, dies tun zu müssen, erschrak Alexandra. „Wenn der Typ vor der Wohnung steht, da setze ich doch keinen Meter über die Schwelle. Womöglich zieht er uns eins drüber und ...? Außerdem wohnt sie zwei Etagen unter uns. Viel zu weit, um nur mal kurz so zu klingeln."

„Und die aus der WG?"

„Conrad!" Alexandra reagierte ziemlich heftig. „Wir machen keinen Schritt vor die Tür!" Das klang ziemlich eindeutig. Aber Conrad wollte sich nun mal, zu so später Stunde, wirklich nicht aus dem Haus locken lassen. In stiller Hoffnung fragte er deshalb: „Muss das unbedingt sein? Ihr seid doch zu zweit und außerdem steht eine Tür zwischen euch und dem ... na ja zwischen dem vermeintlichen ... Typen, ... ähm Täter, ... Irren. Wer auch immer? Vielleicht ist da auch gar keiner?"

„Und was ist, wenn dieser Irre bei uns einbricht, hast du daran schon mal gedacht? Der vergewaltigt uns womöglich noch? Und was ist, wenn das zwei sind, statt nur einer? Wir haben doch da gar keine Chance, wir sind Frauen."

„Also wisst ihr, wenn da wirklich zwei oder drei sind, dann kann ich euch genauso wenig helfen", wollte sich Conrad herausreden, „habt ihr nicht noch jemand Anderen, den ihr anrufen könnt?" Das war mies, das wusste er und ärgerte sich, dass er das gesagt hatte.

„Na, du bist mir vielleicht ein guter Freund! Bist sicher bei dir zu Hause und nur weil es ein paar mehr sein könnten und du es dir womöglich noch gemütlich gemacht hast, lässt du uns hier im Stich." Alexandra klang enttäuscht. „Forderst uns noch auf, jemand Anderen anzurufen, was bist du nur für ein Feigling?"

Conrad bekam ein mörderisch schlechtes Gewissen. Er hatte es wirklich nicht so gemeint. Aber gesagt ist gesagt.

„Nein. Ich meine: Ihr sollt noch jemand Anderen anrufen, damit wir zu zweit sind, die zu euch kommen können."

„Das ist ja auch so ein Problem. Zwei, drei haben wir schon angeklingelt. Die waren aber nicht da. Wahrscheinlich sind sie in den Club gefahren oder sonst irgendwo. Thomas fiel mir da noch spontan ein, den kennst du doch auch, ... doch der ist im Urlaub, das weiß ich. Und noch jemanden anzurufen, fände ich ... jetzt, wo wir endlich jemanden erreicht haben ..."

Mann oder Memme?

„Ist schon gut, ich komme. In einer viertel oder halben Stunde bin ich bei euch."

„Danke, Conrad. Danke! Vielen Dank. Ach, übrigens, wir haben schon mit der alten Dame im Haus telefoniert, Isabel hatte ihre Telefonnummer parat. Sie wirft dir den Hausschlüssel herunter, wenn du da bist. Isabels Wohnung ist nämlich nach hinten raus. Wir wüssten sonst nicht, wie wir dir sonst den Schlüssel zukommen lassen könnten."

„Die alte Dame, so so." Conrad passte das überhaupt nicht, doch zugesagt ist nun mal zugesagt.

„Ja, sie traut sich übrigens nach unserem Anruf auch nicht mehr aus der Wohnung. Sie ist nämlich ganz allein und ..." Conrad fiel ihr wieder ins Wort: „Na, das ist ja schön. Ihr habt einfach so mit mir gerechnet, es war wohl schon klar, dass ich vorbeikomme, was?"

„Nein, nein! Das war nur so eine vorübergehende Absprache mit ihr, wenn überhaupt irgendwer kommen würde. ... Wir dürfen nicht vergessen, ihr den Schlüssel anschließend wiederzugeben."

„Na, wer es glaubt? Habt ihr mal bei den WG-Tanten angerufen. Sozusagen mit vereinter Frauenpower ...", jetzt wurde er im Redefluss unterbrochen.

„Die Nummer wissen wir nicht", erklärte Alexandra.

„Hmm." Conrad überlegte, aber Alexandra ließ ihm nicht die Zeit, lange nachzudenken.

„Hör zu! Den Schlüssel brauchst du, so oder so, auch wenn die Haupttür unten offen ist. Denn im Inneren gibt es noch eine zusätzliche separate Sicherheitstür, da der Hauseingang weiter in den Hinterhof führt. Du musst links die Treppen hochgehen, dann kommst du nach ein paar Treppen genau zu dieser Zwischentür."

„Hinterhof?" Conrad stutzte.

„Jaaa. Ist nicht weiter der Rede wert. Der Hinterhof ist ziemlich dunkel, da brauchst du nicht erst nachkucken gehen. Komm gleich hoch zu uns. Obwohl ...", Alexandra überlegte, „... von da könnte ja auch, ... also die anderthalb Meterwand im Hinterhof kann eigentlich jeder sportliche Typ überklettern. Vielleicht ist ja der Typ darüber gekommen ..."

„Ist schon okay." Conrad wollte das gar nicht wissen.

„Wo muss ich klingeln?"

„Bei Bartosch. Das ist der Name der alten Dame", brüllte Isabel jetzt in den Hörer, da sie glaubte, äußerst laut sprechen zu müssen, weil sie ja nur daneben stand.

„Nun gut. Ich bin gleich bei euch. Dauert aber noch ein Weilchen. Muss mich erst noch anziehen."

„Ja, ja, Hauptsache, du kommst vorbei. Beeil dich und mach schnell! – Bitte, bitte!"

„Mach ich. Tschüss. Bis gleich." Er legte den Hörer auf und machte sich auf die Socken. Ganz wohl war ihm keinesfalls zu Mute. Im Gegenteil. Angst machte sich in seinen Adern breit und die zuvor prognostizierte Bedrohung schien plötzlich Realität zu werden. Die Angst äußerte sich in nicht gehen wollen. Einfach zu Hause bleiben.

Schließlich bahnte sich da etwas an, was seinem Leben durchaus ein Ende bereiten konnte. Gefahr!

Doch ehe er sich aus irgendeinem Grund anders entschied, fasste Conrad mit einem Mal den mutigen Entschluss, kein Feigling zu sein und die Angelegenheit in Angriff zu nehmen. Wenn schon, dann richtig und mit allem Elan, den er dafür aufbringen konnte.

Zeit für Helden

Er wusste, dass er sich auf ein Abenteuer einließ, welches schiefgehen und welches durchaus kein Happy End haben konnte. Er spürte es und fühlte sich auch dementsprechend: wie ein Abenteurer.

Falls in jenem Hausflur nun wirklich ein Irrer sein sollte, der zu allem bereit war, wenn Conrad diesem in die Quere käme, wäre auch er bereit. Bereit das Abenteuer anzunehmen und als Held zu sterben. Sterben? Aber sterben wollte Conrad noch nicht. Sterben. Bei diesem Gedanken wurde er nur noch nervöser, als er es so schon war.

Vor lauter Aufregung, vielleicht war es auch schon der berühmtberüchtigte Adrenalinschub, das Panikgefühl vor dem großen Zusammenstoß, da vergaß er doch glatt, seine Unterhose anzuziehen. Die Jeans war schon halb über den Po gezogen, da erst bemerkte er, dass da noch etwas frei und ohne Schutz herumhing. „Ich Hirni", fluchte er und zog sich die Jeans wieder aus, um das fehlende Kleidungsstück darunter zu ziehen. In einem rasanten Akt bewältigte er dies. Dabei begann er mit jeder Sekunde, die verstrich, immer schneller zu rotieren. Er lief in seiner Wohnung mal hier, mal da hin und redete sich Dinge ein, die für eine derart geplante Inspektion eines noch dazu fremden Hauses mehr als hinderlich wirkten. In seinem Kopf schwirrten die übelsten Horrorszenarien aus allen möglichen Filmen herum. „Scream I" mit seinen beiden Irren war dabei der Renner. Auch Freddy Krügers Vorgehensweise glaubte er, entgegentreten zu müssen, und der fürchterliche Clown aus Stephen Kings „Es" war ebenfalls sein ständiger gedanklicher Begleiter. An all das dachte Conrad, während er sich zurechtmachte und mental auf das Bevorstehende vorbereitete. Wahrscheinlich dauerte es gar nicht lange und alle genannten Figuren mutierten leibhaftig zu seinen Gegenspielern.

Schließlich angezogen und zu allem bereit, war jetzt der Zeitpunkt gekommen, an dem es kein Zurück mehr gab. Zugesagt ist zugesagt. Conrad überlegte, was denn wohl bei seinem Vorhaben wichtig sei. Was für spezielle Utensilien er bräuchte, um gegen vermeintlich bösartige Gegner anzukommen. Mit der puren Faust wäre er verloren. Er war kein Schläger, zumindest hatte er es noch nicht sonderlich oft ausprobiert. Er wusste nur, wenn es darauf ankommt, dann Zähne zusammenbeißen, die Rechte durchziehen und draufhauen. Vor allem der erste Schlag musste sitzen. Das Beste wäre dann gleich der K.o. des Gegners. Das jedenfalls meinte einer seiner Freunde. Eine Schusswaffe besaß er auch nicht, wollte er auch nie besitzen. Zumal in Deutschland nicht gleich jeder X-Beliebige eine erwerben durfte, um damit anschließend unberechenbar in der Gegend herumzufuchteln, so wie es in Amerika der Fall war. Er erhoffte dies und glaubte natürlich daran. Aber leider waren da Conrad auch schon ganz andere Dinge zu Ohr gekommen. Angeblich gab es überall Waffen zu kaufen, wenn auch nur mit Gas. Vom Schwarzmarkt ganz zu schweigen.

„Aus Osteuropa quillt das Zeug nur so über die Grenzen", hatte er einmal einen Bekannten, der beim BGS arbeitet, sagen hören. Den Gedanken mit der Knarre verwarf er gleich wieder. Er müsste schon großes Pech haben, wenn ein Irrer mit einer Pistole auf ihn schießen würde. „Noch haben wir hier keine amerikanischen Verhältnisse, noch nicht", dachte er. Ansonsten bereitete ihn dieser Gedanke weiche Knie.

Aber was? Was konnte er denn mit sich nehmen? Welches Utensil kann zu einer erfolgreichen Verteidigung herhalten? Was aus dem Haushalt würde einigermaßen zur Gegenwehr taugen? Er besaß keine geheime Truhe, die er aufklappen konnte und die bis zum Rand mit sämtlichen Mordinstrumenten vollgestopft war. Keine Panzerfaust, kein G36 Sturmgewehr, keine Schnellfeuerwaffe, kein Jagdgewehr, auch keine Pistole, nicht mal einen Baseballschläger besaß er und auch keinen Schlagring, kein ... doch, er hatte ein Butterfly. Ein Messer. Er beherrschte sogar den Umgang mit ihm ansatzweise. Eine ganze Zeitlang hatte Conrad es einmal geübt, bis es ihm zu langweilig wurde. Als friedfertiger Mensch wollte er auch niemandem sonderlich damit imponieren, was eine Übungsstunde pro Tag gerechtfertigt hätte. Mit nun sichtlich erhöhter Aufregung überlegte Conrad, wo er dieses spezielle Messer verramscht hatte.

Er suchte es überall, sogar in der Küchenschublade des Bestecks. Schließlich fand er es beim Angelzeug in der Abstellkammer. Er steckte es ein und überlegte erneut, welch alltäglicher Gegenstand in seinen vier Wänden ebenfalls als Waffe durchgehen könnte. Als erstes Brauchbares fiel sein Blick auf das Axe Dimension Deodorant Bodyspray. Schon manches Mal hatte er sich selbst in eiliger Hast unbeherrscht und übertrieben eingesprüht und stand daraufhin in einer Wolke, die ihm fast den Atem nahm. Ein fürchterlicher Hustenreiz ereilte ihn dann und in der Lunge kratzte es ungemein. Eine volle Ladung davon ins Gesicht des Gegners würde bestimmt seine Wirkung nicht verfehlen. Prompt wurde das Bodyspray mitgenommen. Hinzu kam noch ein Schirm vom Kleiderständer. Es war der größte und stabilste, den er besaß. Einer von jener Sorte, unter dem gleich eine ganze Großfamilie Platz fand.

„So", prustete Conrad zufrieden. „Das müsste reichen", hoffte er und griff sich eine Musikkassette aus dem Kassettenregal über der HiFi-Anlage. Ja, das war die richtige Musik für die kurze Wegstrecke im Auto. Bei einem solchen Vorhaben konnten es nur jene Klänge sein, die ihn so richtig motivierten. Die Musik, die Conrad rasend machte und natürlich am lautesten war, um das Bibbern seiner Zähne zu übertönen: Rammstein!

14. Kapitel

Im erneuten Zustand der Metamorphose

Harte Gitarrenklänge, bösartig und ohne Gnade, schwirrten für den Zuhörer durch das Wageninnere. Die Musik putschte Conrad auf. Er war zu allem bereit. Die Kassette, gerade mal in das Autoradio geschoben, beschwor im Nu bei ihm ein ungeheures Stärkegefühl herauf, das seinen Mut potenzierte. Jedoch wenige Augenblicke zuvor sah seine Stimmung noch ganz anders aus. Als er aus seinem Hauseingang heraustrat, war er sogar vor seinem eigenen Schatten erschrocken.

Schon hinter der ersten Ecke vermutete er einen fiesen Gangster im Dunkel der Nacht, der nur auf ihn und niemand anderen wartete. Mit einem großen Satz sprang er zurück in jene Richtung, aus der er kam und knallte gegen die Briefkästen an der Wand im Hauseingang. Es schepperte laut, so dass Conrad sich noch mehr erschrak und sich einbildete, jetzt zusätzlich noch von hinten attackiert zu werden.

Wie peinlich, wenn das jemand gesehen hätte!

„Da sieht man mal wieder, mit welch gequirlter Scheiße man sich selbst fertig machen kann", flüsterte er erbost zu sich selbst und fürchterlich enttäuscht über seine dämliche Reaktion.

„... Sex ist eine Schlacht, Liebe ist Krieg!!! Sex ist eine ...", die harten Klänge der Musik und der Text putschten ihn auf und machten Conrad rasend. Er konnte ihn auswendig mitsingen, den Text, so schwer war er nicht.

Jetzt, in diesem Augenblick, wäre er bestimmt nicht vor seinem eigenen Schatten geflüchtet. Die Musik machte ihn zu einem Krieger. Zu einem Söldner, der sich anheuern ließ, um barbarische Kämpfe auszufechten, zu denen sonst keiner im Stande war. Schnell fuhr er, viel zu schnell. Gegen alle Regeln der StVO raste er durch die Innenstadt mit nur einem Ziel. Er wollte den gefangenen Prinzessinnen in ihrem Turmverlies zu Hilfe kommen, eigenhändig den Drachen erschlagen und sie anschließend befreien. Laut, viel zu laut, dröhnte die Musik aus den Minilautsprechern des Kleinwagens, welcher Conrad wie ein unbezwingbarer Panzer vorkam und welcher sämtlichen Angriffen von außen standhalten konnte. Er war der Held, er würde sich aufopfern. Er, der von solchen Heldentaten eigentlich gar keine Ahnung hatte. Er, der die Helden eigentlich nur auf dem Papier kreierte. Ja, aber er, Conrad Wipp, würde heute Nacht höchstpersönlich in seinem Kleinwagengefährt in die Schlacht ziehen und noch lange nach ihm würden die Menschen von diesem Abenteuer berichten und in den Liedern von ihm singen. Zusammen mit seinem Regenschirm, dem modernen Schwert des Computerzeitalters, wie er es sich in seinem Hirn zurechtinterpretierte, einem alten Butterflymesser, das er lange nicht mehr benutzt hatte, sowie einem Deospray und einem Feuerzeug, das Überraschungselement in seinem Beutel der Gewalt, war er bereit für die Herausforderung. Das Deospray sollte im Notfall in Kombination mit dem Feuerzeug als Flammenwerfer dienen, das hatte er einmal im Fernsehen gesehen und nun war es Zeit, dies im Kampf zu seinem eigenen Vorteil selbst auszuprobieren.

Natürlich würde er niemandem verraten, dass er tatsächlich in Erwägung gezogen hatte, zwei oder drei seiner Freunde anzurufen, um sie zu bitten, mit ihm zusammen in den Kampf zu ziehen. Gegen ... ja, gegen wen denn? Er wusste ja nicht mal, gegen wen. Doch die Pein seiner Bitte vor den Freunden und möglicherweise anschließend vor den Damen sowie die späte Stunde und die fast völlige Gewissheit, dass von seinen besten Freunden sowieso niemand zu Hause anzutreffen sei, brachte ihn davon ab, sich zusätzliche Gefolgschaft zu holen. Heute war Freitagnacht, da war niemand allein zu Hause und wartete auf einen Söldnerauftrag, wie ihm Conrad gerade widerfuhr. Nein, hier musste er allein durch.

„... Sex ist eine Schlacht, Liebe ist Krieg!!! Sex ist eine ..."

Er, Conrad der Eroberer, würde noch gefährlicher, noch wilder, noch blutrünstiger, noch psychopathischer sein als der, der sich ihm in den Weg stellen würde.
All die Dinge, die das Böse im Stande war anzuwenden, würde Conrad doppelt und dreifach so grausam und bestialisch zurückschmettern. Jawohl – doppelt und dreifach so böse, wie ER, wie „ES". Wie Stephen Kings „ES". Conrad würde das Böse mit seinen eigenen Waffen schlagen. Kraft seiner Phantasie und auch kraft seiner Psyche. Vor allem mit Letzterer, die ihm in alltäglichen Angelegenheiten am meisten zu schaffen machte, begann er sich nun wirklich alles einzubilden. Er glaubte, alles erreichen zu können. Die wilde Musik verlieh ihm Flügel. Sie stärkte ihn innerlich. Das Adrenalin strömte durch Conrads Körper.

„... Sex ist eine Schlacht, Liebe ist Krieg!!! Sex ist eine ..."

... hier begann die Metamorphose ...

„... Sex ist eine Schlacht, Liebe ist Krieg!!! Sex ist eine ...“

Überzeugt von dieser These, von der Vorstellung Gleiches mit Gleichem und noch mehr zu vergelten, kam er dem Heinrichsgarten und schließlich der Herderstraße näher. Vorsichtig und um sich blickend, stieg er aus dem Auto. Das Motorgeräusch fiel in sich zusammen, die Mut machende Musik verstummte. Gerade die fehlte ihm jetzt am meisten.
„... Sex ist eine Schlacht, Liebe ist Krieg!!! Sex ist eine ..., welch wahre These", dachte Conrad.
Ganz und gar, vor allem leise, integrierte Conrad sich in die stille Umgebung der Herderstraße. Der Schirm, der für alles herhalten musste, nur nicht für einen überraschenden Regenschauer, wurde von Conrads Hand fest umschlossen und schien mit ihm verwachsen zu sein. Vor dem Haus auf dem Bürgersteig nach rechts und links spähend, klingelte er vorsichtig bei Bartosch. Als er den Klingelknopf schon gedrückt hatte, fiel ihm ein, dass er vorher schon mal hätte probieren sollen, ob die Außentür überhaupt schon offen war. Er klinkte und prompt ließ sie sich auch öffnen.

15. Kapitel

Hab'n Se was auf'm Kasten?

Im zweiten Stock quietschte das Fenster und wie von Alexandra vorausgesagt, spähte eine alte Frau vorsichtig heraus. Über dem Fenstersims wackelte ein grimmig dreinschauendes altes Gesicht samt Kopf.

„Sind Se der Herr Conrad?", fragte ihn Frau Bartosch.

„Wipp. Junge Frau, Conrad Wipp, ja, der bin ich", antwortete Conrad.

„Wie, Hipp?", wollte sie genau wissen.

„Nein, Wipp ist mein Name, Conrad Wipp", wiederholte er.

„Ach! Ob Hipp oder Wipp", schnaubte die alte Dame, „ist mir egal, Herr Conrad. Hauptsache, Se hab'n was auf'm Kasten."

„Ja, schon." Verlegen nestelte er an seinem Regenschirm.

„Ja, ja. Das kriegen Se schon hin. Hier is der Schlüssel für die Haustür, außen sowie für innen." Bevor sie den Schlüssel jedoch abwarf, fragte sie Conrad: „Zu wem woll'n Se denn noch ma?"

„Zu Alexandra Uhland und Isabel Brunn. Wieso?"

„Na, ma kann ja nie wissen, doch wenn Se de Namen so genau kenn ... vor allen Dingen von de Frau Brunn ... und Se sehn mir nich grad aus wie ein Schwerverbrecher ...", meinte die alte Dame.

„Würde ich mich dann mit Ihnen hier so locker unterhalten, wenn ich einer wäre? Und dann noch fröhlich klingeln?", ergänzte Conrad in logischer Schlussfolgerung.

„Auch wieder wahr. Ach, diese jungen Frauen! Machen einen ganz meschugge mit ihr'n Wahnvorstellungen und

232

dann das Fernsehen no dazu, dieser Krimi, was da alles passiert. Da isses nicht mehr weit hin, bis man selbst glaubt, dass einem so was zustößt."

„Da haben Sie recht", stimmte Conrad ihr zu und klang etwas gequält. Frau Bartosch ließ daraufhin den Schlüssel fallen, den er genau genommen gar nicht mehr wollte.

„Die Tür hier unten ist eigentlich auf, Frau Bartosch", meinte er, als er ihn auffing.

„De innere auch?", fragte sie. Oh, das hatte Conrad schon wieder vergessen.

„Ach ja, die gibt es ja auch noch."

„Sehn Se, hier hab'n Se de Schlüssel dazu. Und nu schau'n Se ma nach."

„Mach ich. Also, bis später." Conrad betrat das Dunkel des Hausflurs und die letzten Worte von Frau Bartosch vernahm er schon gar nicht mehr. Ein unheimliches Angstgefühl, tief sitzend in seiner Brust, schien sich von Sekunde zu Sekunde zu steigern. Und das so lange exponentiell, wie es um ihn herum dunkel blieb.

Deshalb war der erste Schritt jener, der zum Lichtschalter führte. Direkt dorthin, wo im Dunkel ein kleiner, rot leuchtender Punkt sein Lichtlein warf.

Ihm war nicht geheuer. Vielleicht erwartete Conrad schon auf diesen ersten paar Metern ein dumpfer Schlag ins Gesicht. Ein überraschender und unberechenbarer Angriff aus dem Dunkeln heraus, der sein Gesicht übel zurichten würde. Ein Schlag, der ihn womöglich ohnmächtig werden ließ, ein klassischer K.o.! Oder ein Schlag von der Sorte, der ihn aus der Blüte seines Lebens riss, weil eine unpassende Stelle getroffen wurde, die ... er wollte gar nicht weiter denken. Und wenn schon nichts auf dem Weg zum leuchtendroten

Punkt passierte, dann aber wenigstens in dem Moment, wenn Conrad den Lichtschalter betätigte. Im Schutze des grellen Lichtes stünde der Widersacher bequem und wartend hinter der Haustür oder lehnte womöglich ganz ruhig an der Wand neben dem Schalter und könnte dann so unverhofft brutal zuschlagen.

Nach drei Metern grausigen Gedankenwirrwarrs und gesteigerten Unbehagens, das war jene kurze Strecke, die er bis zum Schalter benötigte, machte es klick. Die kleine rot leuchtende Diode im Lichtschalter verschwand und der Hausflur wurde hell erleuchtet.

Nichts und niemand war da, der ihn bedrohte. Kein Schlag ins Gesicht oder gar feige in den Nacken. Nichts. Nur absolute Stille.

Conrad kniff seine geblendeten Augen zusammen, da das Licht für den ersten Moment äußerst grell erstrahlte.

Neugierig blickte er den Flur entlang, wollte schon tief durchatmen und dem Körper Entwarnung geben, da sah er hinter der Ecke des linken Treppenaufganges zwei Füße hervorlugen. Da lag doch jemand?

Unschlüssig, ob er nun weitergehen sollte oder nicht, besann er sich seines Regenschirms in der Hand und griff fest zu, hob ihn in die Luft, in Brusthöhe, so dass er blitzschnell einen möglichen Schlag ausführen konnte. Langsam und konzentriert schritt er an der gegenüberliegenden Wand entlang auf die mysteriösen Füße samt Beine zu. Von dieser Wand aus hatte Conrad den größten Blickwinkel zum Treppenaufgang. Er besaß somit die beste und schnellste Reaktionsmöglichkeit, falls urplötzlich jemand hervorspringen würde. Wenn es auch nur die ersichtlichen Körperteile wären, die sich selbstständig und ohne Anhang auf den Weg machten.

Zögernd und mit allen Sinnen gewappnet kam er dem Aufgang näher und bevor sein Puls die höchstmögliche Frequenz erreichte, entschärfte sich die Situation erneut ein wenig. Doch eben nur ein wenig, als er sah, wer zu diesen Beinen gehörte.

„Ei Gott? Wen haben wir denn da?", brachte Conrad überrascht hervor und konnte ein genüssliches Grinsen nicht vermeiden.

„Das sind sie", stellte er ironisch fest, „unsere unverwüstlichen Helden! Kommen gerade mal bis zur vierten Stufe der Treppe und liegen dann urgemütlich auf ihr herum. Haben die Mädels dich etwa auch angerufen? Nein, die kennen dich doch gar nicht. Was machst du dann hier? Wohnst du etwa hier? Oder ... Hast wohl zu viel gesoffen, was?"

Kein anderer als Udo Kampfkoloss lag vor ihm. Doch wie eine Schnapsleiche sah er nicht gerade aus.

Ein Unbekannter musste ihn in einen künstlichen Schlaf versetzt haben, vermutete Conrad. Es muss wohl derjenige gewesen sein, der hier sein Unwesen trieb. Wahrscheinlich ist er immer noch hier. Also doch kein Märchen, wie er erhoffte. Conrad gelangte wieder zu erneuter Anspannung. Er blickte zur Sicherheit gleich nervös um sich. Rechts, links. Oben und unten. Hinter sich, auch ins Dunkel des Hinterhofes und die Treppe hinauf, wo sich die Zwischentür befand. Niemand da. Dann lenkte er seine Aufmerksamkeit wieder auf den Muskelberg vor seinen Füßen. Ein riesiges Horn zierte Udos Stirn. Sein kantiges Gesicht, ohne auch nur ein Gramm Fett wohlgemerkt, ohne den geringsten Ansatz eines Doppelkinns, generierte ein äußerst hässliches Bild von seinem Antlitz mit diesem unförmigen ovalen Auswuchs.

Wahrscheinlich hatte Mister Muskelprotz bei seinen Bemühungen, Mister Universum zu werden, im Gesicht und im Kopf gleichzeitig abgenommen, spekulierte Conrad. Erneutes ergötzliches Grinsen befiel hin.

Langsam beugte sich Conrad über Udo und musterte dessen Oberarme. Er bestaunte sie kurz und piekte leicht mit dem rechten Zeigefinger in die Wölbung des linken Trizeps. „Wahrhaftig alles Muskeln", staunte er und trotzdem konnte er keinen Gefallen daran finden, so aussehen zu wollen. Er hasste solch übertriebene Fitnesssucht, wie es an Udo Kampfkoloss eindeutig zu diagnostizieren war.

Vorsichtig lugte Conrad abermals die Treppen hinauf zur Zwischentür und auch hinter sich. Sicher ist sicher.

Lieber einmal zu viel geschaut als zu wenig. Der Hauseingang, der direkt in den Hinterhof führte, lud Conrad nicht sonderlich ein, eine Inspektion durchzuführen.

Zumal sich dieses Areal nur so weit ersichtlich darbot, wie das Licht der zwei Flurlampen reichte. „Wird schon niemand Anderes da sein, auch nicht da hinten im Dunkeln", nahm er an. Nur er und der narkotisierte Muskelbulle.

Bevor er Udo unter die Arme fasste und von der Treppe zog, versuchte er, ihn aufzuwecken. Er rüttelte an seinem Körper, aber er reagierte nicht. Liebend gern hätte er ihm ins Gesicht geschlagen, doch dann erschien ihm dieser Einfall niveaulos und hinterhältig. Sofort verwarf er diese Idee gleich wieder, auch wenn es ihm gefallen hätte und Udo dabei wach geworden wäre.

Einerseits hätte er dann vielleicht eine Retourkutsche bekommen, andererseits vielleicht einen Mitkämpfer. Man weiß es nicht. Conrad blieb aber nichts Anderes übrig, als Udo von den Treppen zu ziehen und ihn dort abzulegen, wo er zuvor entlanggeschlichen war. Udo lehnte nun mit seinem Oberkörper und hängendem Kopf an der gegenüberliegenden Wand. Dort beließ ihn Conrad vorerst, machte kehrt und ging zurück, geradewegs die Treppen hinauf. Udo würde schon überleben, da war er sich sicher.

Sein Puls war nach einem Test normal, er schlief nur. Gut, das Horn hätte vielleicht genauer untersucht werden sollen, aber dafür war jetzt keine Zeit. Conrad hatte eine Mission zu erfüllen.

Ganz sacht schlich er die Treppen hinauf, die in einer konvexen Kurve verliefen, hin zur besagten Zwischentür, für die er den passenden Schlüssel besaß. Mit der linken Hand steckte er den Schlüssel ins Schlüsselloch, mit der rechten hielt er den Schirm, bereit, zu einem möglichen Schlag auszuholen. Dabei lehnte er sich so weit wie möglich mit dem Oberkörper zurück, um keine sofortige Angriffsfläche zu bieten. Vorsichtig drehte Conrad den Schlüssel um, stupste die Tür nur kurz auf und hielt den Fuß gegen die Tür, so dass sie nicht wieder zufiel, aber geöffnet blieb. Immer noch einen Sicherheitsabstand haltend, zählte er langsam bis drei und stieß dann heftig gegen die angelehnte Tür. Sie sprang bis zum Anschlag weit auf. Mit der Spitze des Schirmes voran trat er in das zweite obere Treppenhaus. Die Schirmspitze fungierte jetzt als Sensor.

Jederzeit darauf gefasst, dass irgendwer freudestrahlend auf ihn lauerte, während Conrad vorsichtig durch den Türrahmen schritt, war sein Körper immer noch bis in die letzte Muskelfaser angespannt. Hier spürte er den Urinstinkt: Fressen oder gefressen werden. Momentan sah es eher nach gefressen werden aus. Doch auch dieses Mal passierte nichts. Nichts und niemand waren zu erblicken. Niemand preschte hinter einer Ecke hervor. Auch keine erneuten Beine waren zu sehen, wie die von Mirias Ex, Udo dem Kampfkoloss. Aber irgendwer musste doch da sein?! Oder wie sonst war Udo zu seinem Horn gelangt? Die Frage wurde ihm durch nichts beantwortet. Mutig stieg er weiter die Treppen hinauf.

Trotzdem! Seine Gedanken kreisten weiterhin nur um diese eine Frage: Gibt es hier noch jemand Anderen oder war es nur die verzerrte Realität des weiblichen Geschlechts?

Er konnte sich vorstellen, dass sich Alexandra und ihre Freundin gegenseitig hochgeschaukelt haben. In der vorherrschenden Angst hatten sie sich selbst bis aufs Äußerste gegenseitig manipuliert und so mancher Phantasiegestalt fruchtbaren Boden zur Verfügung gestellt, was ihre wahre Existenz anging.

Wer oder vielleicht auch was wollte wohl den Frauen an den Kragen? Vielleicht wirklich alles nur Hirngespinste?

Vorsichtig schritt er weiter empor.

Treppe für Treppe

Der Treppenaufgang war leider so ungünstig gebaut, dass Conrad kein bisschen zu einer höher gelegenen Etage blicken konnte, wie es zum Beispiel in Hochhäusern oder anderen modernen Bauten der Fall war. Nein. Dies war ein Altbau. Mit einer undurchdringlichen und undurchsichtigen Wand zu jeder Seite. Keinen Blick, weder nach oben noch nach unten, gaben die Wände frei. Jeder Treppenabschnitt musste erneut erkundet, von neuem erobert werden.

Conrads Herz erhöhte bei jedem Stockwerk, welches er hinter sich zurückließ, abermals die Frequenz. Es pumpte mehr und mehr. Dabei verlangsamte er seinen Aufstieg vor jeder einsetzenden Biegung, die zum höher führenden Treppenabschnitt verwies. Immerhin, es konnte ja irgendwer dahinter stehen. Jemand mit schlechten Absichten. Jemand, der sein Schreckenswerk penetranter Belästigung liebend gern mit einem Mord krönen würde. Und Conrad gäbe die perfekte Trophäe dafür ab. „Eine ausgestopfte, aber schöne Trophäe", dachte er und sah seinen Kopf schon an der Wand seines Schlächters hängen. Neben all den anderen Opfern aus der jüngsten Vergangenheit dieses gestörten Psychopaten. Vielleicht würde ihn sogar Udo von der anderen Wandseite anstarren und zuzwinkern.

Durch solcherlei Gedanken, wie sie sich Conrad Stufe für Stufe zusammenreimte, wäre selbst der kühnste Bodyguard und auch der cleverste Einzelkämpfer einer Supereliteeinheit zu einem panischen und angstvollen Gegner für das Böse geworden. Pro zurückgelegtem Treppenaufgang verwandelten sich Conrads Gedanken in noch abstrusere Einbildungsformen. Er hoffte auf ein baldiges Ende.

Bumm-bumm. Bumm-bumm. ... Conrad war sich sicher, dass er nur noch aus einem einzigen Herzmuskel bestand oder auch aus gar keinem, denn die Anspannung und die daraus resultierenden Körperreaktionen, vor allem die des Herzschlags, waren enorm.

Gott sei Dank! Wieder lauerte niemand hinter der nächsten Biegung. Er atmete erleichtert auf. Langsam, aber sicher war er dem vierten Stock nähergekommen.

Jedes Mal schob er seinen Schirm mit ausgestreckter Hand nach vorn und hoffte, falls irgendjemand hinter der Biegung stehen würde, dass sich dieser durch den ersten Sichtkontakt mit dem Schirm verrät. Genau in diesem Moment könnte Conrad sofort agieren und ihm alles oder nichts antun. Das gefährliche Bodyspray hielt er zudem in der linken Hand bereit. Wahrscheinlich würde er demjenigen, der da lauerte, erst mal einen Schlag mit dem Schirm verpassen und dann im Anschluss das gesamte Deospray mitten ins Gesicht sprühen. Natürlich nur zur Abwehr und zur ersten Ablenkung. Das Deospray würde dabei rein präventiven Charakter besitzen.

Danach würde er ..., aber es musste doch bald mal die Wohnungstür von Alexandras Freundin Isabel kommen. Conrad grübelte nach. Auf das Zählen der Stockwerke hatte er sich schon lange nicht mehr konzentriert. Sein Gefühl aber täuschte ihn nicht. Es waren nur noch zwei Treppenaufgänge, bevor er vor deren Wohnungstür stehen würde. Mit jeder Treppe, die er jetzt bewältigte, glaubte er immer weniger daran, dass ihn hier noch jemand erwarten würde. So weit oben angelangt, ohne auch nur einen verdächtigen Schatten. Und zusätzlich diese abgeschlossene Zwischentür, die er längst passiert hatte.

„Nee du, Conrad, das kann nicht sein", flüsterte er leise, „aber wenn das so weitergeht, rede ich mir vielleicht noch wirklich ein, dass hier oben eine ganze Armee von Zombies auf mich wartet."

Doch halt! Er horchte auf. Als er an der nächsten Biegung anlangte und den Schirm, wie schon bei den letzten Kurven, in das Unbekannte vorstreckte, hörte er eigenartige Geräusche. Wer auch immer sich dahinter aufhielt, er hatte diesen, seinen Werbeschirm, zu hundert Prozent gesehen. Da die nun hörbaren Geräusche nicht in unmittelbarer Umgebung zu vernehmen waren, sondern etwas weiter von seiner jetzigen Stelle entfernt, lugte er dem Schirm folgend in einem weiten Bogen um die Ecke direkt auf den Treppenaufgang. Nicht nur, dass er seinen Ohren nicht mehr recht traute, auch mit seinen Augen schien die Phantasie durchzugehen. Er atmete schneller und neu produziertes Adrenalin durchströmte seinen Körper. Denn gerade noch so erblickte Conrad das linke oder das rechte Bein einer fremden Person. Es wurde regelrecht aus dem Bild gerissen und verschwand innerhalb einer Sekunde hinter der nächstanstehenden Biegung. Was dann folgte, verwarf seine ganze Theorie, dass hier niemand mehr anzutreffen sei. Im Treppenhaus hallten nun eilige Schritte, die schnell das Weite suchten.

„Oh Gott! Hier ist ja doch jemand", stand für Conrad unumstößlich fest. Aber irgendetwas an den Geräuschen, an der Flucht des Unbekannten, war merkwürdig.

Nur was? Darauf konnte er sich keinen Reim machen. Die Geräusche, die sich entfernten, signalisierten Conrad, dass sich sein Gegner schneller aufwärts bewegte als er. An der Biegung angelangt, wo er vor wenigen Sekunden noch den Rest eines Beines gesichtet hatte, erblickte er niemand weiter. Und einen Aufgang weiter hinauf las er an einer der Wohnungstüren den ersehnten Namen: Isabel Brunn.

Jetzt wusste er, dass er vorläufig sicher sei, wenn er Einlass bekäme. Dreimal musste er stürmisch klingeln, bevor es hinter der Tür fragend hervorquoll: „Wer ist denn da?"

Bevor er antwortete, knallte es mörderisch im obersten Stockwerk des Hauses. Vermutlich flog eine Tür heftig in die Angeln. Oder wurde sie etwa eingetreten? Egal, Conrad war da, wo er hinwollte und das reichte ihm, vorläufig natürlich.

„Ich bin es, Conrad. Macht auf!", gab er sich zu erkennen und ein flehendes Drängeln lag in seiner Stimme.

Die Tür ging einen kleinen Spalt auf. Conrad stand mit dem Rücken zur Klingel, schließlich musste er ja den Überblick behalten, und eine Frauenstimme fragte noch einmal hörbar unsicher: „Conrad?"

„Ja, Mensch. Lass mich herein!" Er drehte sich kurz um und Alexandra konnte ihren alten Freund und Kumpel erkennen.

„Warte noch, ich mach nur noch das Vorhängeschloss auf." Die Tür glitt kurz zu, das Rasseln der Türkette ertönte und es folgte der Einlass zu zwei verängstigten Frauenzimmern.

Gleichzeitig als sich die Wohnungstür hinter Conrad schloss, erlosch das Licht im Hausflur. Im Korridor der Wohnung wechselte die Stimmung aller Anwesenden von großer Anspannung hinüber in Erschöpfung bis hin zu Erleichterung und reger Konversation.

„Da bist du ja endlich", sagte Alexandra freudestrahlend und griff Conrad dabei an den Arm, irgendwie haltsuchend. Sie war froh, nun endlich männlichen Beistand zu haben. Fast hätte sie ihn umarmt, doch kurzerhand entschloss sie sich, es nicht zu tun. Vor ihrer Freundin war ihr das peinlich. Jetzt, als Conrad, der Held, der Erlöser, ihr Erlöser aufgetaucht war, brauchte sie ihre Hysterie, die sie vor wenigen Minuten noch besaß, nicht mehr allzu stark heraushängen lassen.

„Mein Gott! Ihr seid ja fix und fertig. Meint ihr nicht, dass ihr hier etwas übertreibt?" fragte Conrad leicht amüsiert. Jedoch dachte er auch gleichzeitig an sich selbst, als er vor wenigen Augenblicken noch im Treppenhaus stand und sich selbst keinesfalls als die Ruhe in Person bezeichnen konnte. Doch das behielt er lieber für sich. Sogleich entschwand ihm auch sein aufgesetztes Amüsement-Lächeln.

„Hör bloß auf, Conrad! Du hast leicht reden. Bei dir passiert ja so was nicht." Alexandra gefiel es nicht, dass Conrad die ganze Angelegenheit bagatellisierte, und auch Isabel meinte dazu: „Wenn ich heute hier allein gewesen wäre, ich hätte Todesängste ausgestanden."

„Außerdem bist du ein Mann", argumentierte Alexandra, „die können nicht vergewaltigt werden."

„Können sie schon, aber ... tut ja keiner, ähm, ich meine: keine. Nicht so schnell zumindest und passiert äußerst selten."

„Das ist ja wieder typisch Mann!", brüskierte sich Alexandra. „Mach dich nicht darüber lustig, Conrad."

„Mach ich doch nicht", stritt er ab und meinte das Gesagte durchaus ernst.

„Doch, machst du", widersprach Alexandra und spielte die Eingeschnappte. Beiden, ihr und ihrer Freundin, saß der Schreck noch in allen Gliedern. Auch bei ihnen hatte die Phantasie ganze Arbeit geleistet.

„Na, kommt. Setzt euch erst mal hin", schlug Conrad vor, der schnell wieder in den Normalzustand zurückfand, „außer dem Fitnessbullen, der bewusstlos unten im Treppenhaus liegt und irgendeine unbekannte Person, die nach oben flüchtete, als ich in die Nähe dieses Stockwerks kam, war nichts Ungewöhnliches vorgefallen."

Er berichtete das so banal, fast wie nur mal so nebenbei erwähnt, dass er selbst über sich staunte, wie er doch die Vorkommnisse im Treppenhaus auf die leichte Schulter nahm.

„Waaaaas?" Isabel kreischte. „Da liegt ein toter Typ in meinem Hausflur?" Entsetzt fasste sie sich an den Kopf und hielt sich wie kurz vor der Ohnmacht an der Wand fest.

„Nicht tot, nur ... eben etwas bewusstlos. Nichts Ernsthaftes. Wirklich! Malt doch den Teufel nicht gleich an die Wand. Ich ...", Conrad wurde jäh unterbrochen.

„ ... da liegt einer im Hausflur, kann weder Muh noch Mäh sagen und du meinst, wir sollen das nicht überbewerten?", fragte ihn auch Alexandra und ihre skeptisch klingende Stimme erhöhte den Unterton einer ernsthaften Besorgnis. Quäkend fragte sie: „Der Typ liegt jetzt einfach so im Treppenhaus herum?"

„Ja, klar." Conrad nickte dazu.

„Den kannst du doch nicht einfach da liegen lassen, wir ... wir müssen runter und ihm helfen und wenn es nur ein Eimer Wasser ist, den er benötigt, um wach zu werden", meinte seine beste Freundin und Isabel war ganz ihrer Meinung.

Conrad wollte beide erst einmal beruhigen, doch er kam nicht gleich zu Wort. „Hört mal! Ich habe doch seinen Puls gefühlt. Er war völlig in Ordnung."

„Wie? Bist du jetzt unter die Ärzte gegangen?", sagte Alexandra sarkastisch.

„Nein." Conrads Stimme schlug einen härteren Ton an. Er wollte damit klarstellen, dass er jetzt das Ruder des Wortwechsels in die Hand nahm. „Natürlich frage ich mich ebenso wie ihr, wie der Typ dahin kommt. Doch das kann verschiedene Gründe haben. Vielleicht wohnt er hier? Ach nein ...", jetzt erinnerte er sich wieder an Alexandras Ausführungen am Telefon, „... hier gibt es ja keinen Mann im Haus."

„Richtig", bestätigte Isabel.

„Egal", meinte Conrad daraufhin, „vielleicht hat er auch nur zu viel getrunken oder wollte zu jemand Anderem hier im Haus gehen oder ... Mensch, Mädels! Ich kenne den Typen sogar. Ob ihr es glaubt oder nicht, der kann auf sich allein aufpassen."

„Na offenbar wohl nicht, wenn der da einfach so herumliegt ... wir haben dir doch gesagt, dass jemand hier war. Das war kein Märchen." Alexandra beruhigte sich ein klein wenig, verlieh aber ihren Worten genügend Überzeugungskraft.

„Genauso ist es, Conrad. Jemand, der es bestimmt nicht gut meint." Isabel stimmte ihrer Freundin zu und untermauerte dies mit: „Dieser Typ ist der beste Beweis dafür, dass jemand etwas im Schilde führt ..."

„... oder geführt hat!", vollendete Alexandra den Satz. „Du musst unbedingt noch einmal raus, Conrad. Schauen, ob da jemand lauert oder zumindest diesem Typen helfen."

Noch mal raus

Es klang wie ein Befehl, doch er sah es ebenfalls ein, dass man Udo nicht einfach so liegen lassen durfte.

Mit einem mies gelaunten und verzogenen Gesicht zeigte Conrad seinen Unwillen, noch einmal durch das Treppenhaus schleichen zu müssen, lenkte aber ohne Widerworte ein und machte kehrt. Geradewegs zur Tür, direkt in die Höhle des Löwen oder zumindest nur in sein Treppenhaus. Den Schirm hielt er immer noch in der Hand.

Isabel folgte Conrad und klopfte ihm Mut machend auf den Rücken: „Wir kommen mit!"

„Ich auch?", fragte Alexandra etwas überrumpelt.

„Na klar. Einer für alle, alle für einen." Isabel ging bei ihrer Zusage eigentlich davon aus, nicht erst Alexandra fragen zu müssen. Ihre Unterstützung hielt sie für selbstverständlich. Doch sehr begeistert und zu allem bereit sah ihre Freundin nicht gerade aus. „Oder hast du Angst ... willst du hier bleiben?"

„Ich? Ähh, ich komme natürlich auch mit", bekräftigte Alexandra und schloss sich den beiden, ohne zu murren, an.

Ob es nun der männliche Beistand oder nur die reine Neugier war, welche beide Frauen hinter Conrad herschleichen ließ, dass konnte man schlecht sagen. Zumindest galt das für eine von beiden, nämlich Isabel.

Was sich jedoch überaus komisch abzeichnete, war ein Bild für die Götter. Denn Conrad schlich, leicht gebeugt, den Schirm wieder im Anschlag zur Wohnungstür, öffnete sie, rannte schnurstracks zum nächsten Lichtschalter und knipste das Licht an. Die beiden Frauen, Alexandra und Isabel, hinter ihm her. Beide auf Zehenspitzen und ohne Schuhe. Dabei hielten sie sich eng, sehr eng, regelrecht wie festgewachsen, hinter Conrads Rücken auf, wichen keinen Millimeter von ihm ab.

„Ist da wer?", getraute sich Isabel mit dem Minimum eines Flüstertons, in den Hausflur hinein zu fragen, und erhielt gleich eine Standpauke von Conrad.

„Ihr könnt ja gleich sagen: Hallo, hier sind wir!", ereiferte er sich. „Diese Öffnung da, die müsst ihr schon geschlossen halten, ... seht ihr? Diese da." Er zeigte mit angespanntem Zeigefinger auf seinen Mund.

„Ja, ja, hast ja recht", gab Isabel zu.

„Ja, ja heißt: Leck mich am Arsch." Conrad gefiel das Ganze überhaupt nicht.

„Ja, Mann, geh schon!", drängte Alexandra ihn vorwärts.

„Zuerst nach oben."

Die Wohnungstür hinter ihnen wurde nicht zugemacht, sondern blieb nur angelehnt. Mucksmäuschenstill war es, nur ein leises Schlurfen dreier Paar Beine war zu vernehmen. Conrad fühlte sich bei weitem nicht so ängstlich wie beim Aufstieg. Der Anblick und die Anwesenheit der zwei zarten Naturen hinter ihm beruhigten ihn ein wenig. Schließlich waren sie nun zu dritt. Doch das hatte nichts zu bedeuten. Schon gar nicht, dass ihm im Fall der Fälle die nötige und übermächtige Frauenpower von beiden hysterischen Angsthasen zuteilwerden würde. Langsam, Schritt für Schritt, stiegen sie ein Stockwerk höher anstatt wie besprochen nach unten. Den beiden Frauen fiel das nicht auf, aber Conrad schon. Er dachte sich jedoch, erst einmal oben nachzuschauen und dann von oben nach unten alles final abzuchecken. Ja, das macht Sinn, so dass auch wirklich niemand mehr im Hausflur ist. Bei dem Gedanken, nicht nur einem Übeltäter, sondern gleich einer ganzen Bande auf die Schliche zu kommen, wandelte Conrads Körper, ohne ihn zu fragen, bestimmte Substanzen erneut in das Stresshormon Adrenalin um.

„Sonderbarer Moment", dachte er, denn alles, was ihn sonst einzuengen schien, all das, was ihn sonst immer in einen Gedankenwahn zog, wich in diesem Augenblick völliger Klarheit und absoluter Erkenntnis. Die Angst vor Peinlichkeiten, die Angst vor dem Versagen, vor dem Fehlerhaften und seine tief melancholischen Stimmungen waren obsolet. Die Grenze zwischen Melancholie und Depression, die er manchmal überschritt, was die Folge jener Gedankengänge war, rückte in weite, in sehr weite Entfernung. Obwohl diese Erkenntnis Conrad äußerst gelegen kam, schien dies nicht der richtige Zeitpunkt zu sein, diese Erfahrung zu sammeln und zu verarbeiten. Die Erfahrung, dass all die Dinge, die sich Conrad täglich einbildete, die ihn bedrückten und die ihn an den Rand der Verzweiflung gebracht hatten, dass all diese Dinge nicht den Hauch einer Bedeutung mehr trugen. Nicht wirklich wichtig waren. Besonders nicht in einer solchen Situation, wie in dieser hier, wo es um das nackte Überleben ging.

Deutlich spürte er es. Seine trüben Gedanken verzogen sich mit einem Mal. Sie lösten sich im Nu auf und das pure Leben trat in den Vordergrund.

„Ja genau, man sollte doch mehr leben", dachte er, „einfach leben und nicht dauernd darüber nachdenken, was dieses oder jenes eigentlich soll, ob es richtig oder falsch ist. Leben soll der Mensch und sich dabei gut fühlen. Aus allem etwas lernen. Aus positiven und negativen Erfahrungen schöpfen. Leben eben. Einfach das tun, was man erreichen will, wohin man gehen will. Sich, ohne Wenn und Aber, dem Leben ergeben und den täglichen Situationen stellen. Ohne Rücksicht auf Verluste."

Halt! Er unterbrach seine Gedanken. Ohne Rücksicht auf Verluste? Was für ein Mensch ist der, der keine Rücksicht nimmt?

Und da waren sie schon wieder, diese anderen Gedanken. Auch die Moral, die ihn in so manchen Zwiespalt trieb. Da waren sie, die Gedanken, die ihn zwischen Perfektion und Missbildung stellten, ihn hin- und herschleuderten. Aber genauso plötzlich, wie er sie erfasste, verwarf er sie wieder. Es war ein Kampf. Altes gedankliches und eingebranntes Dogma contra neu gewonnene Erkenntnis und daraus folgende positive Perspektiven.

Conrad kehrte zurück auf die Basis seiner Erkenntnis: dass der Mensch leben soll! Dass Conrad leben soll. „Ja! Du sollst leben und atmen. Dafür wurdest du geboren. Und das Leben zu leben, genau jetzt, das bedeutete für Conrad, hier zu stehen, mit zwei bibbernden Frauenzimmern am Hosenzipfel, und den unfreiwilligen Held zu spielen, obwohl er selbst die Hosen gestrichen voll hatte.

„Los weiter", flüsterte Alexandra und schob Conrad von hinten die Treppe aufwärts. „Schneller!"

„Jaaa, MAAANNNNN! Keine Hektik", fauchte er, ebenfalls im Flüsterton, zurück.

„FRAU", verbesserte sie ihn. „Frau bitte! Ich bin eine Frau, ... Conrad! Falls du es noch nicht bemerkt hast."

„Dass du immer das letzte Wort haben musst?", schimpfte Conrad.

„Wie jetzt?" Alexandra wunderte sich über diese Frage. Sie hatte ihre Aufmerksamkeit so sehr dem vermeintlich bösen Buben ein Stockwerk höher gewidmet, dass sie gar nicht bemerkte, dass es eine eher rhetorisch gemeinte Frage war. Sie überlegte kurz, um dann zu antworten:

„Frau? Ach so. Ja", sagte sie leise, „ich meine ja nur: Frau. Frau heißt das ..."

„Hä? Was ist los?" Conrad irritierte das.

„Ist doch egal", drängte die Stimme von Isabel, die das ganze Frau-Mann-, Mann-Frau-Gequatsche völlig unnötig fand.

„Los jetzt, nach oben!" Diesmal war sie es, die Conrad in den Rücken stieß und von hinten schob.

Es dauerte eine Weile, bevor es weiter aufwärtsging. Eine kurze Weile von jener Sorte, wie sie nur alte Menschen benötigten, die schniefend und schnaufend auf der halben Treppe verweilten, um ihren Puls zu beruhigen.

Anschließend wurde dann tief Luft geholt, um mit den letzten Energiereserven das nächste Stockwerk zu erreichen.

Conrad gönnte sich eine ähnliche Verschnaufpause. Leise und mit zwei nervösen Frauen im Schlepptau.

Fast lautlos und im Schneckentempo ging er anschließend weiter nach oben.

„Na, und nun?", fragte Conrad die beiden, als sie vor den Wohnungstüren des 5. Stockes standen. „Was jetzt? Höher oder wieder runter?" Sie hatten ewig gebraucht für nur ein Stockwerk. Alexandra und Isabel zuckten nur unwissend mit den Schultern. Plötzlich, völlig überraschend, fiel mit einem Mal das Licht im Treppenhaus aus und gleichzeitig, mitten in der tiefschwarzen Dunkelheit, quiekte es bestialisch aus zwei weiblichen Kehlen und das aus vollem Rohr!

Für diejenigen im Haus, denen diese Töne zu Gehör gelangten und die natürlich nicht wussten, von wem oder was sie erzeugt wurden, mussten diese Laute höchstes Unbehagen bereiten, um nicht zu sagen: Sie klangen mörderisch. Alexandra und Isabel legten sich für diese Tonlage auch äußerst filmreif ins Zeug. Für ihre nicht mehr enden wollenden Schreie hätte es bestimmt einen Oskar für die beste Synchronisationsstimme in einem Horrorfilm gegeben.

„Ruhe! Ruhe, Mensch! Seid ruhig", brüllte Conrad im Reigen mit. „Ruhe endlich! Reißt euch doch mal zusammen!" Ihm rutschte das Herz förmlich in die Hose, so stark erschrak er sich, als die Sirenen hinter ihm aufheulten. „Das kann doch hier nicht angehen." Er war sehr wütend, denn nicht nur die fürchterliche Tonlage ihrer Stimmen raubte ihm den letzten Nerv, sondern auch der urplötzliche Angriff auf seinen Körper. Innerhalb weniger Nanosekunden musste dieser gleich zwei hysterische Frauen ertragen. Ohne Vorwarnung sprangen sie ihn von rechts und links an. Regelrecht überwältigt wurde er von beiden, so als wäre er der Verbrecher, den es zu besiegen galt. Alexandra und Isabel suchten in ihrer Verzweiflung und der beängstigenden Dunkelheit sicheren Halt an Conrad. Gnadenlos krallten sie sich in seiner Kleidung, ebenso in seiner Haut und auch in seinen blank liegenden Nerven fest. Jeweils rechts und links am Ohr glaubte er nun, einen Tinnituston zu vernehmen.

Nachdem sich die kreischenden Furien wieder auf Normallautstärke befanden, war Conrad an der Reihe, etwas von sich zu geben: „Mein Gott! Ein Brüller rechts und ein Brüller links, das hält doch kein normaler Mensch aus. Das ist eindeutig zu viel. Ich gebe es gleich auf … mit euch, … wenn das so weitergeht …" Er fluchte, war aber froh, dass ihm in der vorherrschenden Dunkelheit niemand seine Erschöpfung ansah, die sich jetzt auf seinem Gesicht abzeichnete.

„Mach doch endlich Licht", flehten die beiden ihn an.

„Ja, wo denn? Wo ist denn dieser verdammte Schalter? Ich sehe keinen Lichtpunkt, der … Ich kenne mich hier doch nicht aus."

„Da hinten, glaube ich", antwortete Isabel und zeigte im Dunkeln in eine Richtung. Aber wie sollte das Conrad sehen? Er rührte sich also keinen Meter.

„Wo genau?", fragte er. „Der Schalter hier oben scheint keine leuchtende Diode zu besitzen. Wahrscheinlich kaputt. Wo ist er denn nun …? Außerdem müsst ihr mich schon loslassen, wenn ich das Licht wieder …"

Doch bevor er sich um das Problem der Lichtlosigkeit kümmern konnte, wurde eine der Wohnungstüren im 5. Stock aufgerissen. Im Türrahmen stand die Silhouette einer jungen Frau. Keinen der drei konnte sie richtig erkennen. Sie hielt etwas Merkwürdiges in der Hand, etwas, was sie auch gleich im hohen Bogen zu schwenken begann.

Drei versteinerte Augenpaare glotzten nun ganz verdutzt aus dem Dunkel heraus auf die Frau mit diesem runden Etwas in der Hand. Keiner von ihnen hatte Lust, noch irgendwelche Reaktionszeit, um die momentane Position zu verändern. Nicht nur, dass das herausströmende Licht aus der Wohnung sie kurz blendete, nein, es wurde auch urplötzlich warm, lauwarm, um genauer zu sein.

Nun brüllten alle drei im Chor. Conrad, Alexandra und Isabel. Niemand von ihnen konnte etwas mit der unbekannten Substanz, einer wässrigen Substanz, die sie auf der Haut und in den Kleidern spürten, anfangen. Ja richtig. Nass und lauwarm war es. Nichts weiter als pures Wasser wurde auf sie geschüttet. Doch das konnten sie nicht sofort erkennen, nur erahnen.

Nachdem die Tat hinterrücks ausgeführt worden war, schloss sich prompt auch wieder die Tür. Mit einem lauten Knall flog sie zu. Erneut standen sie im Dunklen.

Isabel nahm kurzerhand ihren Mut zusammen und entfernte sich von Conrad und Alexandra, knipste das Licht wieder an. Genau da, wo sie ungefähr den Lichtschalter vermutete. Und ... „Es wurde Licht." Alexandra atmete auf und Isabel tief ein.

„Schöne Scheiße aber auch", schimpfte Conrad, war erbost und betrachtete sich eingehend. Er war von oben bis unten voll von Wasser, lauwarmem Wasser, völlig besudelt. Auch die beiden Freundinnen hatten einiges abbekommen, aber bei weitem nicht so viel wie Conrad.

Bevor er sich jedoch vollends in einen Schwall nicht endender Schimpftiraden stürzen konnte, öffnete sich noch einmal unverhofft die Tür, hinter der Conrad die nächste Hinterhältigkeit oder gar einen Rohrbruch vermutete.

Auf die nächste Ladung vorbereitet zuckte er zusammen und wandte sich leicht ab. Dabei verschränkte er schützend die Arme vor das Gesicht und kniff die Augen zusammen.

Nichts passierte.

„Conrad! Duuuuu?"

Ein Überraschungsmoment

„Hä", er entkrampfte sich, öffnete die Augen und ...

„Miria!?" Noch blöder und zugleich unmöglicher, aufgrund des überschüssigen Wassers auf seiner Kleidung, seiner Haut, seinem Gesicht ... konnte Conrad nicht aus seiner Wäsche gucken.

„Oh, Conrad, gut, dass du da bist." Miria schnellte aus der Tür und mit einem riesigen Satz in seine Arme.

Die pitschnasse Kleidung Conrads störte sie dabei kein bisschen. In der Art, wie sich diese beiden um den Hals fielen, musste mehr dahinter stecken, dachte Isabel. Viel mehr als das zuvor flüchtig ausgesprochene: „Duuuuu?"

Und alle, die dieser Zeremonie beiwohnten, blickten nun verdattert auf die Engumschlungenen. Nicht nur Isabel, sondern auch Alexandra hatte etwas Neidisches in ihren Augen. Trotzdem erfreuten sich die beiden an so viel Leidenschaft vor ihren Augen. Auch wenn sie nur als leidliche Zuschauer an der Szene teilnehmen durften.

Die Umarmung von Miria und Conrad wurde fester und inniger. Sie schienen beide alles um sich herum zu vergessen.

„Nun ist aber mal gut", räusperte sich Alexandra nach einer Weile und riss damit Isabel und noch eine weitere, im Türrahmen stehende Person, aus den lieblich inspirierten

Träumen. Ähnlich wie bei gebannten Zuschauern eines Liebesfilmes, die nur noch Augen für das sich am Ende küssende Pärchen hatten, verfolgten Isabel und die nun vierte Frau im Bunde das sich küssende Happy End auf vier Beinen.

Beide, Miria und Conrad, zeigten ein zufriedenes Lächeln. Wie gern wäre auch Isabel an Mirias Stelle gewesen.

Einen Mann zu spüren, der sie, wie Conrad seine Miria, in den Armen festhielt ... Einfach nur festhielt ... und dann ...

Doch nein! Alle Männer sind Schweine, schoss es ihr durch den Kopf und hoffte, durch jenes allgemeingültige Gesetz die herbeiersehnte Liebesschwulst abzuschütteln.

Alexandras Kommentar zum vorläufigen Stopp half ihr dabei so gut es ging.

Wieder zurück in der Realität klinkte Isabel sich auch gleich mit ins nachfolgende Gespräch ein: „Was ist denn eigentlich los hier? Klärt jemand mich mal bitte auf?", wollte sie wissen und lehnte sich erst einmal auf Antwort wartend gespannt an die Wand des Hausflures.

„Was los ist?" Alexandra wiederholte die Frage und beantwortete sie zugleich, „... das kann ich dir sagen. Die junge Dame, uns gegenüber, die du so schön in Conrads Arme gekuschelt siehst, ist seine ... oder sagen wir lieber ... ist die Frau, die ich vor kurzem in Conrads Wohnung kennenlernen durfte. Aber leider unter sehr ungewöhnlichen Umständen. Unter sehr dramatischen Umständen, um genauer zu sein", sagte sie und das ziemlich derb. So, als wollte sie die ganze Aufmerksamkeit von allen, vor allem von Miria, geschenkt bekommen.

„Was ist nun?", fragte Alexandra energisch ihren alten Kumpan Conrad, der nicht so recht wusste, ob er grinsen oder ernst bleiben sollte.

„Was soll sein", fragte er und war sichtlich befangen und ein wenig perplex im Denkprozess.

„Na, willst du ihr nicht einiges erklären?", stammelte sie, verzog das Gesicht motivierend zu einer Grimasse und drängte ihn mit Armen und Beinen gestikulierend dazu, reinen Tisch zu machen. „Jetzt, wo sie leibhaftig vor dir steht und dir, zumindest sieht es so aus, Gehör schenken wird ... jetzt, kannst du die Sache aufklären. Wann sonst?" Conrad begriff.

„Ähm, ja ...", fing er an zu drucksen, denn er fühlte sich beobachtet. Nicht nur Mirias Augenpaar starrte ihn jetzt an, sondern auch die der anderen Anwesenden. Das brachte ihn aus dem Konzept.

„... Also ... warte ... ein, zwei, ... Alexandra hat recht!", begann er und löste sich aus Mirias Umarmung. Den Schirm immer noch in der Hand haltend. „Es war alles nur ein einziges Missverständnis. Die olle Zicke von ..."

„Conrad!", ermahnte Alexandra ihn. Das tat sie in einer Art, die ihn darauf hinwies, dass er sich zusammenreißen sollte. „Die Fakten, bitte."

„Ja, ja, ist ja gut." Er sah es ein, dass er sich beinahe fürchterlich im Ton vergriffen hätte. „Jedenfalls", Conrad fuhr fort, „hatte sie irgendwo recht. Das ich ... mit ihr ... na ja, du weißt schon."

„Was weiß ich?", wollte Miria nun wirklich wissen. Ihre erst offene Haltung gewann nun etwas Schnippisches, zumal sie sich jetzt auch wieder bewusst wurde, dass sie eigentlich noch sauer auf ihn war. Sie löste sich von ihm und hielt sich zurück.

„Na ja", Conrad druckste erneut herum. Es fiel ihm schwer, mit der Sprache herauszukommen, irgendwie war es ihm nicht recht, alles darzulegen und dann noch vor allen anderen hier. Er hatte das Gefühl, er würde dabei nur einbüßen. Aber er wollte auch nicht kneifen und sprach dann doch frei von der Leber weg.

„Miria! Es stimmt, dass ich mal was mit ihr hatte und das vor nicht allzu langer Zeit ..." Er nestelte nervös an einer der Schirmverstrebungen.

„Und?", warf Miria gekränkt ein.

„Was und?"

„Hast du ..."

„Ja, Maaann, mein Gott! Aber wir waren doch da noch gar nicht zusammen. Wir kannten uns überhaupt noch nicht ..."

„Ich meine: Hast du mit ihr ...", wollte Miria wissen und zeigte dabei direkt auf Alexandra.

„Hä???" Conrad war irritiert. Er wusste nicht, ob er lachen oder ernst bleiben sollte. „Ach? Du meinst Alex. Sie da?"

Er zeigte ebenfalls auf Alexandra, die sich den Satz „Mit nacktem Finger zeigt man nicht auf angezogene Leute!" nicht verkneifen konnte.

„Ja genau", bestätigte Miria.

„Ohhh, Herr im Himmel!" Er lachte nun doch und entspannte sich ein wenig. „Das ist nur meine Freundin." Mirias Miene verdunkelte sich abrupt. Dem Wort Freundin konnte sie in dieser Situation nichts Freudiges abgewinnen. Das bemerkte Conrad und korrigierte sich sofort. „Nur meine Freundin, wohlgemerkt", sprach er beschwichtigend, „alles rein platonisch. Mehr nicht. Ich kenne Alexandra schon ewig und drei Jahre und mehr als eine normale Freundschaft, was nicht heißen soll, dass es eine Hinz-und-Kunz-Freundschaft ist, ist da wirklich nicht vorhanden. Das kannst du mir glauben, ... da kannst du dir echt sicher sein ..."

„... dass ich mit Conrad nicht ins Bett steige." Alexandra knuffte Conrad freundschaftlich aus heiterem Himmel und entgegnete Miria ein nettes Lächeln, dem nun wirklich niemand hätte eine Lüge nachsagen können.

„Außerdem, wo kommen wir denn hin, wenn hier jeder mit jedem ins Bett steigen würde?"

Noch etwas unschlüssig, welches Gesicht sie jetzt auflegen sollte, blieb Miria ruhig und sagte erst mal nichts. Conrad dagegen verfiel wieder in einen Ton, der Alexandra überhaupt nicht gefiel.

„Diese verlogene Schlange von ..."

„Jetzt wirst du aber wieder ausfällig", rügte ihn Alexandra abermalig.

„Ist schon gut. Aber du musst doch zugeben, dass sie wirklich eine intrigante und miese ...!"

„Ja, ist sie!" Alexandra wandte sich direkt an Miria. „Beinahe hätte sie ihren Plan erreicht, euch alles zu vermasseln. Sie ist wirklich ein ... Miststück."

„Jetzt wirst du aber ausfällig", konstatierte Conrad, stimmte ihr aber gestikulierend zu.

„Na und? Ich kann es mir leisten", entgegnete Alexandra.

„Egal", meinte Conrad. „Zumindest hast du Recht mit deiner Aussage." Er untermauerte Alexandras Einschätzung noch ein weiteres Mal. „Miria!?", flehte er, „so glaube mir doch. Es ist alles erstunken und erlogen, was mich und Alexandra betrifft und auch meine Vielweiberei."

„Glaub ihm ruhig", beteuerte Alexandra. „Conrad hat zwar so manch fürchterliche Macke und ist zeitweilig etwas verrückt drauf, doch um so eine Geschichte zu inszenieren, dazu ist er ein viel zu ehrlicher Mensch. Oder etwa nicht? Alter Knallkopf!" Sie schlug Conrad heftig auf den Rücken.

„Na, wenn du meinst.", entgegnete dieser und blickte Miria mit wehleidigen Hundeaugen an.

„Aha. So ist das also." In Mirias Miene wichen Anspannung und Misstrauen. Sie schien überzeugt zu sein von dem, was sie hörte. Ein warmes und ehrliches Gefühl großer Zuneigung spiegelte sich nun in ihrem Gesicht wider. Etwas verlegen verzog sie die Mundwinkel und lächelte Conrad mit verliebten Augen an. Sie zögerte.

„Los! Drückt euch noch mal", schlug Isabel vor, die zwar ahnte, wovon die Rede war, sich aber nur im weitesten Sinne einen Reim auf das machen konnte, was womöglich vorgefallen war. „Drückt euch noch mal und knutscht euch. Wie in einem Liebesfilm!", befahl sie und versuchte, dabei animierend zu grinsen, damit ihrem Willen Beachtung geschenkt wurde. Denn insgeheim, während der ganzen Diskussion, war es zu ihrem sehnlichsten Wunsch geworden, den Abend, eigentlich schon den Morgen, denn der war längst angebrochen, genauso enden zu lassen. Leider, ja leider, war sie nur als Statistin dabei, anstatt mittendrin – mitten im Liebesfilm.

Als sich daraufhin Conrad und Miria erneut in die Arme fielen, Miria erst etwas zögerlich, dann aber umso heftiger und Conrad flehend die Arme ausbreitete, bereit zum Empfang seiner Prinzessin, schmachtete letztlich auch Isabel dahin. Nicht nur sie. Auch die im Türrahmen stehende Freundin Mirias, Ulrike, die er erst jetzt – als eine ihrer Freundinnen aus dem Fitnessstudio WeichEi – erkannte. Eines passte jedoch nicht in das Bild der beiden Umschlungenen: der Schirm. Den hielt Conrad, als wäre er mit ihm verwachsen, immer noch fest in der Hand.

„Mein Gott. Und da sage mir doch einer, es würde nicht stimmen, dass die besten Geschichten das Leben schreibt." Alexandra war sichtlich erleichtert. Tief ausatmend stemmte sie den linken Arm in die Hüfte und legte ihre rechte Hand auf den Busen und verfiel anschließend in Entzückung. Isabel indes nickte wie ein zufriedener Dramaturg. Strahlend verschränkte sie die Arme. Die Szene war perfekt.

„Wollt ihr ewig hier draußen bleiben oder jetzt mit hereinkommen?", fragte die noch immer im Türrahmen stehende Ulrike.

„Hmm", Alexandra überlegte und willigte spontan ein. „Warum eigentlich nicht?"

Zugleich bekam Isabel endlich die Gelegenheit, eine ihrer Hausbewohnerinnen näher kennenzulernen. Stets war sie völlig ahnungslos, wenn sie jemand darauf ansprach, wer denn hier noch so wohnen würde. „Die WG-Tussis", antwortete sie dann immer. Jetzt schien die Situation günstig und auch sie nahm die Einladung gern an. Als hätten alle Beteiligten nicht schon genügend Dunkelstunden und immer wiederkehrende Schockmomente in dieser Nacht erlebt, so erlosch das Licht im Korridor der Frauen-WG und zusätzlich noch das im Hausflur von neuem. Einerseits, weil Ulrike aus Versehen beim freundlichen Hereinbitten so weit zurücktrat, dass sie unabsichtlich einen der Lichtschalter im Korridor mit dem Rücken berührte. Andererseits, weil die Zeit just in diesem Augenblick abgelaufen war, in der das Flurlicht seinen erhellenden Segen spendete. Dies geschah nur einen Bruchteil einer Sekunde später, ja fast synchron. Zuerst breitete sich die schwarze Nacht im Korridor der WG, dann im Flur aus.

Lautes erschrockenes Kreischen aus dem Munde Alexandras verdoppelte Ulrikes Gefühl der Irritation, was das Finden des Lichtschalters betraf. Es wäre bestimmt ein Leichtes für sie gewesen, diesen sofort zu eruieren, wenn sie die WG-Mitbewohnerin gewesen wäre, die schon länger dort wohnte. Doch sie war erst seit zwei Monaten hier und hatte noch immer ihre Schwierigkeiten, die Lichtschalter auf Anhieb im Dunkeln zu finden und zu betätigen. Außerdem machte ihr das unkontrollierte Kreischen Alexandras mehr als zu schaffen, so dass sie völlig desorientiert eine mittlere Ewigkeit benötige, um den gesuchten Schalter zu ertasten. Es blieb somit vorläufig dunkel.

Doch die kurze Phase reichte aus, um Panik unter allen Frauen hervorzurufen. Vor allem bei denen, die immer noch im Treppenhaus standen. Die Hysterie steigerte sich ins Unendliche, als aus heiterem Himmel eine der Frauen, es war Isabel, die Worte sprach:

„Hier ist jemand Fremdes! Jemand hat mich angefasst, an der Schulter!" Alexandra schrie erneut oder immer noch aus Leibeskräften und löste damit eine immer währende Kettenreaktion unbeherrscht quiekender Frauen aus. Isabel übertönte dabei ihre Freundin um einige Dezibel, da sie eben diejenige war, die die unmittelbare Erfahrung mit einer unbekannten Hand machte.

Kurzum, Conrad reagierte darauf. Wild entschlossen rief er Isabel sowie den anderen Sirenen laut zu: „Hinlegen! Auf den Boden! Schnell! Alle Frauen!"

„Hä? Was ist ...", ertönte fragend eine zweite Männerstimme. Sie klang sehr tief, hörte aber unvermittelt auf zu sprechen, als es Knall auf Fall ruhig wurde.

Inzwischen klatschte es mehrmals am Boden und Conrad fragte: „Alle unten?"

„Ja!"

„Ja!"

„Ja!"

Selbst von Ulrike aus dem Korridor ertönte ein klares „Ja!"

„Wie? Alle unten?" Die Männerstimme klang verunsichert.

Das waren alle Ja-Stimmen, die Conrad benötigte.

Das war das Signal für einen sagenhaften Rundumschlag mit dem noch immer in seiner Hand befindlichen Schirm. Er wurde zum Kämpfer in dunkler Nacht. Was heißt hier Kämpfer? Eigentlich schwang er nur einmal, aber sehr kräftig, den Schirm von rechts nach links direkt ins Schwarze hinein. Dahin, wo er den vermutete, der Isabel unmittelbar angetatscht hatte. Es stand außer Frage, dass dies der bislang größte Schrecken für Alexandras Freundin Isabel war, den diese Nacht für sie zu bieten hatte und der ihr, verständlicherweise, durch alle Glieder fuhr. Das musste gerächt werden.

Der Leser muss sich das jetzt so vorstellen: In dem Moment, als Conrad den passenden Schlag ansetzte, gelang es Ulrike, im Korridor weiterhin liegend mit der Hand an der Wand, nach dem Schalter zu tasten, eben diesen zu finden ... und ... es wurde Licht!!! Somit auch etwas im Treppenhaus, da die Tür sperrangelweit aufstand. Ein heller Schein gab den apathischen Augenpaaren im Hausflur genügend Futter, um einigermaßen klare Sicht auf das Geschehen zu bekommen. Bevor also Conrad seinen Widersacher erkennen konnte, hatte ihn schon der durch das Treppenhaus schweifende Schirm erreicht. Er wurde durch nichts Anderes animiert, seinen Lauf aufzuhalten, als von der unbekannten männlichen Gestalt, die verdutzt und ohne jegliche Bewegung im Hausflur herumstand.

Der Kreis schließt sich

„Potz Blitz", sagte Conrad entgeistert. Niemand Anderes als Udo der Kampfkoloss steckte die Dresche ein. Ja, genau, Udo, die zeitweilige Leiche von der untersten Treppe, war im vollen Maße Empfänger dieser nunmehr ungewollten Eilsendung geballter Schirmpower.

Ein Pferd. Es kann nur ein Pferd gewesen sein, glaubte Udo sich einreden zu müssen. Denn wie ein Pferdetritt höchster Güte knallte der Schirm auf ihn ein. Keine Frage, ein Tritt von einem Siegerpferd. Was sonst? Ein lahmer Gaul käme nicht mit einer solchen Wucht daher. Egal. Eines stand fest, es tat weh, so oder so, und die Wirkung, die der Schlag verursachte, war nicht gerade zum Lange-darüber-Nachgrübeln gedacht. Udo verspürte einen dumpfen schmerzhaften Schlag auf die rechte Schulter seines massig muskulösen Oberkörpers. Dieser dehnte sich aus und rutschte weiter bis unter das Kinn und ... es wurde erneut schwarz vor seinen Augen.

Während Udo nun zum zweiten Male den Bewusstlosen mimte, erhoben sich die Mädels vom Fußboden und betrachteten das Malheur. „So ein Mist. Mit dem hatte ich ja gar nicht mehr gerechnet", sagte Miria und zupfte sich mit Daumen und Zeigefinger an ihrer Unterlippe.

„Wie, nicht mehr gerechnet?", wollte Conrad wissen, der sich nun Sorgen um Udos Gesundheitszustand machte.

„Na, da war doch einer im Hausflur", berichtete sie, „und hat bei uns unmöglich lange geklingelt. Regelrechter Klingelterror. Er hat sich auch nicht zu erkennen gegeben. Grauenvoll war das. Und als es kein Ende nehmen wollte und wir es nicht mehr ertragen konnten, da haben wir uns gedacht, wir könnten doch meinen Ex, Udo hier, anrufen." Sie zeigte auf den niedergestreckt liegenden Ex-Freund und während Miria weitersprach, erfühlte Conrad Udos Puls und befand ihn wieder für ausreichend. „Udo sollte sich den Typen mal vornehmen und die Sache klären", erzählte Miria weiter. „Ich hatte ihn gebeten, na ja, eher beauftragt, hierherzukommen. Er sollte hier einfach mal nach dem Rechten sehen. Wie Udo nun mal so ist, war er natürlich nicht gleich Feuer und Flamme. Ich habe ihm dann aber ein Bier in Aussicht gestellt und das hat ihn letztendlich auch dazu bewogen, hierherzukommen. Er hat sich dann freundlicherweise auf den Weg gemacht. Obwohl ich das, ehrlich gesagt, nicht von ihm erwartet hätte. … Na ja, gut befreundet sind wir ja doch schon noch, denke ich." Sie kniete sich neben Conrad nieder.

„Der Typ hatte sogar eine Maske auf", fügte ihre Freundin Ulrike hinzu, die nun ebenfalls Udos Puls erfühlte.

„Maske?" Conrad verzog ungläubig das Gesicht und rümpfte die Nase.

„Siehst du", fauchte Alexandra, „da war wirklich jemand hier. Auch bei denen." Sie deutete auf Miria, die nicht gleich verstand. „Und du wolltest mir nicht glauben, Conrad! Von wegen alles nur ausgedacht."

„Habe ich doch gar nicht gesagt", konterte er zu Alexandra, die eine ziemlich rechthaberische Pose einnahm.

„Aber gedacht hast du es bestimmt."

„Ach, Quatsch", wehrte er ab.

„Was ist nun mit dem da?" Isabel zeigte auf Udo.

Kurze Stille kehrte ein. Alle überlegten und Miria meinte:

„Ich hole am besten einen Eimer mit kaltem Wasser. Das dürfte ihn wieder zum Leben erwecken. Wo haben wir den denn gleich hingestellt?"

„Warte, ich hole ihn!" Ulrike, die ebenfalls den Puls für ausreichend erachtete, hielt Miria zurück und sprintete los.

Nach nicht allzu langer Zeit kam sie mit einem halbvoll gefüllten Eimer kalten Wassers wieder und ergoss diesen, ohne groß zu zögern, über Udos Gesicht.

Ein paar zusätzliche Klapse von Conrad auf die Wangen zeigten auch schon die ersten Reaktionen einer zweiten Auferstehung in diesem Hausflur. Udo Kampfkoloss weilte wieder unter den Lebenden.

„Geht's?", fragte Conrad.

„Wie ... Wer ... Was zum Henker ...? Ohhh, ahhh ... mein Kinn ..." Udo jammerte ein wenig vor sich hin. Es tat ihm höllisch weh.

„Geht's besser?", fragte Conrad noch einmal. Die Frauen schauten nur zu. Isabel hatte, für alle Fälle, die Hand auf den Lichtschalter im Hausflur gelegt.

„Ja, es geht", murrte Udo und stand mit Conrads Hilfe wieder auf zwei Beinen.

„Jetzt kommt aber endlich rein", forderte Ulrike alle auf, „oder wollt ihr hier wirklich übernachten?"

Dieser letzten Aufforderung kamen alle nach, wobei sich Udo andauernd das Kinn rieb und von Conrad gestützt wurde. „Ich kann allein laufen", schnaubte dieser und trottete mit den anderen in die Wohnung. Eine leicht blutige Schramme zeichnete sich unter seinem Kinn ab, die er erst bemerkte, als er mit der Hand am Kinn entlangfuhr und seine rot beschmierten Finger betrachtete.

Schnell und ohne großes Federlesen wurde Udos Wunde von Alexandra mit Hilfe von Ulrikes Verbandszeug behandelt. Nach und nach fanden sich alle im Gemeinschaftsraum der Frauen-WG, einer provisorisch eingerichteten Wohnstube, wieder ein. Ulrikes WG-Partnerin fehlte. Sie war nicht da. Als hätten sich Miria und Alexandra abgesprochen, hatten sie beide zeitgleich mit derselben Intention den Freundinnen einen Besuch abgestattet.

Unfreiwillig schlidderten sie so in ein gemeinsames Abenteuer.

„Ich muss erst mal auf die Toilette", signalisierte Isabel Ulrike, „darf ich eure ...?"

„Warum denn nicht? Da vorn rechts. Da ist das Bad und auch die Toilette." Sie wurde von ihr an die richtige Tür verwiesen.

„Ach, da fällt mir ein ...", Isabel hatte es immer noch nicht ganz begriffen, wer nun welche Rolle spielte. In einer direkten Frage richtete sie sich an Conrad, der eben gemeinsam mit Miria den Gemeinschaftsraum betrat:

„Was macht eigentlich der verletzte Mann unten im Hausflur? Dem müssen wir noch ..." Sie wurde von Conrad jäh unterbrochen und sogleich aufgeklärt.

„Der, meine liebe Isabel, der sitzt schon da auf dem Sofa." Er zeigte auf Udo. „Udo Kampfko... äh ... ich meine: Udo ... war es. Also, keine Sorge, alles so weit paletti. Kannst ruhig pinkeln gehen."

„Ach so, jetzt check ich das erst, na dann ist ja alles okay", murmelte sie und verschwand in Richtung Bad.

16. Kapitel

Revue der Nacht

Ein Hit nach dem anderen wurde im Radio gespielt und alle Beteiligten des Hausflurabenteuers saßen im gemütlichen Gemeinschaftsraum der Frauen-WG.

Ulrike hatte nichts dagegen, dass zu so später Stunde oder besser zu so früher Stunde einige Leute mehr bei ihr zu Gast waren als nur ihre Freundin Miria. Obwohl die Zeiger der Uhren schon gegen die dritte volle Stunde des Tages liefen und man sich schon mit einem „Guten Morgen" begrüßen konnte, dachte noch keiner von ihnen ans Aufbrechen. Irgendwie waren alle froh, dass sie nicht zur Arbeit mussten. Das war der Vorteil des Wochenendes.

Auch Miria brauchte nicht am Samstag in der Buchhandlung stehen. Sie hatte frei. Es konnte also gequatscht werden, bis der neue Tag sich hell präsentieren würde. Anschließend müsste dann das überall vorhandene künstliche Licht der Nacht in den Wohnzimmern und zum Beispiel auch in den Laternen an den Straßenrändern seinen Rückzug antreten.

Bei Bier und Wein ließen es sich alle gut gehen.

Die Musik, die aus den Boxen des Mini-Towers drängte, trug nicht gerade dazu bei, schläfrig zu werden. Der gewählte Radiosender übertrug eine Livesendung aus einem der Clubs im Umland.

Alexandra und auch Isabel empfanden die Runde als eine gelungene Aktion und schwätzten, was das Zeug hielt, mit Miria und Ulrike. Sie verstanden sich auf Anhieb, wenn man mal vom ersten Zusammentreffen von Alexandra und Miria absah. Udo und Conrad dagegen hielten sich zurück, miteinander tiefgründige Gespräche zu führen. Beide beließen es bei einer akzeptablen Distanz und tranken ihr Bier. Damit waren beide vollauf zufrieden. Ab und zu jedoch wurde die Mauer durchbrochen, die sich von Anfang an zwischen beiden befand. Für wenige Minuten gelang es ihnen dann, ein neutrales Gesprächsthema anzuschneiden und etwas oberflächliche Konversation zu betreiben, so dass beide sich auch verstanden.

Aber Thema Nummer Eins war natürlich der nächtliche Vorfall, bei dem jeder der Anwesenden mehr oder minder beteiligt gewesen war. Andere Themen bekamen eher selten die Chance, so breit ausgelatscht zu werden, wie das eben Erlebte. Das ganze Geschehen und die zufälligen Verstrickungen und Verwirrungen übten auf alle eine bestimmte Art von Faszination und auch nachhaltigen Grusel aus, was lautstark diskutiert werden musste, vor allem von den Frauen.

„Es ist ja gar nicht auszudenken, was hätte alles passieren können, wenn wir die Tür aufgemacht hätten."

Miria bestätigte Ulrikes Aussage, indem sie nickte, und sagte daraufhin zu den anderen: „Und ich hielt es da einfach für das Beste, jemand Anderen noch hinzuzuziehen. Irgendjemanden anzurufen. Jemanden, der stark ist und notfalls auch zuhauen kann. Irgendwann wollte ich ja schließlich auch wieder nach Hause oder ich hätte dann, wohl oder übel, hier schlafen müssen. Wir haben uns nämlich nicht getraut, die Tür auch nur einen Spalt weit aufzumachen."

„Das ist eine Lüge", warf Conrad ein und nippte am Bier, „der Eimer Wasser wäre bestimmt nicht auf mich geprasselt, wenn die dazugehörige Tür nicht auf gewesen wäre."

„Na ja, ein bisschen Mut hatten wir dann doch noch", erklärte Miria, „und heißes Wasser. Wir hatten gedacht, na ja, das es ... schon ..."

„... heiß war", ergänzte Ulrike, weil Miria ein schlechtes Gewissen gegenüber Conrad hatte und begann herumzudrucksen.

„Da bin ich ja echt froh, dass ihr es nicht erwarten konntet, dem Übel selbst ein Ende zu bereiten. Und mir deswegen fünf Minuten eher das Zeug über den Latz gegossen habt." Er grinste erleichtert.

„Was heißt hier erwarten", plusterte sich Ulrike auf. „Ich habe an der Tür gehorcht und diese Stimmen gehört. Konnte ich wissen, dass ihr es seid? Ich dachte mir: Jetzt oder nie! Und befahl Miria schleunigst, natürlich so leise wie möglich, das Wasser vom Herd zu holen."

Sie untermalte dies pantomimisch. „Und dann, dann haben wir zugeschlagen. Gnadenlos und heimtückisch."

Sie schlug die rechte geballte Faust in die linke hohle Hand.

„Heißes Wasser! Ihr spinnt ja wohl", Conrad tippte mit dem Zeigefinger an seinen Kopf. Ein leichtes Schmunzeln konnte er sich dennoch nicht verkneifen und fand die Idee für den Notfall gar nicht so verkehrt.

„Wie kann man nur auf so eine blöde Idee kommen?"

Auch Udos Gesicht enthielt ein verwundertes Grinsen, dabei rieb er sich das angeschlagene Kinn, was er schon einige Male getan hatte, seit er in dieser Runde saß.

„Na, im Film", begann Ulrike die Frage zu beantworten, „wenn der Mörder das Opfer bis in die Küche jagt und zufällig gerade etwas Kochendes auf dem Herd steht, dann wirft die Frau dem Mörder eine Ladung heißes Wasser oder eine

Suppe, was weiß ich, ins Gesicht. Und das wirkt dann meistens. Nicht immer, aber meistens schon."

„Das ist doch nur im Film so und reiner Zufall, wenn das Wasser wirklich schon kochen sollte. Erst dann ist es auch effektiv. Wisst ihr eigentlich, wie ich jetzt aussehen würde, wenn das tatsächlich heißes Wasser gewesen wäre?" Conrad dramatisierte.

„Och Schnucki! Es tut mir ja so leid", scherzte Miria und zwickte ihm liebevoll mit der Hand in die Wange, dabei musste sie hämisch grinsen. Auch die anderen fanden es belustigend und schmunzelten vor sich hin.

„Na ja, es war ja noch zum Aushalten. Lauwarmes Wasser. Ist ja nichts passiert. Aber Udo hätte es ebenso treffen können, wenn er irgendwann bei euch angekommen wäre und nicht schon k.o. auf der Treppe gelegen hätte." Conrad wandte sich zu ihm. „Ich hoffe, dem Typen, der dich da unten an der Treppe überrascht hat, dem hast du eine ähnliche verpasst, wie ... ähm, wie er dir ... bzw. wie ich dir, hier oben ... mit dem Schirm."

„Darauf kannst du wetten, mein lieber Herr Schirmer!" Udo wollte witzig sein, ballte die Faust und demonstrierte seine Manneskraft, die er im vollsten Einsatz pantomimisch darstellte. „Eine rechts, eine links und dann noch in den Wanst. Ich hätte ihm bestimmt noch die Oma vom Kopf gerissen und die Serie fortgesetzt, wenn ich nicht auf der Treppe ausgerutscht wäre und dann Kopfüber jede einzelne Treppe hätte küssen dürfen."

„Was ist denn eine Oma?", fragte Alexandra.

„Na, das würde ich auch gerne mal wissen", stimmte Miria unwissend mit ein.

„Kennt ihr nicht diesen Ausdruck? Eine Tarnkappe ist das, ein Überzieher. Damit man nicht erkannt wird", erklärte Conrad. „Dass ich dir das noch mal erklären muss, Alex, das verwundert mich aber. Du weißt doch sonst immer alles. Vor allem besser." Conrad unkte und beantwortete Alexandras Frage, die sie eigentlich an Udo gerichtet hatte.

„Man kann halt nicht alles wissen", gab sie daraufhin zu Wort, „auch wenn man an der Uni unterrichtet, heißt das nicht, dass man allwissend ist."

„Sagt mal, Miria?" Conrad stutzte. „Woher wollt ihr eigentlich gewusst haben, dass der Typ eine Maske aufhatte? Ihr habt ihn doch gar nicht sehen können."

„Doch, doch", erhob Ulrike die Stimme, „das Fenster in der Küche lässt einen Blick auf den Innenhof zu und da habe ich durch Zufall eine vermummte Gestalt über die Mauer flitzen sehen. Der Typ hatte es wirklich sehr eilig. Wenn er keine Maske aufgehabt hätte, dann hätte ich bestimmt irgendwas Helles am Kopf gesehen. So aber war der ganze Kopf düster."

„Aha, so ist das." Conrad gab sich mit der Antwort zufrieden.

„Jedenfalls", erzählte Udo weiter, „so eine in die Fresse, wie ich dem verpasst habe, wette ich, dass der Typ morgen mit einem blauen Auge herumlaufen wird."

„Also halten wir morgen mal alle schön die Augen auf", schlug Isabel vor und erhob mahnend den Zeigefinger, „und zwar nach einem Typen mit einem blauen Auge. Wer ihn dann sieht, der schreit um Hilfe. Unsere Retter eilen dann bestimmt schnellstens herbei und verpassen ihm zur Lektion noch eine zusätzliche Tracht Prügel. Und dann bekommt er noch ein zweites blaues Auge hinzu!" Sie lächelte dabei Udo und Conrad an.

„Eins noch, Ulrike", fragte Conrad, „hatte Udo auch einen Schlüssel für die Zwischentür oder wie habt ihr das geregelt?"

„Ups", rutschte ihr es heraus und das war auch schon ihre Antwort. Sie zuckte unwissend mit den Schultern. „Ähm, daran hatten wir noch gar nicht gedacht."

„Er sollte uns anrufen, auf dem Handy, wenn er vor dem Haus stünde", erklärte Miria. Aber auch sie setzte eine Miene auf, die davon zeugte, dass auch sie nicht gewusst hätte, wie es weitergegangen wäre.

„Ich wollte schon noch anrufen", bezeugte Udo und kratzte sich hinterm Ohr, „aber die Haustür stand offen. Da bin ich erst mal in den Flur hinein und wollte da schon mal nachschauen. Aber schön zu wissen, dass ihr mich vor der Tür hättet stehen lassen, wenn ich kein Handy dabei gehabt hätte." Er kniff etwas verärgert die Augen zusammen.

„Die Zwischentür war aber zu gewesen, oder?", fragte Conrad Udo.

„Bei mir ja", antwortete dieser.

„Ja, und wie ist der Typ dann bis vor unsere Wohnungstüren gekommen?" In Isabels Stimme schwang etwas Verängstigung mit. Sogleich griff sie nach ihrem Glas Wein, als müsste sie ihren kleinen Anfall im Wein ertränken.

„Also, das würde ich ja auch gern mal wissen wollen", Alexandra verschränkte die Arme und lehnte sich zurück. Aber niemand gab ihr darauf eine Antwort.

„Das wird wohl ewig ein Rätsel bleiben", sagte Miria und stand auf, um eine neue Flasche Wein aus der Küche zu holen.

„Ach, da fällt mir ja noch etwas ein", erinnerte sich Conrad. „Sag mal, Ulrike, kann es nicht doch sein, dass ihr euch trotz eurer Angst auf die andere Seite der Tür begeben habt? Denn bevor ich ins Stockwerk kam, wo Alex und Isabel sich aufhielten, habe ich jemanden ..."

„Oh ja", fiel sie ihm ins Wort, „das habe ich irgendwie schon wieder verdrängt und Miria wahrscheinlich auch. Es stimmt, das kannst ja nur du gewesen sein, du mit deinem Schirm. Da Udo ewig ausblieb und auch so nichts mehr passierte, da haben wir kurzzeitig unseren ganzen Mut zusammengenommen und wollten nachschauen, ob die Zwischentür nun offen oder geschlossen war. Außerdem habe ich ja diesen Typen über den Hof flitzen sehen."

„Das habt ihr euch wirklich getraut?", staunte Conrad.

„Ja, schon, aber wir wussten nicht, ob unser Mut bis ganz nach unten reichen würde. Vor allem nicht dann, als wir ein lautes Krachen der Zwischentür vernahmen."

„Das war ich", stellte Conrad fest.

„Kann ich mir jetzt denken, aber als wir so grade mal ein Stockwerk tiefer gekommen waren, stellte sich dieses Geräusch als äußerst unheimlich dar. Und dann ist dieser Unbekannte, in dem Falle du, Conrad, so langsam die Treppen hinauf gelaufen, dass wir ... Das war kein normales Treppensteigen!"

„Bin halt vorsichtig nach oben gegangen", erklärte Conrad, der wusste, dass es eher seine Angst gepaart mit etwas Vorsicht war, die ihn derart langsam die Treppen hinaufsteigen ließ.

„Schiss haste gehabt", konstatierte Alexandra und war ein wenig amüsiert. Nicht zuletzt, weil sie sich dabei gut fühlte zu wissen, dass sie nicht die Einzige war, die die Hosen gestrichen voll hatte.

„Okay, ein kleines bisschen", gab Conrad zu, „Vorsicht ist die Mutter der Porzellankiste."

„Wie gesagt", erzählte Ulrike weiter, „als wir dann den Schirm um die Ecke kommen sahen, packte uns die nackte Angst und wir flüchteten so schnell es ging zurück in die Wohnung."

„Ha! ... so was", Conrad konnte man etwas Erleichterung ansehen, „ ... und ich dachte schon, sonst wer treibt da oben sein Unwesen." Währenddessen kam Miria mit einer geöffneten Flasche Rotwein zurück in den Gemeinschaftraum. Irgendein Handy klingelte plötzlich. Es war das von Ulrike. Jemand hatte ihr eine SMS geschickt.

„Nanu? Wer ... ach nein!" Sie las laut vor, ehe sie eine Nummer wählte und zurückrief: „Hört euch das an: Handy noch an? Bist noch wach? Kann ich jemanden mitbringen? Sally, Jonathan und Timo? LG Franzi"

Ulrike nahm das Handy ans Ohr. „Ich werde mal gnädig sein und ihr antworten." Sie ließ es kurz klingeln und einen Moment später nahm auch schon jemand ab. „Seid ihr es? ... Ja, ja ... Ja klar, wer sonst? Dumme Frage. ... Also gut, kommt ruhig vorbei ... Wir sind schon einige hier ... hmm ... komm einfach vorbei, bringe deine Leute mit und lerne die anderen hier kennen. ... Was? ... Vergessen? Ja, ja. Geht klar. Ich schicke Miria runter. ... Da hast du aber Schwein gehabt, dass ich da bin und außerdem noch wach, sonst ... Ja, geht klar, bis gleich. Tschau!" Sie legte auf. „Also, Franzi, meine Mitbewohnerin, will mit ein paar Leuten vorbeikommen, obwohl sie heute auswärts schlafen wollte."

„Kommen die wirklich noch hierher?", fragte Miria etwas ungläubig.

„Ja klar, warum nicht? Sind doch eh genug Leute hier. Auf ein paar mehr oder weniger kommt es doch nicht mehr an."

„Da hätten wir ja gleich eine Party schmeißen können", stellte Miria fest.

„Eigentlich ja", stimmte Ulrike ihr zu und mit einem flehenden Gesichtsausdruck fragte sie Miria:

„Duuuu? Miria? Kannst du bitte nach unten gehen und ihnen die Tür aufmachen? Sie sind gleich da. Es dauert nicht mehr lange, hat sie gesagt."

„Hatte ich doch richtig gehört", beschwerte sich Miria, „ich soll allein da runter und aufmachen? Ist sie nicht schon lange auf, die Tür?"

„Ja, schon, die erste." Ulrike sprach zu ihr in einem beschwichtigenden Ton. „Ich meine aber die Zwischentür, die ist ja wieder zugefallen, laut Udo. Der war ja der Letzte, der sie durchquert hat. Seitdem ist bestimmt keiner mehr heraus- oder hereingelangt. Denke ich mal."

„So ist es", stimmte Udo ihr zu.

„Und Franzi, die Dusslige. Also meine Mitbewohnerin", erklärte sie allen noch einmal, „hat ihren Schlüssel vergessen. Miria, bitte?"

„Also ich komme natürlich mit dir", bot sich Conrad an und der Ausdruck in seiner Miene duldete keinen Widerspruch.

„Ja, ja, ist gut. Das mit der Türe hatte ich ganz vergessen." Miria klang leicht eingeschnappt, denn sie hatte nicht im Geringsten Lust, den Pagen zu spielen, schon gar nicht nach solch einer Nacht. „Hoffentlich installieren sie bei euch schleunigst eine Fernsprechanlage mit dazugehörigem Öffnungssystem. Allein wäre ich jetzt so und so nicht hinunter gegangen. Das kannste mir glauben."

„Allein hätte ich dich auch nicht hinuntergehen lassen", kam es sofort von Conrad.

Widerwillig und etwas träge richtete sich Miria vom Sofa auf und blieb noch einen Moment lang sitzen.

„Sag mal, Ulrike? Nervt dich das nicht, dieses andauernde Runtergelatsche zu dieser dämlichen Zwischentür, wenn jemand bei dir klingelt?"

„Das kannst du laut sagen, aber schon in drei Wochen, du glaubst es nicht, will der Vermieter daran was ändern. Bis dahin, ... nun ja, muss ich wohl oder übel jedes Mal hoch- und runterstiefeln." Ulrike zuckte unschuldig mit den Achseln und bedankte sich bei ihrer Freundin. „Miria! Ich danke dir. Du hast was gut bei mir, ehrlich. Außerdem hast du ja deinen Beschützer zur Seite." Sie zwinkerte Conrad mit dem rechten Auge zu.

„Ach herrje!", fiel Isabel plötzlich ein, „die Tür zu meiner Wohnung steht ja noch offen. Die hatte ich ganz vergessen. Kannst du sie bitte zuziehen, wenn ihr an ihr vorbeikommt? Warte!" Sie fummelte in ihren Hosentaschen herum. „Warte! Warte noch. Ja. Den Schlüssel habe ich noch. Gott sei Dank! Ich dachte schon, ich hätte ihn vergessen. Hier hast du ihn."

„Mach ich, kein Problem." Miria nahm den Wohnungsschlüssel entgegen.

„Danke dir, Miria."

Beide, Miria und Conrad, erhoben sich daraufhin aus der halbaufgerichteten und bei Conrad aus der eher herumlümmelnden Sitzposition. Gleichzeitig mit ihnen standen auch Alexandra und Ulrike auf. Ulrike ging in die Küche, stellte dort weitere Getränke kühl und überreichte Miria noch einen weiteren Schlüssel, ihren eigenen Haus- und

Wohnungsschlüssel. Alexandra hingegen lief schnurstracks in Richtung Bad, Ziel: Toilette. Wenn man genau hinsah, schwankte sie auch ein wenig. Udo und Isabel blieben als Einzige zurück im Gemeinschaftsraum und begannen ein eher zaghaftes Gespräch.

Beim Hinausgehen hielt Conrad in der einen Hand sein Bier und in der anderen seinen Schirm, den er erneut an sich genommen hatte. Als beide, er und Miria, nun im Hausflur standen, fragte sie ihn: „Willst du den wirklich mitnehmen?"

„Man kann ja nie wissen", antwortete er verlegen und irgendetwas an der Frage irritierte ihn. War es der Tonfall? Ihr Gesichtsausdruck? Ihre Haltung ihm gegenüber, als sie den Schirm sah? Was war es, was sie dazu bewegte, diese Frage zu stellen und was, dass ihm altbekannte Gedanken und Fragen durch den Kopf schossen?

„Peinlich, peinlich, peinlich", dachte er. Was für eine Frage? Und während er die Wohnungstür hinter sich zuzog, machte er sich immer und immer wieder dieselben Gedanken. Jene Gedanken, die er eigentlich die ganze Zeit, seit er hier im Haus verweilte, so gut wie vergessen hatte. Sie waren verschwunden gewesen. Weg. Einfach weg. Conrad hatte keine Gelegenheit gehabt, sie aufkommen zu lassen. Und doch. Jetzt, gerade jetzt, traten sie wieder hervor. Die Gedanken, die ihn an sein anderes „Ich" erinnerten, welches immer noch latent präsent zu sein schien.

„Was soll das jetzt!", dachte er und verspürte leichte Nervosität. Die Frage ließ ihn nicht los. „Bin ich jetzt ein Weichei deswegen?", interpretierte er. Nur weil ich den Schirm mitnehmen will? Denkt sie das jetzt, dass ich ... Ohhh Maaaann!!!

„Mach nicht so ein Gesicht", forderte Miria ihn auf. Conrad wirkte ihr etwas zu unbeholfen und verunsichert, genauso verunsichert wie an dem Tag, als sie ihn zum ersten Mal im Buchladen sah, und das gefiel ihr irgendwie. Sie nahm ihn an der Hand, umklammerte diese plus den Schirm und zählte dabei eins und eins zusammen und vermutete richtig.

„Machst du dir jetzt wieder einen Kopf?", fragte sie in einem mütterlich beruhigenden Ton.

„Wie ..., was jetzt?" Conrad verstand schon, was sie meinte, wollte es aber nicht wahrhaben.

„Na ja, so wie du gerade kuckst. Ich kenne dich zwar noch nicht allzu lang, aber diesen Gesichtsausdruck schon."

Kurz und bündig erklang es von ihm: „Na, vielleicht?"

„Was es auch ist, lass es sein, ist bestimmt nur Müll", ermunterte sie ihn.

„Vielleicht ...", erwiderte Conrad daraufhin, „vielleicht hast du recht."

Eine Kreuzung der Entscheidung

Stumm liefen sie die Treppen hinab und hielten dabei zärtlich Händchen, sofern der Schirm sie nicht behinderte.

Zwischendurch schlossen sie die Wohnungstür von Isabel, die tatsächlich noch offen stand. Sicherheitshalber inspizierten sie zuvor noch all ihre Zimmer, schauten in jedes einmal hinein, nicht dass sich klammheimlich eine bösartige Kreatur in den letzten Stunden darin verirrt hatte.

Bis zur besagten Zwischentür sprachen beide nicht sehr viel.

Vor der Zwischentür aber fragte Miria Conrad: „Warten wir vor dem Haus? Nicht hier, oder?"

„Warum nicht? Ganz wie du willst. Draußen ist es allemal schöner als hier im Flur." Was sollte Conrad auch anderes sagen? Ihre Frage war so angelegt, dass Conrad einen eindeutigen Wunsch heraushörte. Da lag es ihm sehr fern, ihr diesen Wunsch nicht zu gewähren.

Gesagt, getan, die beiden liefen durch den unteren Hauseingang dem Haupteingang entgegen und traten ins Freie hinaus. Auf dem Bürgersteig atmeten sie synchron tief ein und tief aus, so als hätten es beide vereinbart.

„Komm", forderte Conrad Miria auf, „wir setzen uns hier auf den Sims und warten auf die anderen. Der bietet genügend Platz für uns beide." Dabei stellte er sein Bier zur rechten Seite ab und lehnte seinen Schirm an die Hauswand. Miria gebot er, neben ihm Platz zu nehmen. Sie überlegte nicht lange und setzte sich zu seiner Linken.

„Irgendwie romantisch", stellte Miria fest und es war nicht gelogen.

Wenn man beide so ansah, wie sie so allein dasaßen, dann hatte das schon etwas Klischeehaftes. Es schien, als würden beide Herzen im selben Takt schlagen.

Die ganze Atmosphäre, die sich mit jeder Sekunde mehr und mehr aufbaute, zog sie in einen unbekannten und doch allseits bekannten Bann. Beide signalisierten dies mit einer eindeutigen Körperhaltung zueinander.

Romantischer konnte es fast gar nicht mehr zugehen, es schmalzte regelrecht, denn selbst der Mond am Firmament blickte sie mit seinen Vulkankrateraugen liebevoll und beschützend an. Eine der wenigen Straßenlaternen, die noch funktionierten, spendete ihnen verhaltenes Licht. Die fast lautlose Nacht gab ihren Stimmen eine einmalige Plattform der Unterhaltung, von Angesicht zu Angesicht, wenn sie miteinander die Worte wechselten.

Nur diese, ihre eigenen Stimmen, die Stimmen zweier sich liebender Menschen, erlangten in jenem Augenblick ein enormes Gewicht der Bedeutsamkeit, der Einmaligkeit, so dass alles Alltägliche, auch das um sie herum, sich verflüchtigte. Ein hochgradig schönes Gefühl lullte sie ein, welches Miria und Conrad von Sekunde zu Sekunde zu umweben begann. Ein Gefühl, welches sich zu einer bestimmten Ganzheit herauskristallisierte, welche das Höchste zu sein schien, was die Welt, was das kurze Leben einem Menschen zu bieten hatte.

Aus diesem Gefühl heraus, mit einer hörbaren Unsicherheit, die Conrad zwar als unangenehm empfand, von Mal zu Mal aber zu akzeptieren begann, sprach er zu Miria: „Morgen ...", er musste schlucken, so als hätte er einen großen Kloß im Hals, der nicht hinunterrutschen wollte. „Morgen ...", und er nahm noch einmal Anlauf, während Miria nicht erst auf das Ende seines Satzes wartete, sondern, um ihre volle Aufmerksamkeit zu demonstrieren, ihm fragend ins Wort fiel: „Was ist morgen?"

„Sehen wir uns da wieder? Ich meine, ... ist es möglich, dass wir uns wiedersehen – gleich morgen? Ich ..." Sie legte den Zeigefinger auf Conrads Mund und küsste ihn anschließend. Während sie sich küssten, gewann Conrad erneut eine fundamentale Erkenntnis.

Eine Erkenntnis, die ihm sagte, dass in jeder Situation, in jedem Augenblick und in jedem Atemzug die lang ersehnte Erlösung lauert und dass sich alles, aber auch alles auf einen Schlag verändern kann. Je länger der Kuss andauerte, desto schwacher wurde diese Erkenntnis. Vom Kuss ausgelöst, erlosch sie auch wieder.

Übrig blieb ein Fetzen, den Conrad richtig einordnen musste, um daraus neue Kraft für seine und auch für Mirias Zukunft zu schöpfen.

Im Nachhinein war er sich nicht mehr so sicher, was eigentlich geschehen war, was ihn urplötzlich durchflutet hatte. Welches Gefühl versuchte, ihm, ihm dem Tausendfüßler, ein neues Leben zu schenken?

War dies etwa der Zeitpunkt der Erlösung? Der Erlösung von seinem anderen Ich? Von seinen Ängsten, die dieses Ich hervorrief? War dieser Moment der lang erhoffte Wandel seines Lebens oder war dieser womöglich schon längst eingetreten? War Miria, die er spürte, die er schmeckte, einer jener lang ersehnten Wege an einer viel verzweigten Kreuzung, der ihn in eine andere, bessere Richtung zog? Oder war es gar einer dieser einmaligen, sagenhaften Augenblicke, von denen so viel gesprochen wird?

Einer jener Augenblicke mit all seinen Konsequenzen einer feststehenden Entscheidung, bei dem ein Mensch sich entschloss, nicht weiter geradeaus zu gehen, sondern wagemutig vom alten Weg abzutreten. Hier und jetzt.

War Conrad dieser Mensch wirklich? Bog er gerade ab oder war er schon abgebogen? Das alles fragte er sich im Bruchteil einer Sekunde. Oder lief er etwa immer noch den alten Weg weiter geradeaus? Fragen über Fragen.

Es mag sein, dass sich Conrad immer noch in der Situation eines Wartenden befand, der sich jene Kreuzung sehnlichst herbeiwünschte, der die Hoffnung auf eine Veränderung nicht so schnell aufgab, obwohl diese Kreuzung in weiter, in noch sehr weiter Entfernung auf ihn wartete. Mag sein, dass er immer noch der war, der es wirklich nicht erwarten konnte, dass es endlich passierte:

Dass der Tausendfüßler wieder laufen lernte.

Er konnte es nicht beurteilen.

Nicht jetzt. Nicht mit diesem Gefühl. Mit diesem Kuss.

Sollte es jedoch so sein, dass die Kreuzung irgendwo in ferner Zukunft noch zu überschreiten sei, so war er sich zu hundert Prozent sicher, er würde nicht drängeln, nicht krampfhaft suchen. Nein, nur das nicht.

Er würde warten und diese Kreuzung auf sich zukommen lassen, indem er sich wie eh und je durch dieses Leben, durch sein Leben, fortbewegte. So sehr er sich wünschte, diese Kreuzung, diese Veränderung zu finden oder zu wissen, dass er sie schon längst erreicht hatte, genauso stark wusste er eines auf jeden Fall: Er, Conrad Wipp, hatte jetzt schon in diesem Augenblick etwas Besonderes gefunden.

Nämlich sie.

Miria!

War sie, die ihn küsste, die ihn jetzt so wundervoll zärtlich küsste und die auch er innig küsste, war sie etwa schon der sagenumwobene Wendepunkt, die gesuchte Kreuzung in seinem Leben? War Miria dies wahrhaftig und hatte er es nur noch nicht vollends erkannt? Wahrscheinlich musste Conrad erst einmal einen klaren Kopf bekommen, um dies untrüglich sehen zu können. Wer weiß es?

Er würde jedenfalls warten, leben, lieben und sie weiter küssen, um es herauszufinden.

Autorenportrait

Jens Böhme, Journalist & Autor, wurde 1977 in Großenhain geboren. Aufgewachsen in der Porzellanstadt Meißen (Sachsen). Studium der Germanistik / Literaturwissenschaft an der TU Dresden, anschließend der Betriebswirtschaftslehre bis 2003. Lebte von 2002 bis 2018 in Berlin und wohnt seit Sommer 2018 in Rastede.

Der Tausendfüßler - Das Blog zum Roman:

http://dertausendfuesslerroman.wordpress.com

Weitere Publikationen von Jens Böhme:

Gedichte für Claqueure -
Texte von Liebe, Lust und Leben (Lyrik)

Dieses Buch ist Sammelsurium an Texten aus unterschiedlichen Lebensabschnitten und Lebenslagen meines bisherigen Lebens.

Es enthält Lyrik, Fragmente und textliche Experimente aus dem Alltag. Nicht selten gestaltete die LIEBE die Texte hier direkt mit ...

Berlin, 6. Januar 2006

Wieder mal war ich am Boden
- mit dem Herzen.

Als mich die Liebe fragte:
„Und, mein Junge? Soll ich Dir helfen? ...
Es liegt in meiner Macht."

Antwortete ich mit zwei
Buchstaben:
„NEIN."

ISBN: 978-3-74814-178-5

Am Neubaugebiet ist ein Park (Theaterstück)

Theaterstück in zwei Akten - Am Schauplatz begegnen sich Gewinner und Verlierer. Hier treffen die unterschiedlichsten Menschen aufeinander, die sich verlieben, die sich streiten und oft dieselbe Frage stellen: Was wird mir die Zukunft bringen?

Zukunftsangst, Arbeitslosigkeit, Beziehung und Liebe sind die Themen der vorwiegend jungen Leute in diesem Stück, welches 1999 verfasst wurde und bis 2017 in einer digitalen Schublade schlummerte.

(1. Akt - Auszug)
Peter: (nippt am Whiskey) Da sitzen wir nun hier auf dieser abgewrackten Parkbank und schütten uns diesen billigen Whiskey hinter die Binde. Und warum, frag ich dich? Warum nur?
Dirk: Ich weiß nicht? Vielleicht, weil du heute deinen 50-Markschein verloren hast?
Peter: Ach, scheiß auf die 50 Mark! Nicht wegen der 50 Mark. Da gibt es noch etwas Wertvolleres.
Dirk: Was?
Peter: Die Frauen! Ja, wegen der Frauen sitzen wir hier und saufen. Ich sage dir, alles nur wegen der Frauen...
Dirk: Das musst du mir jetzt erklären.

ISBN: 978-3-74486-874-7

So lange er lebte -
Texte meines besten Freundes (Lyrik)

Autor: Sebastian Gottschall
Herausgeber: Jens Böhme

Dieses Buch ist ein Sammelsurium an Texten meines besten Freundes, der im August 2016 an Krebs verstorben ist. Es enthält Lyrik, Fragmente und textliche Experimente.

Im Laufe der Zeit
ging es bergab.
Jetzt ist es soweit,
jetzt wird's langsam knapp

ISBN: 978-3-74489-393-0